공부 9단
오기 10단

공부 9단 오기 10단

1판 1쇄 발행 2004. 7. 24.
1판 102쇄 발행 2022. 8. 1.

지은이 박원희

발행인 고세규
발행처 김영사

등록 1979년 5월 17일(제406-2003-036호.)
주소 경기도 파주시 문발로 197(문발동) 우편번호 10881
전화 마케팅부 031)955-3100, 편집부 031)955-3200 | 팩스 031)955-3111

값은 뒤표지에 있습니다.
ISBN 978-89-349-6924-2 03810

홈페이지 www.gimmyoung.com   블로그 blog.naver.com/gybook
인스타그램 instagram.com/gimmyoung   이메일 bestbook@gimmyoung.com

좋은 독자가 좋은 책을 만듭니다.
김영사는 독자 여러분의 의견에 항상 귀 기울이고 있습니다.

공부 9단 오기 10단

박원희 지음

김영사

"나는 천재가 아니다. 단지 목표를
최고로 잡지 않은 적이 한 번도 없었을 뿐이다."

"아침에 깨어보니 유명해져 있더라."
책이나 신문에서 읽거나 혹은 다른 사람의 입을 통해 듣던 이 말을
내가 직접 하게 될 줄은 몰랐다. 지난 3월까지만 해도 나는 미국의
여러 대학에 원서를 접수해놓고 초조하게 결과를 기다리던
수험생이었기 때문이다.
4월 들어 아이비리그 대학들이 합격사 발표를 하면서, 내가
하버드·프린스턴·스탠퍼드·코넬 등 아이비리그를 비롯한 10개
대학에 합격한 사실이 신문기사로 나오기 시작했다. 잡지사로부터
인터뷰 요청이 들어왔고 이어 TV에 출연해달라는 제의도 여러 번
받았다.
'나만 아이비리그 대학에 합격한 것도 아닌데, 왜 이렇게 많은
사람들이 관심을 보일까?' 하는 생각을 하기도 했다. 신문과 잡지에 난
기사를 보고서야 왜 사람들이 나에 대해 관심을 갖는지 알게 되었다.
사람들은 내가 남들은 한 군데도 가기 어려운 대학 열 군데 모두에
합격했다는 사실에 놀란 것 같았다. 또 내 나이가 어리다는 것에도
많은 관심을 보였다. 고등학교를 2년 만에 조기 졸업한 나는 지금
17살이다. 그리고 마지막으로 내가 해외 언어연수 한 번 다녀오지
않고 순전히 한국에서만 공부한 토종이라는 사실을 신기해했다.
이런저런 사실과 추측들을 결합시켜 어느 잡지에서는 나를 '17살의

천재소녀'라 표현해놓았다. 내가 듣기에도 민망하고 낯선 표현이다. 나야말로 지금까지 공부하면서 수많은 천재들에 질리고 치인 사람인데….

역설적으로 말하자면, '10개 대학 동시 합격'과 '17살'이라는 나이는 천재 아닌 내가 천재들과의 생존경쟁에서 이기기 위해 열심히 땀 흘리고 뛰다보니 결과적으로 얻게 된 전리품일 뿐이다. 능력을 가진 사람의 여유로움이 아니라, 능력을 가진 사람을 뛰어넘기 위해 최선을 다했던 나의 처절함이 묻어 있는 말이다.

밖에 나가면 나는 아직도 에버랜드에 가고 싶고, 공룡을 무서워하며, 내가 좋아하는 가수가 TV에 나오면 열광하는 평범한 소녀일 뿐이다. 출판사로부터 책을 내보자는 이야기를 처음 들었을 때 나는 책을 쓰기엔 너무 어린 나이라고, 나 같은 사람이 책을 통해 무엇을 이야기할 수 있겠느냐고 말했다. 그때 들은 말이 "당신은 혹시 천재인가요?"였다. 나는 아니라고 대답했다. 천재가 아니라서 힘들게 공부했다고 했더니 내게 돌아온 말은 "그렇다면 그 이야기가 다른 사람에게 용기와 희망을 줄 수 있을 것"이라는 것이었다.

비록 어린 나이지만 난 공부에 관한 한 누구보다 치열하게 해왔다고 자부한다. 내가 천재였다면 이런 치열함도 없었을 것이고, 어쩌면 이런 결과를 얻지 못했을지도 모른다. 내 공부 이야기가 이 땅의 공부하는 학생들에게 조금이나마 도움이 되었으면 좋겠다.

올 9월의 하버드 입학을 기다리고 있는 나는 마치 마법학교로부터 입학 통지서를 받은 해리포터가 된 기분이다. 그곳에서 공부하지 않아도 성적 잘 나오는 마법을 배우려고? 그건 아니다. 새로운 세계로 첫발을 내딛는 기분이 설렘 반 두려움 반의 심정이라는 소리일 뿐, 이제부터 공부와의 본격적인 한판 승부가 벌어질 것임을 그 누구보다 잘 안다.

2004년 7월
박원희

제1부

왕따에서 하버드 입학까지

대전의 작은 중학교에서 전교 1등, 전국의 수재들만 모
인다는 민족사관고등학교 진학, 2년 만의 조기 졸업, 그리고 미국 명문대 10군
데 합격…

남들 보기엔 별 어려움 없이 엘리트 코스를 착착 밟아온 것 같지만, 내게도 어
려운 시기는 있었다. 중학교 때 예고 없이 찾아온 집단 괴롭힘(속칭 '왕따'), 민
사고에서 영어가 부족해 느꼈던 절망감, 학원 한 번 못 다니고 혼자 울면서
SAT(미국 대학 수학능력시험)를 준비했던 일, 그리고 미국의 명문 대학들이 나를
부르기까지 제법 힘겨웠던 날들의 기억들을 되돌아보았다.

1. 왕따의 세계

벌써 3교시가 끝나고 쉬는 시간이다. 아침부터 화장실이 몹시 가고 싶었지만 계속 참고 있었다. 내가 엉덩이를 들고 일어나는 기적이라도 보이면 분명히 '8공주'들이 달려와서 욕을 해댈 것이다.

'아… 더 이상 참을 수 없어!'

생리적 욕구를 참지 못하고 자리에서 일어서자, 아니나다를까 '8공주'들이 우르르 나를 에워쌌다.

"미친년! 어디 가냐?"

"우웩! 진짜 밥맛이야!"

각오는 했지만 그래도 이건 너무했다. 얼굴이 화끈 달아오르고 눈물이 나서 두 손으로 얼굴을 가린 채 화장실로 내달렸다. 화장실에 도착하니 숨이 컥컥 막히고 목구멍이 따끔거렸다. 눈물 자국을 지우기 위해 세면대의 수도꼭지를 틀고 얼굴에 찬물을 끼얹었다. 그래도 자꾸만 눈물이 나왔다. 벌써 한 달 넘게 이어지고 있는 집단 괴롭힘. 탈출구가 보이지 않았다.

내가 속칭 '왕따'가 된 건 중학교에 막 입학한 3월로 거슬러 올라간다. 그 날은 반장 선거가 있는 날이었다. 초등학교 때 같은 영어학원을 다닌 친구가 나를 추천해서 반장 후보에 올랐고, 나는 당당한 목소리로 출마의 변을 밝혔다.

"저를 뽑아주신다면 초등학교 때 전교 회장을 했던 경험을 살려서 우리 학급을 위해 열심히 하겠습니다!"

그러자 어디선가 이렇게 소곤거리는 소리가 들렸다.

"흥, 촌구석 초등학교에서 전교 회장한 게 뭐 그리 대수라고…. 촌에서 온 게 되게 잘난 척하네."

그 날 나는 보이지 않는 비웃음 속에서 세 표 차이로 떨어지고 말았다. 초등학교 때 회장단이 모인 자리에서도 사회를 보던 내가 반장 선거에서도 떨어지다니….

대전에 있는 작은 중학교. 청주에서 초등학교를 마치고 중학교 입학 직전 전학을 온 내게 이 곳은 왠지 낯설었다. 대부분의 아이들이 같은 아파트 단지에 살면서 같은 초등학교, 심지어 같은 유치원을 다녀 서로 안면이 있었는데, 오로지 나만 이방인인 것 같았다. 초등학교 1학년 때 잠시 알던 친구 하나를 빼고는 아는 얼굴 하나 없었다.

게다가 나는 전학 문제로 시기가 맞지 않아 입학 전에 배치고사를 치르지 못했다. 중학교 생활의 명함이자 나를 평가할 객관적 근거인 배치고사 점수가 없으니, 반 아이들 기준에서 '촌' 출신인 내가 소시적 전교 회장 얘기를 해봐야 '잘난 척' 밖에는 안 되는 것이었다.

본격적인 사건은 다음 날 일어났다. 영어시간이 끝나자 J라는 아이가 내 쪽으로 걸어왔다.

"야, 너 아까 '쏘리' 발음을 되게 굴리더라? 미국에서 살다오기라도 했냐? 진짜 재수 없어!"

주변에 대덕연구단지가 있는 이 곳에는 외국에서 체류하다온 해외파 아이들이 꽤 있었다. J는 마치 내가 죄라도 지은 듯이 비아냥거렸다. 근데 내가 재수 없다고? 여태껏 한 번도 들어본 적 없는 단어가 가슴에 와서 박혔다. 중학생이나 된 아이들이 어떻게 사람을 앞에 두고

왕따에서 하버드 입학까지

재수 없다는 말을 아무 거리낌 없이 할 수 있을까?

"뭐라구?"

내 목소리는 모기가 윙윙거리듯 작았지만, 눈동자는 있는 힘껏 그 애를 째려봤다.

"하! 이게 어디서? 눈 깔어!"

J가 나를 금세 때리기라도 할 것처럼 가까이 다가왔다. 그러자 주위에 있던 예닐곱 명의 아이들이 J의 옆에 둘러섰다.

"너 한 번만 더 내 앞에서 잘난 척하면 가만 안 둘 거야, 알았어?"

'가만 안 두면 어쩔 건데?'

마음속으로는 이렇게 외치고 있었지만, 떼로 몰려든 아이들 앞에서 심장이 덜덜 떨릴 뿐이었다. 알 수 없는 공포감이 밀려왔다.

딩동댕동 ―

마치 구원의 종소리처럼 수업 시작종이 울렸다. 책상을 걷어차며 위협하던 J와 주변 아이들은 선생님의 등장과 함께 자기 자리로 돌아갔다. 그 수업이 무슨 과목이었는지 생각나지 않는다. 다만 45분 내내 뛰는 심장을 진정시키느라 머릿속이 하얘졌던 기억만 있을 뿐.

그것이 왕따의 시작이었다. J는 앞 번호 여자아이 7명을 규합해 자칭 '8공주'를 만들었다. J가 진두지휘를 하면 나머지 아이들이 파도에 휩쓸리듯 장단을 맞추는 격이었다.

"쟤 목소리 재수 없지 않나?"

"완전 공주병이야!"

"맞아. 쟤 왜 저렇게 잘난 척하냐?"

내가 뻔히 앞에 있는데도 그들의 입에서는 이런 말들이 서슴없이 나왔다.

공부 9단 오기 10단

'내가 재수 없다고! 너희들은 재수 있게 생긴 줄 알아? 마찬가지야!'

가슴이 터져버릴 것처럼 마음속 목소리가 웅웅댔지만, 도저히 입밖으로 내뱉을 수가 없었다. 교실 안에 내 편은 아무도 없는 것 같았다. 침묵하는 다수가 그렇게 냉랭한 냄새를 피우는지 그 때 처음 알았다. 나는 갑자기 텃새들의 무리에 낀 한 마리 철새가 된 기분이었다.

그리고 며칠 후 수학시간. 선생님은 마른 체격에도 불구하고 임신 중독증 때문에 얼굴이며 다리가 심하게 부은 모습이었다. 하필 그 날 따라 수업 분위기가 좋지 않았다. 뒷자리에 앉은 남자애들이 자꾸만 떠들었던 것이다. 피곤한 데다 몸까지 아픈 선생님은 짜증이 나셨는지 소리를 지르셨다.

"거기 뒤에 조용하지 못해!"

그 말이 끝나기가 무섭게, 내 짝꿍 뒷자리에 앉아 있던 J가 한손으로 입을 가리더니 자기 짝꿍한테 이렇게 소곤댔다.

"저 배불뚝이는 임신했으면 집에 들어앉아 있지, 왜 우리한테 히스테리야?"

"그러게나 말이야. 쳇!"

이들이 주고받는 대화가 귀에 들어오는 순간 너무 기가 막혀 입에서 저절로 한숨이 나왔다. 나도 모르게 J를 째려보았다.

'넌 어쩜 그렇게 못됐니? 그게 제자가 선생님에게 할 소리니?'

나는 가슴속에서 치밀어오르는 분노를 담아 겨우 그렇게 째려볼 수밖에 없었다. 순간 J는 어이없다는 듯 입가를 씰룩거리며 이렇게 말했다.

"저 년은 왜 눈깔을 하얗게 뒤집어뜨고 지랄이야?"

순간 내 귀를 의심했다. 지금 저 상스러운 욕설이 학교 교실에서, 그것도 교복 입은 여학생이 같은 반 친구에게 할 수 있는 말인가?

하교길에 내 몸은 2만2천 볼트 전류에 감전된 것처럼 흐느적거렸다. 패잔병처럼 터덜터덜 현관으로 들어서 내 방 침대에 고꾸라졌다. 자꾸만 그 애들의 모습이 떠올라 진저리가 쳐졌다.

저녁식사 시간. 식탁 앞에 앉은 나는 예전 같지 않게 우울한 표정이었지만, 부모님이 걱정하실까 봐 학교 일은 입밖에도 낼 수 없었다. 다만 간신히 이렇게 입을 뗐다.

"엄마, 호박 달인 물 좀 만들어주실 수 있어요?"

"그건 왜?"

"우리 선생님이 임신해서 다리가 많이 부었는데, 호박 달인 물 먹으면 좋아진다고 해서요."

부모님께 내가 할 수 있는 얘기는 여기까지였다. 오늘 나에게 무슨 일이 일어났는지, 어떤 아이들이 내 주위에 앉아서 공부하는지 아무것도 말할 수 없었다.

나는 점점 말을 잃어갔다. 학교에서 있었던 재미난 일을 어머니에게 재잘재잘 늘어놓던 예전의 원희가 아니었다.

2. 매력적인, 너무나 매력적인 전교 1등

중학교에 입학하기 며칠 전 머리를 잘랐다. 초등학교 시절 내내 긴 생머리였는데, 귀밑 3센티미터 길이로 잘라놓으니 반곱슬인 머리가 붕 떠서 양송이 버섯처럼 되고 말았다. 동생 현재는 거울 앞에 선 내게 '은실이 머리'라며 놀렸다.

"그렇게 촌스럽니?"

"응! 크크큭."

머리 한쪽에 핀을 꽂고 웃는 내 모습은 오히려 초등학교 6학년 때보다 더 어려 보였다. 내게 어울리지 않는 어색한 머리만큼이나 중학교 생활은 적응이 쉽지 않았다. J를 대장으로 하는 8공주의 더듬이가 나의 일거수 일투족을 향해 한시도 쉬지 않고 움직였다.

내가 쪽지시험에서 점수를 깎이면 그 애들은 뭐가 좋은지 박수를 쳐댔다.

"아싸, 그것 참 쌤통이다!"

내가 쪽지시험을 잘 보면 그 애들은 서로 얼굴을 맞대고 이렇게 외쳤다.

"우리에겐 체육이 있어."

"그래, 우리에겐 체육이 있어!"

체육 수행평가는 나의 아킬레스건이었다. 100미터 달리기는 22초를 넘기기 일쑤였고, 던지기는 죽을 힘을 다해 던져도 10미터가 될까 말까 했다. 그렇지만 내가 체육을 못하는 게 자기들의 행복과 무슨 연관이 있다는 걸까? 내 점수가 깎이면 자기들 점수가 올라가기라도 한단 말인가? 나의 불행이 자기들의 행복인 양 좋아하는 그 애들을 도무지 이해할 수 없었다.

여덟 명의 자칭 '공주'들이 나를 괴롭힐 때마다 반 아이들은 대체로 무관심한 태도를 보였다. 8공주에게 찍히면 누구든 나처럼 왕따가 되기 때문이다. 다수의 아이들은 나를 표적으로 하는 8공주의 횡포를 묵인하는 대신 평안함을 누렸다. 그런 이상한 기류 속에서 나는 하루하루를 무기력하게 보내고 있었다.

5월이 되자 학교에는 봄 내음이 완연했다. 학교 담벼락을 따라 피어 있는 장미꽃 향기에 정신이 아뜩해질 정도였다. 그 5월의 어느 날, 복도를 걸어가다 앞서 걷고 계신 선생님들의 대화를 듣게 됐다.

"1반의 한얼이는 정말 공부를 열심히 하더군. 역시 전교 1등으로 입학한 녀석다워."

갑자기 뒤통수를 한 대 맞은 것 같았다. 학기초부터 8공주들에게 시달리느라 잠시 잊고 있던 기억이 떠올랐다. 중학교 입학식 날 전교생 앞에서 신입생 대표로 선서를 하던 1반 한얼이의 뒷모습. 그 애는 오른손을 씩씩하게 치켜들고 입학 선서를 했다.

'저 자리에 나도 서보고 싶다.'

사람들 앞에 선다는 것은 정말 매력적인 일이다. 나도 초등학교 때는 항상 앞자리에 서곤 했다. 공부도 항상 1등을 했고 전국 백일장에서도 대상을 받았다. 영어 말하기대회에 나가서 상도 많이 받았고 어린이 회장단이 모인 자리에서는 회의를 진행할 만큼 탁월한 리더십을 뽐냈다. 열심히 공부해서 좋은 성적을 받고, 그 결과로 사람들에게 인정받는 것. 이것이 어릴 때부터 가꿔온 나의 소박한 기쁨이고 행복이었다.

그런데 지금 내 모습은 어떤가? 갑작스런 집단 따돌림에 지쳐 하루하루 희망 없이 살고 있지 않은가.

'나의 원래 궤도를 찾자.'

나는 주변 상황이야 어떻든 언제나 최고가 되기 위해 노력하는 사람이었다. 뭐든지 열심히 해서 1등을 하고 선생님들께 칭찬 받고 친구들로부터 인정받는 아이. 예전의 나로 돌아가야겠다는 생각이 들었다.

그 날은 집으로 돌아오는 길에 서점부터 들렀다.

"학생, 이걸 혼자서 다 들고 가려고?"

계산대 위에 올려놓은 문제집들을 보고 서점 아저씨는 못 믿겠다는 웃음을 지었다. 과목별로 문제집이 두어 권씩 모두 열다섯 권. 중학교 1학년짜리가 들기엔 확실히 무거운 짐이었다.

"이 정도는 저도 들고 갈 수 있어요."

두 봉지에 나눠 든 짐이 길바닥에 질질 끌릴 정도로 무거웠지만 왠지 모르게 기운이 솟았다. 1학년 1학기 중간고사가 얼마 남지 않은 때였다.

'나의 목표는 전교 1등! 나의 라이벌은 조한얼!'

호흡을 가다듬고 중간고사 준비에 들어갔다. 잘 알지도 못하는 아이를 라이벌 삼아 공부한다는 게 좀 우습긴 했지만, 어쨌든 그 아이를 제치고 전교 1등을 하는 게 내 목표였다.

한얼이는 3학년 때 나와 정말 친한 친구 사이가 되었다. 자기가 이토록 내 투지를 불태운 존재라는 걸, 그 애는 아마 모르고 있을 것이다.

그런데 얼마나 공부를 해야 하는지, 몇 점쯤 맞아야 전교 1등을 할 수 있는지 전혀 알 길이 없었다. 중학교 시험이 어떤 식으로 나오는지도 감이 잡히지 않았다. 내가 할 수 있는 일은 교과서를 열심히 읽고 과목별 문제집을 푸는 것뿐이었다.

'앗, 그 내용이 이런 문제로 나오네?'

신기하게도 교과서를 읽고 문제집을 풀 때마다 새로운 사실들이 눈에 띄었다. 한 문장 한 문장 꼼꼼히 읽다보니 행간에 숨은 사실까지 확연히 이해가 됐다. 여러 번 읽을수록 새롭게 다가오는 지식들이 나를 들뜨게 했다. 갑자기 교과서 읽는 재미에 푹 빠져버린 것이다. 모든 과목의 교과서를 적어도 열 번씩은 읽었다. 하도 읽어서 몇 페이지에 무슨 지도가 나오고 거기 표시된 내용이 뭔지도 상세하게 기억할 정도였다.

무겁게 짊어지고 온 문제집은 하루에 한 권씩 풀었다. 과목별로 두세 권씩 풀고 나니 '아하! 이런 식으로 문제가 나오겠구나' 하는 감이 잡혔다.

이렇게 공부를 하는 동안만큼은 8공주의 괴롭힘도 조금은 대수롭지 않게 넘길 수 있었다. 나는 무언가에 집중하면 주변 상황에 무심해지는 경향이 있다. 당시 시험 날짜가 다가오면서 나는 8공주의 시선보다 공부가 더 급했다. 아이들도 첫 시험이어서인지 다들 긴장하고 공부하는 분위기로 돌아섰다.

'이번에 보는 시험 점수가 곧 나의 명함이 되겠지. 전교 1등! 전교 1등!'

나는 경기장에 들어선 경주마처럼 머릿속으로 '전교 1등'을 외치고 다녔다.

드디어 시험기간. 역시 교과서와 문제집을 열심히 보고 푼 효과가 있었다. 과목마다 한 문제 정도는 아리송했지만, 생각보다 문제들이 쉽게 풀렸다.

며칠 후 담임 선생님 손에는 우리가 '오징어다리 성적표'라 부르는 흰색 띠종이들이 들려 있었다. 정식 성적표를 나눠주기 전에 나오는 간이 성적표였다.

내 손에 쥐어진 띠종이를 책상 위에 놓고 왼쪽부터 오른쪽까지 천천히 훑었다. 도덕 · 국어 · 국사… 평균 97.65, 전교 석차 1등.

"와!"

나도 모르게 기쁨의 탄성이 나지막이 흘러나왔다. 예상보다 낮은 점수를 받고도 전교 1등을 했다는 사실이 너무 기뻐서였다.

그런데 기뻐하던 순간도 잠시. 이상한 기척에 고개를 돌리니 J가 비웃는 듯한 표정으로 나를 쳐다보고 있었다. 내 성적이 궁금했으리라. 종례시간이 끝나기만 하면 8공주들이 내게로 올 것 같았다.

'신이시여, 제발 저 아이들이 가까이 오지 못하게 해주세요.'

간절히 빌었건만 종례시간이 끝나자마자 J가 건들거리며 다가왔다.

"너 몇 등 했냐?"

대답을 해야 하나 말아야 하나 잠시 망설였다.

"어쭈? 이게 사람 말을 씹네. 몇 등 했냐니까?"

"전교 1등이야…."

내 대답에 J의 얼굴에서는 비웃음이 사라졌다. 설마하는 표정을 짓던 J는 조용히 자기 자리로 돌아갔고 그 날 8공주들은 잠잠했다. 따돌림을 주동하는 사람이 잠잠하니 내게도 꿀맛 같은 평화가 찾아온 것 같았다.

그런데 생각지도 못한 사건이 터졌다. 그 다음주 월요일이었다. 운동장 조회에서 학력 우수상 시상식 순서가 되었을 때, 나는 당연히 내 이름이 불릴거라 예상하고 있었다.

"1학년 1반 조한얼. 앞으로 나오세요."

호명된 사람은 내가 아니라 배치고사 1등으로 화려하게 단상에 데뷔했던 한얼이가 아닌가! 나중에 알고 보니 우리는 총점까지 똑같은 공동 1등이었다. 하지만 나는 4반이었기 때문에 1반의 한얼이가 대표로 상장을 받은 것이었다.

내 표정은 금세 시무룩해졌다. 저 자리에 오르려고 열심히 했는데, 왜 내 이름은 불러주지 않는 걸까?

운동장 조회가 끝나고 교실로 돌아왔을 때, 이상한 분위기가 감지됐다. 8공주들은 팔짱을 낀 채 나를 흘겨봤다. 그리고 저희끼리 모여 나 들으라는 듯이 떠들었다.

"재, 웃기는 애네! 한얼이가 1등인데, 자기가 왜 1등 행세를 하고 난리야!"

그러자 다른 7명의 아이들이 내게 눈을 흘기며 맞장구를 쳤다.

"그러게 말야. 별꼴이야 정말."

J와 7명의 아이들은 깔깔거리며 소곤대다 나를 향해 손가락질을 했다. 나중에는 드러내놓고 반 아이들이 보는 앞에서 내게 뻥치고 잘난 척하는 아이라고 몰아붙였다.

'뻥이 아니라, 나도 1등이야. 총점이 같다구!'

마음속에선 이렇게 외치고 있었지만, 더 심하게 당할까 봐 아무 말도 하지 못했다. 눈물이 줄줄 흘렀다. 저 애들을 상대하지 말고 절대 우는 모습을 보이지 말자고 다짐했건만, 목구멍이 아프도록 울먹이기만 했다.

그 날 하루 종일 8공주들의 욕설은 교실 전체를 들썩이게 했다. '뺑치는 년', '잘난 척', '왕재수'라는 소리가 내 귀에 못이 박이도록 들려왔다. 급기야 화장실조차 갈 수가 없었다. 움직이기만 하면 그 애들의 욕설이 날아왔기 때문이다.

집에 돌아오자, 어머니가 몹시 걱정스런 표정으로 내 팔을 잡았다.

"원희야, 너 요즘 무슨 일 있는 거지? 엄마한테 제발 얘기 좀 해봐, 응?"

"별 일 없어요. 그냥 친구들이랑 다툰 것뿐이에요."

"별 일이 없기는? 지금 거울을 좀 봐! 네가 괜찮은 것처럼 보이니?"

어머니는 나를 거울 앞으로 데려갔다. 거울에 비친 내 모습은 왠지 초췌하고 넋이 나간 사람처럼 보였다. 그리고 보니 그동안 식욕이 없어서 학교에서 점심을 자주 굶은 탓에 살이 4킬로그램이나 빠졌다.

초등학교 때와는 달리 부쩍 말이 없어진 내가 아무 일도 없다고 하면 그건 뻔한 거짓말이었다. 걱정스러운 표정으로 다그치는 어머니에게 나는 울면서 사실대로 말해버렸다.

"아니 그게 정말이니? 정말 그런 애들이 있어?"

내가 화장실을 못 갈 정도로 괴롭힘을 당해왔다는 사실에 어머니는 몹시 놀랐다. 그리고 입술을 파르르 떠시더니 이내 아무 말이 없으셨다.

왕따에서 하버드 입학까지

3. J와 일곱 난쟁이

다음 날, 어머니가 학교에 다녀가신 후로 사태는 더 악화됐다. 담임 선생님에게 불려간 8공주들은 교실로 돌아오며 하나같이 내게 욕을 해댔다.

"저 재수 없는 게, 제 엄마를 학교로 불러? 선생님한테 우릴 혼내라고 했대. 저만 엄마 있는 줄 알아?"

반 아이들 시선이 일제히 내 쪽으로 쏠렸다. 교실에서 일어났던 일로 치사하게 엄마를 부른 꼴이 되고 말았다. 8공주뿐만 아니라 모든 아이들이 나를 비난하는 것 같아 고개를 들 수가 없었다.

어머니는 담임 선생님이 아이들을 잘 타이르면 순순히 말을 들을 거라고 생각했던 것이다. 어머니나 나나 지나치게 순진했다.

그 날 오후. 나는 화장실 청소 당번이었다. 쓰레기통을 비우고 있는데 J와 그 일파가 화장실 안으로 들어왔다. 세면대 앞에서 머리를 매만지던 그 애들이 나를 무섭게 노려보았다.

"쟤는 왜 사나 몰라? 나 같으면 자살한다."

"그러게나 말이야."

휭하게 바람을 몰고 사라지는 그 애들의 뒷모습을 보며 가슴이 싸늘해졌다.

'자살이라니⋯. 내가 그 정도로 처참하게 살고 있단 말인가!'

지금까지와는 차원이 다른 두려움이 느껴졌다. 저 애들이 나를 어느 고층 빌딩 옥상에서 밀어버릴지도 모른다는 생각마저 들었다. 대걸레로 화장실 바닥을 닦는 동안 내 눈에는 곧 죽음을 앞둔 사람처럼 자꾸만 눈물이 흘렀다.

그 즈음에는 TV에서도 연일 '왕따'에 대한 보도가 이어졌고, '왕따'가 유행처럼 번지던 시기였다. 다른 학교에서는 왕따를 견디다 못해 전학을 가는 아이도 있었다. 〈호밀밭의 파수꾼〉에 나오는 주인공 홀든 콜필드가 그랬던 것처럼 나를 둘러싼 모든 것이 너무 혼란스러웠다. 나는 말이 없어지고 점점 더 말라갔다.

"다녀왔습니다."

집에 돌아가면 이 한 마디가 전부였다. 쾌활함이라곤 눈을 씻고 찾아봐도 없었다. 부모님은 땅이 꺼져라 한숨을 쉬고, 나는 퀭한 눈으로 학교를 다녔다.

중간고사에서 전교 1등을 했는데도 나는 여전히 인정받지 못했다. 선생님들의 관심은 한얼이에게만 가 있는 듯했다.

"한얼이야 원래 공부를 잘하는 아이이고, 원희는 아마 어쩌다 한 번 시험을 잘 본 거겠지."

선생님들 사이에서 이런 이야기가 오가는 것까지 듣고 말았다. 노력해서 전교 1등을 해도 아무도 알아주지 않으니 이럴 줄 알았으면 어떡해서든 배치고사를 보고 들어올 걸.

8공주의 괴롭힘으로 점점 학교 생활이 힘들어졌지만, 조금씩 나만의 방식을 찾아갔다. 내가 할 수 있는 일은 단 두 가지뿐이었다. 아무리 무기력해져도 나의 궤도에서 이탈하지 말고 열심히 공부하는 것, 그리고 8공주의 따돌림에 무신경하게 대응하는 것. 몇 달 동안 겪어보니 그 애들은 내가 상대할 수 있는 아이들이 아니었다. 그 애들 입에서 튀어나오는 말들의 80퍼센트는 욕설인데 내가 하는 욕설이라곤 '이 바보야!'가 전부였다. 상대가 되지 않는 아이들에게는 그저 침묵하는 것이 상책이었다.

어릴 때 읽은 〈백설공주와 일곱 난쟁이〉가 떠올랐다. 난쟁이들은 왜 그렇게 헌신적으로 백설공주를 보살폈던 것일까? 예뻐서? 아니면 공주라서?

J는 예쁘지도 않은 자칭 '공주'인 데다, 경쟁심을 느끼는 아이에겐 가차없이 욕설을 퍼붓는 아이였다. 그러나 J가 아무리 누군가를 괴롭혀도 맞장구쳐주는 사람이 없으면 힘을 발휘하지 못했다. 어쩌면 나머지 일곱 명이 있기에 J의 왕따 놀이가 성공하는 것인지도 몰랐다. J를 따라다니는 일곱 명의 추종자들이 갑자기 난쟁이처럼 보였다.

"저게 우릴 무시하네?"

내가 대꾸를 하지 않으면 이런 말을 시작으로 또 온갖 욕설이 날아들었다. 그래도 할 수 없었다. 내가 할 수 있는 최선의 대응은 침묵뿐이었다.

수업시간에는 집중해서 수업을 듣고 숙제도 열심히 했다. 8공주에게 '잘난 척한다'는 말을 듣더라도 발표는 했다.

"원희야, 요즘 많이 힘들지? 넌 공부도 잘하고 똑똑한 아이니까 이런 어려움도 잘 이겨낼 수 있을 거야."

학교에서 유일하게 나를 격려해주는 분은 담임 선생님뿐이었다. 선생님은 항상 당하고만 사는 내 처지를 안쓰러워하셨지만 그 애들이 스스로 따돌림을 그만두지 않는 이상 이 사태는 해결되지 않는다고 여기시는 것 같았다.

하지만 부모님의 입장은 달랐다. 이대로 두면 내가 잘못될지도 모른다고 걱정하셨다. 나 때문에 항상 시름에 잠겨 있던 어머니가 결국 J의 어머니를 만나러 갔다. 나는 모든 것이 잘 해결되기만을 기도했다.

그러나 두어 시간 후 집으로 돌아온 어머니의 표정은 하얗게 질려 있었다.

"정말 기가 막히는구나. J 엄마한테 J가 우리 애한테 자꾸 욕을 해대니까 조금만 타일러달라고 부탁했어. 그랬더니 그 애 엄마가 뭐라는 줄 아니? 걔는 욕 한 마디 할 줄 모르는 착한 아이래. 오히려 나를 이상한 사람으로 보면서 J는 교육 잘 받았다고 소문이 자자하다는 거야."

어머니는 쫓겨나오듯 그 집을 나섰다고 했다.

집에서는 착한 딸이 학교에만 오면 악녀로 돌변하는 것인가? 이런 생각도 잠시, 내일 그 애들이 또 어떻게 괴롭힐지 눈앞이 캄캄했다.

아니나다를까, 다음 날 아침에 교실 문을 열고 들어서자 J는 나 들으라는 듯이 험담을 늘어놓기 시작했다.

"글쎄, 원희 엄마가 어제 우리 집에 와서 난리를 피우고 갔대."

"정말? 뭐라 그랬대?"

"아휴, 우리 엄마한테 자식 교육 똑바로 시키라고 그랬다는 거 있지?"

"세상에, 세상에! 어쩜 그럴 수가 있냐?"

반 아이들 앞에서 우리 어머니가 도마 위에 오른 생선처럼 난도질당하고 있었다. 이제 나뿐만 아니라 어머니까지….

아침조회가 시작되기 전까지 책상에 엎드려서 계속 울기만 했다. 자기 자식이 몇 달 동안 집단 따돌림을 당하고 있는데, 그렇게라도 하지 않는 부모가 어디에 있겠는가. 가슴이 날카로운 칼에 베이듯 아려왔다.

점심시간. 밥도 굶은 채 연습장에 만화를 그리고 있는데 갑자기 인기적이 느껴졌다.

"어머, 너도 만화 좋아하는구나?"

"어? 응."

내게 말을 걸어온 건 뒷자리 여자애들이었다. 목소리가 너무나 다정해서 그만 눈물이 날 뻔했다. 우리 반에서 내게 말을 거는 사람은 그때까지 내 짝꿍과 몇 명의 남자애들이 전부였다.

"우리도 만화 그리는 거 좋아하는데, 언제 한번 뭉치자."

그 애들은 이렇게 말하고 자기 자리로 돌아갔다. 내 쪽을 보고 생긋 웃는 모습을 보자, 기분이 이상했다.

'8공주한테 당하면 어쩌려고 저러지? 괜찮을까?'

단 두 명이지만 교실 안에 내 편이 생겼다고 생각하니 마음이 조금 편안해졌다. 주위를 둘러보니 예전처럼 나를 적대적인 눈으로 바라보는 아이들도 없는 것 같았다. 그동안 너무 위축된 나머지 주변을 제대로 보지 못했다는 걸 깨달았다.

지금 다시 생각해보면 그 여덟 명을 제외하고는 다 잘 지냈던 것 같다. 다만 키가 비슷한 8공주와 늘 붙어앉아 있어야 했던 자리배치가 화근이었다.

점심을 먹지 않아 배는 고팠지만 그 날 오후, 집으로 돌아가는 발걸음은 가벼웠다.

4. 왕따의 족쇄를 벗고

'인생지사 새옹지마' 라고 했던가?

어느 날부턴가 나는 평범한 아이로 대접받게 되었고, 집단 괴롭힘을 주도했던 J가 도리어 왕따로 몰리는 상황이 벌어졌다. J와 그 일파 사이에 내분이 일어난 것이다.

"너 아까 내 욕 했다며?"

"아니야."

"아니긴! A한테 다 들었어. 어제 내가 학원 간 후에 다른 애들한테 그랬다며?"

"아니라니깐!"

가끔 J는 자기 멤버들 가운데 마음에 들지 않는 아이가 있으면 가차 없이 뒤에서 욕을 하는 모양이었다. 만만치 않게 드센 나머지 멤버들이 가만있을 리 없었다. 8공주 사이에 편가르기가 시작되더니 결국 J만 외톨이가 되었다.

그 때부터는 J가 나에게 욕을 해도 맞장구를 치는 사람이 없었다. 맞장구를 쳐주는 사람이 없으니 자연스럽게 나는 왕따에서 벗어나게 되었다.

1학기말 무렵에는 J가 혼자 다니는 모습이 종종 눈에 띄었다. 밥도 혼자 먹고 집에도 혼자 가는 것 같았다. 앞장서서 나를 욕하고 다니던 J가 외톨이가 된 모습은 낯설다 못해 충격적이기까지 했다.

'왕따의 세계란 참 허무하구나.'

여러 사람이 한 사람 바보로 만들기 쉽다더니 바로 그런 격이었다.

1학기말 시험에서 나는 또다시 전교 1등을 차지했다. 평균 98.2점. 이번에는 단독 1등이었다. 전교생이 보는 앞에서 1학년 대표로 학력 우수상장을 받았다. 라이벌 한얼이를 제치고 말이다.

연거푸 전교 1등을 하고 나자 선생님들은 물론 반 친구들도 나를 달리 보는 눈치였다.

"너 또 1등 했다며? 축하해."

"정말 공부 잘하는구나? 축하한다."

8공주의 기세에 눌려 내게서 멀찍이 떨어져 눈치만 보던 아이들이 하나둘씩 말을 걸어오기 시작했다. 특히 나를 포함해 만화를 좋아하는 다섯 명의 아이들은 금세 똘똘 뭉쳤다.

당시 중학생들 사이에는 '세일러문'과 '카드캡터 사쿠라'라는 만화가 큰 유행이었다.

"너 어제 '세일러문' 봤니? 지금까지 본 것 중에 제일 재밌었어."

"맞아, 정말 재미있더라."

중학교 1년생인 우리에게 이런 종류의 만화는 아직 버리고 싶지 않은 동심을 자극하는 좋은 친구였다. 나는 TV에서 해주는 일본 애니메이션을 녹화까지 해서 보는 열성파였다. 초등학교 때부터 일본 애니메이션을 원어로 보기 위해 일본어를 공부했을 정도다. 그리고 만화만 그리는 연습장을 따로 마련해서 틈만 나면 만화를 그렸다. 비밀의 열쇠를 들고 있는 사쿠라, 긴 머리칼을 휘날리는 깜찍한 세일러문을 연습장에 그리고 있을 때면 아이들이 다가와 신기하다는 듯 쳐다보곤 했다.

"오늘 학교 앞 분식집에서 떡볶이 어때?"

"좋지."

나처럼 만화 그리는 걸 좋아하는 아이들이랑 분식집에 몰려가는 것도 색다른 재미였다. 떡볶이 1인분, 라볶이 1인분, 우동 한 그릇을 시켜놓고 네다섯 명의 아이들이 서로 먹겠다고 달려들었다. 맛있는 떡볶이를 먹으며 우리나라 만화와 일본 만화의 차이점, 우리나라 만화의 미래 등에 대해 격론을 벌이기도 했다.

아이들과 친해지면서 알게 된 사실은 나의 첫 이미지가 썩 좋지만은 않았다는 것이다.

"네가 정말 잘난 척이나 하고 이기적인 아이인 줄 알았어. 너 없을 때 J가 워낙 네 욕을 많이 했거든."

하지만 시간이 흐를수록 내가 8공주에게 부당한 괴롭힘을 당하고 있다는 얘기가 나오기 시작했다고 했다. 공부 좀 한다는 다른 아이들과 달리 시험 때도 선뜻 노트를 빌려준다거나, 수행평가를 할 때 낮가리지 않고 늘 열심히 한다거나, 8공주가 그렇게 욕을 해대도 대꾸 한마디 못하는 걸 보고 조금씩 내게 마음을 열었다는 아이들도 있었다.

나의 학교 생활에 많은 변화가 생겼다. 학기초에는 내 답답한 마음을 일기장에 쓰는 일이 잦았는데, 더 이상 그런 비밀일기를 쓰지 않아도 되었다. 화장실도 아무 때나 갈 수 있고 수업시간에도 눈치 보지 않고 발표할 수 있었다. 혼자 책상에 엎드려 우는 일도 더 이상 없었다. 내 가슴을 옥죄었던 왕따의 족쇄는 이미 사라졌던 것이다. 나는 이제 환한 얼굴로 친구들과 재잘대는 꿈많은 소녀의 모습으로 돌아와 있었다.

최근에 내가 미국 대학들의 합격 통지를 받고 나서 그 때 살던 아파트 근처를 지날 일이 있었다. 그때 우연히 길모퉁이에서 J와 마주쳤다. 그 애는 나를 보는 순간 흠칫 놀라는 표정을 짓더니 나를 똑바로 보지 못하고 그냥 지나쳐버렸다.

나는 걸음을 멈추고 그 애의 뒷모습을 한참 동안이나 바라보았다.

'그래, 한때 내가 저 아이를 두려워했었지.'

아프고도 쓸쓸한 기억의 한 자락을 그렇게 지워버렸다.

5. 악바리, 필기의 여왕 그리고 전교 1등 굳히기

"아빠, 난 왜 이렇게 몸이 둔할까요? 다른 애들은 잘만 달리던데."

어느 토요일 저녁, 나는 아버지에게 짜증을 부렸다. 며칠 후 체육시간에 '도움닫기 멀리뛰기' 시험을 볼 텐데 영 자신이 없었던 것이다. 80점 만점인 실기점수에서 70점도 못 받을 것 같았다.

"원희야, 그럼 아빠랑 같이 연습하러 갈까?"

"연습한다고 될까요?"

"그럼 물론이지. 연습해서 안 되는 것은 없단다."

아버지의 말씀을 듣고 나니 조금이나마 안도감이 들었다.

집앞 놀이터 모래판에는 아무도 없었다. 두 팔을 힘껏 휘두르며 뛰어가 모래판과 경계를 이룬 디딤판을 딛고 뛰어올랐다. 꽤 멀리 날아왔다고 생각했는데, 디딤판에서 얼마 떨어지지 않은 곳에 주저앉아 있었다.

"원희야, 너는 땅에 떨어지는 순간을 두려워하기 때문에 그것밖에 못 뛰는 거야. 일단 두려움을 없애야 해. 땅을 보지 말고 하늘을 보고 한 마리 새라고 생각하며 뛰어봐."

마침 별이 많이 뜬 밤이었다. 아버지 말씀대로 힘차게 뛰어가 도움닫기를 하는 순간 별이 빛나는 하늘을 향해 '점프' 했다.

"거봐라. 아까보다 훨씬 많이 뛰었잖니?"

모래판에 주저앉은 채 뒤를 돌아보니 아까보다 20센티미터는 더 날

아와 있었다.

"와, 정말이네! 다시 뛰어볼게요!"

용기가 하늘로 치솟는다는 말이 아마 이런 경우를 두고 하는 말일 것이다. 모래판은 한없이 작아 보이고 검은 융단을 깐 듯한 밤하늘은 한없이 너그러워 보였다. 그 날 밤 나는 수십 번이나 모래판 위로 뛰어오르는 연습을 했다.

드디어 체육시간. 내 차례가 되자 친구들이 한 마디씩 했다.

"원희야, 너무 비장한 표정은 짓지 말아줘."

언제나 달리기 출발선에 서면 '꼭 1등을 하고야 말리라' 는 듯한 표정을 짓는다며 놀리는 친구들이 있었다. 출발선에서의 표정만으로는 1등을 해도 모자람이 없는데 도착 지점에서의 기록은 언제나 꼴찌였다.

이번에도 변함 없이 비장한 표정을 지었다. 심호흡을 하고 하나, 둘, 셋! 앞으로 쏜살같이 튀어나가 디딤판을 딛고 하늘을 향해 날아올랐다. 정말로 내 몸이 '붕' 뜨는 것 같은 느낌이었다.

"2미터 40센티미터! 75점!"

80점 만점에 75점. 거짓말 같은 점수였다. 친구들이 내게로 몰려와 물었다.

"원희야, 너 혹시 체육 과외 받았니? 어떻게 갑자기 잘 뛸 수가 있지?"

나는 빙그레 웃을 뿐이었다. 내게 '연습' 의 필요성을 가르쳐주신 아버지가 과외 선생님이라면 아이들이 믿을까?

이 일을 계기로 체육 실기시험에 좀 더 자신감이 생겼다. 100미터 달리기나 던지기 같은 종목은 연습을 해도 잘 되지 않았지만, 줄넘기는 연습 덕을 톡톡히 봤다. 시간이 없을 때를 대비해 가방 속에 줄넘기를 넣어 가지고 다녔다. 학교 앞에서 학원 차를 기다리는 자투리 시간 10분. 그 때를 이용해 '가위뛰기'나 '2단 뛰기(쌩쌩이)'를 연습했다. 지나가는 사람들이 이상한 눈으로 쳐다봤지만, 난 아무렇지도 않았다. 하루에 단 10분씩만 연습해도 줄넘기 실력이 늘어가는 걸 느꼈기 때문이다.

이것뿐만이 아니다. 2학년 때는 장애물 사이로 축구공을 몰고 반환 지점까지 갔다오는 시험이 있었다. 이 시험을 위해 며칠 동안 밤마다 학교 운동장에서 축구공을 몰고 다녔다. 장애물 대신 모래를 가득 채운 페트병을 세워놓고 연습했다.

"야, 너 그렇게 연습하더니 결국 만점을 맞는구나? 정말 악바리야!"

내가 밤마다 그렇게 연습하는 걸 본 친구 하나는 나를 향해 엄지손가락을 치켜세웠다. 그 때부터 친구들은 나를 '악바리'라고 불렀다.

내가 이렇게 악바리처럼 체육 실기시험에 매달린 것은 '전교 1등' 타이틀을 단 한 번도 놓치고 싶지 않기 때문이다. 1학년 1학기 때 연거푸 전교 1등을 하면서 결심을 굳혔다. 절대로 그 자리를 내놓지 않겠다고.

나의 중학교 성적은 상승 곡선을 그렸다. 1학년말에 98점대 초반이던 평균 점수가 2학년 1학기 때에는 98점대 후반이 되더니, 2학년 2학기 때에는 99점대가 되었다. 그리고 3학년 1학기 때에는 전 과목에서 한 문제 틀릴까 말까 한 정도가 되었다.

전교 1등을 놓친 것은 딱 한 번뿐이었다. 2학년 2학기 때 영어연극대회와 수학경시대회, 그리고 기말고사를 동시에 치르는 바람에 겨우 총점 1점 차이로 전교 2등 자리도 내주고 아쉽게도 나는 3등을 했다. 내가 아닌 다른 친구가 교장 선생님에게 상을 받는 걸 보고 어찌나 속이 상했던지!

내가 단 한 번을 제외하고 계속 전교 1등을 하자, 많은 친구들이 물었다.

"원희야, 너 공부 잘하는 비결이 뭐니? 무슨 과목을 과외하니?"

나는 그 질문에 딱히 해줄 말이 없었다.

"글쎄, 공부에는 왕도가 없는 것 같애. 그리고 특별히 개인 과외는 받지 않았어."

그러면 아이들은 뭔가 시원한 대답을 듣지 못했다는 표정으로 고개를 갸웃거리며 돌아서곤 했다.

공부에는 관심이 없지만 공부의 '비법'에는 관심이 많은 아이들이 참 많았다. 하지만 어떻게 공부에 비법이 있을 수 있겠는가? 농부가 씨를 뿌리고 밭을 일구듯 그저 정직하고 우직하게 해야 하는 게 공부인데.

6. 수학을 못 하는 아이, 혼자 공부하는 아이

"이상하다. 수학 성적이 왜 이럴까? 초등학교 때는 수학을 잘하는 것 같았는데, 혹시 나를 닮아 그런가?"

어머니는 내 성적표를 보며 연신 고개를 갸웃거렸다. 국어 · 영어 · 사회 · 과학 등의 다른 과목은 거의 100점을 맞았는데, 수학만 아슬아슬하게 91점을 맞아온 것이다.

"엄마가 학교 다닐 때 수학을 참 못했단다. 그래서 너희들만은 나를 닮지 않기를 얼마나 바랐는데…."

91점이면 비교적 괜찮은 점수였지만, 전교 1등에게 '아슬아슬한 91점'은 약간 문제가 있었다. 나는 솔직히 수학에 자신이 없었다.

중학교 1학년 겨울방학이 되자 어머니는 내 손을 끌고 수학경시학원으로 갔다.

"아무래도 원희는 수학에 자신감을 키워야겠구나. 여기서 한번 공부해보렴."

수학경시반에서 하루를 공부하고 나자 더욱더 수학에 자신이 없어졌다. 수학 문제가 너무 어려웠던 것이다. 〈수학 정석(기본)〉을 교재로 고등학교 수준의 수학을 배웠는데, 하나도 알아들을 수 없었다.

집에 돌아오자마자 어머니에게 푸념을 해댔다.

"엄마, 저 과학경시반으로 바꾸면 안 돼요? 지금 수학경시반이 너무 부담스러워요."

왕따에서 하버드 입학까지

"자신이 없는 것일수록 부딪쳐 이겨내야지. 학교에서 배우는 것보다 더 깊이 있는 문제를 풀어보는 게 나중을 위해서도 좋을 거야."

어머니의 설득에 나는 용기를 내기로 했다. 자신이 없는 것일수록 부딪쳐야 한다. 어머니 말씀이 백 번 옳았다.

수학경시반에서 함께 공부하는 아이들은 하나같이 대단해 보였다. 초등학교 때부터 수학경시를 공부해서 고등학교 수학 문제도 척척 푸는 아이, 벌써 경시대회 메달을 몇 개씩 딴 아이, 반짝이는 아이디어로 어려운 기하문제를 술술 푸는 '천재형' 아이까지 있었다.

'이 어려운 수학을 잘하는 사람이 이렇게나 많다니!'

학교에서는 전교 1등을 한다고 거인 취급을 받던 내가 이 그룹 안에서는 한없이 쪼그라드는 기분이었다.

수학경시반에서 본 첫 시험점수를 잊을 수가 없다. 나는 100점 만점에 겨우 38점이었다. 내가 속한 반에서 최하위 점수였다.

"오늘은 여섯 문제를 숙제로 내주겠어요. 집에서 잘 풀어오세요."

수학경시반 선생님께서 숙제를 내주는 날이면 머리가 터질 만큼 스트레스를 받았다. 고등학교 과정의 수학 문제들은 내게 넘기 힘든 벽 같았다. 도무지 어떻게 풀어야 할지 몰라서 전전긍긍하다가, 다음 날 학원에 가면 선생님이 앞에 나와서 풀어보라고 할까 봐 몸을 사렸다.

하루는 앞에 나가서 문제를 못 푸는 내게 선생님이 대놓고 질책을 하셨다.

"넌 경시반에서 공부하면서 이런 것도 못 푸냐?"

칠판 앞에서 분필을 들고 진땀을 흘리던 나는 선생님의 말 한 마디에 눈물을 흘리고 말았다. 수업이 끝나기가 무섭게 가방을 들쳐메고 울면서 학원문을 나서다가, 상담차 학원에 들른 어머니와 마주치고 말왔다.

"원희야, 너무 힘들면 수학경시반을 그만두는 게 어떻겠니?"

어머니 말씀을 듣는 순간, 나도 마음이 흔들렸다. 나보다 훨씬 앞서 있는 아이들 틈에 끼어 머리를 쥐어짜는 건 정말 고역이었던 것이다.

하지만 내가 어렵게 내린 결론은 '계속 하자'였다.

"엄마. 그냥 계속 할래요. 이대로 그만두는 건 너무 자존심 상해요."

여기서 그만두면 나는 영원히 수학이라는 벽을 넘지 못할 것 같았다. 무엇보다 함께 수학경시를 공부하던 다른 학교 전교 1등짜리 친구들 사이에서 '패배자'로 낙인찍히는 게 싫었다.

그 때부터 내 생활의 무게중심을 수학에 맞췄다. 수학경시반에서 내주는 숙제는 무조건 '그 날의 할 일 1순위'로 정했다. 잘 풀리지 않는 수학 문제를 다 풀고 학교 숙제까지 하다 보면 새벽 3시를 넘기기 일쑤였다. 늦어도 12시 반에는 잠자리에 들던 습관 때문인지 하루는 코피가 터졌다.

"원희야, 너무 무리하는 거 아니니? 무슨 중학생이 새벽까지 공부를 해."

부모님은 걱정스런 나머지 '제발 그만 자'고 등을 떠밀었지만, 내겐 다른 방법이 없었다. 수학이라는 과목은 무조건 문제를 많이 풀어 본 사람이 유리하다. 문제가 아무리 어려워도 답이나 풀이과정을 보지 않고 끝까지 내 힘으로 풀었다. 끝까지 풀리지 않는 문제는 풀이과정을 보며 꼼꼼하게 이해한 후 다시 풀어보았다. 깨끗한 노트에 그 문제를 정리하는 셈치고 다시 풀어보면 풀이과정이 머리에 선명하게 남았다. 혼자서 도저히 해결되지 않는 문제는 체크해두었다가 선생님에게 달려가 물어보고 또 물어봤다.

41

왕따에서 하버드 입학까지

근 1년간 수학에 매달린 결과 내게도 기록적인 일이 생겼다. 2학년 말에 열린 대전시 과학교육원 주최 수학과학교실에 참가해 9등을 한 것이다. 9등이면 '금상' 메달 수상권이었다. 더욱 믿을 수 없는 사실은 수상자들 중 2학년은 나 하나뿐이고 나머지는 다 3학년이라는 것이었다. 이 대회는 앞으로 있을 대전시 교육청 주최 수학과학경시대회의 결과를 미리 가늠할 수 있는 중요한 대회였다.

"박원희, 너는 순전히 오기발동형이구나. 정말 장하다."

내게 수학에 소질이 없다고 면박을 주던 선생님은 급기야 혀를 내둘렀다. 오기발동형이든 뭐든, 수학과학교실에서 금상을 받았다는 사실이 내게 커다란 자신감을 불러일으켰다. 어떤 경우에도 수학 때문에 의기소침해지는 일은 이제 없을 것 같았다.

그런데 수상 소식이 전해지고 나서 학교에서는 황당한 소문이 나돌았다.

"원희는 전과목 과외를 한대. 과외비가 천만 원이 넘는대."

그 소문의 진의에 대해 어머니는 이렇게 해석해주셨다.

"네가 수학과학교실에서 상 받지, 또 영어경시대회에서도 상 받지, 게다가 전교 1등까지 안 놓치니까 다들 신기해서 하는 소리일 거야."

실제로 그토록 수학에 매달리면서도 다른 과목 공부를 소홀히 하지는 않았다. 내 주변에는 내신성적을 관리해주는 학원에 다니는 친구들이 많았는데, 그 즈음 나는 오로지 수학경시에만 매달리느라 내신성적 관리를 위한 내신 종합반은 다니지 않고 있었다. 그러면서도 어떻게 좋은 성적을 유지할 수 있었을까?

겨우 중학생이었지만 내게도 나름대로의 공부 철학과 공부법이 있었다. 그것은 바로 '공부는 혼자 하는 것'이라는 깨달음이었다. 수학경시처럼 선행학습이 필요한 경우에는 학원을 다니는 것이 좋지만, 내신 과목은 나 혼자 공부해도 충분하다고 생각했고 학교 내신은 늘 자신 있었다.

사실 처음 중학교에 입학했을 때 내신성적을 관리해주고 선행학습을 하는 T학원에 다닌 적이 있다. 그 때 학교에서 배운 내용과 학원에서 배운 내용을 종합해 매일 복습하고 노트 정리하는 습관을 들였다. 굳이 내신성적 관리만을 위해 학원을 다닐 필요가 없다는 생각이 들었지만 나는 학원에서 친구들과 함께 공부하는 것이 좋았다. 그리고 다른 학교에서 1등 하는 아이와 함께 공부하면서 은근히 경쟁심도 생겼다. 시험기간이 되면 내가 정리한 노트를 보며 다시 한 번 복습하고, 과목별 문제집을 푸는 것으로 마무리했다.

따로 독서실도 다니지 않았다. 수학경시반 수업이 끝나면 밤 8시 반. 그 때부터 학원 자습실에 남아 밤 12시까지 공부하고, 학원에서 출발하는 마지막 봉고차를 타고 귀가하곤 했다. 이렇게 습관 들인 대로 공부하면 늘 성적이 잘 나왔다.

"엄마, 그럼 나 천만 원 번 셈이네?"

"그러게 말이야. 우리 원희가 효녀야, 효녀."

어머니와 이런 농담까지 주고받게 되었다. 다른 아이들은 어떤 과외를 받으며 공부하는지 몰라도 내 힘으로 전교 1등을 지켜나간다는 사실이 새삼 뿌듯해졌다.

학교 내신성적을 올리는 데는 성실함이 최고다. 명성있는 학원이나 학벌 좋은 선생님에게 의탁하기보다 스스로 공부해서 자기 것으로 만드는 것이 무엇보다 중요하다는 뜻이다. 배운 내용을 자기 스스로 소화하지 못하면 말짱 도루묵이기 때문이다.

7. 토플에 헤딩하고 민족사관고등학교로!

중학교 3학년 여름방학이 될 때까지 내 꿈은 국제 변호사였다. 나름 대로 정해둔 진로가 있다면, 집에서 멀지 않은 대전외고 일본어과를 거쳐 서울대 법대를 졸업하고 사법고시를 치르는 것이었다. 일본어과를 가려던 이유는 영어 외에 다른 외국어 하나 정도는 확실히 다져두어야겠다는 생각에서였다.

그런데 인생의 진로가 완전히 뒤바뀌는 사건이 생기고 말았다. 언제나 나보다 앞서서 목표를 높게 잡아주시던 어머니가 새로운 목표를 제시하신 것이다.

"원희야, 너 민족사관고등학교에서 공부해보면 어떨까?"

"거기가 어떤 학교인데요?"

그 때까지 나는 민족사관고등학교에 대해 한 번도 들어본 적이 없었다. 처음 들어보는 학교가 이름마저도 참 독특하다고 생각했다.

"강원도에 있는 고등학교인데, '한국의 이튼스쿨'이라고 하더라. 거기서 공부하면 바로 외국 유학도 갈 수 있대."

"유학이요?"

특이한 이름의 학교에 들어가라는 것보다 '유학'이라는 단어가 더 충격적이었다. 그 때까지 내가 이 나라를 떠나 공부하는 모습은 상상조차 해본 일이 없었다.

강원도 횡성에 있는 민족사관고등학교(이하 민사고)는 전국의 수재들을 뽑아 영어로만 수업을 한다고 했다. 그런데 신입생 정원이 겨우 70명이란다. 내 생각에 이 학교는 들어가기도 쉽지 않고, 들어간다 해도 영어로 하는 수업을 따라가기가 보통 일이 아닐 것 같았다. 왠지 딴 나라 얘기 같아서 나는 고개를 저었다.

"엄마, 제가 우리 학교 전교 1등이긴 하지만 전국 1등은 아니잖아요. 서울에서 쟁쟁한 전교 1등들은 다 모여들 텐데, 괜히 지원했다 떨어지면 어떡해요? 난 무조건 대전외고로 갈 거야."

하지만 어머니도 뜻을 굽히지 않았다.

"엄마는 원희가 좀 더 꿈을 크게 가졌음 좋겠어. 민사고에 가보니까 정말 커리큘럼도 좋고 기숙사며 학교시설도 마음에 들더라. 그런 곳에서 공부하다가 기회가 된다면 더 넓은 세계로 나가 공부하는 것도 괜찮지 않겠니?"

어머니는 아버지와 함께 벌써 그 학교 견학까지 다녀왔다고 했다. 그리고 내가 더 고민할 틈도 없이 두 권의 책을 내미셨다. 〈서울대보다 하버드를 겨냥하라〉와 〈민사고 천재들은 하버드가 꿈이 아니다〉라는 책이었다. 두 책 모두 민사고에서 어떤 방식으로 학생들을 가르치는지, 학생들은 어떻게 생활하는지, 유학은 어떻게 가는지 자세히 보여주고 있었다.

책을 다 읽고 나니 민사고가 생각보다 꽤 괜찮은 학교라는 생각이 들기는 했다. 또, '민사고 천재들은 하버드가 꿈이 아니다' 라는 제목이 '하버드가 꿈이 아닌 현실' 이란 뜻을 담고 있다는 것도 알게 되었다. 하지만 이 대단한 학교에 과연 내가 들어갈 수 있을까? 괜히 지원했다가 떨어지면, 그보다 더한 망신이 어디 있을까?

며칠 동안 끙끙대다 생각해낸 핑계가 바로 '민사고 교복' 이었다.

"근데 엄마, 고등학생들이 한복 입고 공부하는 것이 왠지 엽기적으로 보이지 않아요? 이상한 종교 집단 같아. 난 그런 옷 입고 학교 다니는 거 싫어요."

그러자 옆에서 신문을 읽고 계시던 아버지가 기발한 제안을 하셨다.

"원희야. 네가 민사고에 지원하면 아빠가 병원에서 일주일에 한 번씩은 갓 쓰고 한복 입고 진료할게. 어때? 재밌을 것 같지 않니?"

"네?"

아버지는 청주에서 안과를 운영하고 계셨다. 외모로 보나 평소 행동으로 보나 전형적인 모범생 스타일인 아버지가 조선시대 양반처럼 갓 쓰고 하얀 도포자락을 휘날리며 환자를 보신다고? 그러다 환자들까지 예복을 갖춰입고 병원에 나타나면 어떻게 한다지?

"귀 환자는 난시가 심하니, 흔들리는 차안에서는 절대로 책을 보지 마십시오."

"예이! 분부대로 하겠사옵니다."

상상의 나래를 펴니 마구 웃음이 났다. 아버지까지 이렇게 밀어주시는데 더 이상 고집부릴 여지가 없었다.

민사고 특별 전형에 보내야 할 서류로는 중학교 성적표, 선생님들의 추천서, 토플 성적, 그리고 영어로 쓴 자기소개서(에세이)가 있었다. 그 중 가장 자신 없던 것이 '토플 성적'이었다. 특별전형에 지원할 수 있는 자격은 CBT(Computer-based Test, 300점 만점) 토플 213점 이상이면서 내신성적이 전교 3퍼센트(지방은 1퍼센트) 안에 들거나, CBT 토플 260점 이상이었다. 여태까지 한 번도 토플 시험을 준비해본 적 없는 내게 '213점'이라는 숫자는 그야말로 무시무시해 보였다.

서류 마감 전까지 남은 기간은 두 달여. 시간이 없었다. 서점으로 달려가 롱맨(Longman)에서 나오는 실전 문제 시리즈 열 권을 다 사왔다. 내게 주어진 시간이 겨우 두 달이라면, 학원에서 이론을 배우기보다 나 혼자 실전 문제를 많이 풀어보는 편이 훨씬 나았다. 문제의 유형이나 출제 경향을 파악하고 미리 시험에 대한 적응력도 키울 수 있기 때문이다.

"하루에 한 회분씩! 토플아 기다려라, 원희가 간다!"

책상 앞에 이렇게 쪽지를 적어 붙여놓고 문제집 풀기에 돌입했다. 문제를 풀고 나서 채점을 할 때, 내가 왜 틀렸는지 반드시 체크했다. 내가 구입한 문제집은 예전 시험 방식인 PBT(Paper-based Test, 677점 만점) 방식이었는데, 문제집을 여덟 권째 풀었을 때 600점대 초반이 나왔다. 이 점수면 CBT 토플 점수로 환산해도 충분히 안정권이었다.

이제 문제는 에세이. 100개의 토픽과 모범답안이 나와 있는 책을 사서 에세이 쓰는 연습을 했다. 서론, 본론, 결론에 맞춰서 써본 다음 모범답안과 비교하며 내게 부족한 점을 메웠다. 내가 쓴 에세이가 좋은 점수를 받을 만한 건지 아닌지 봐줄 사람도 없었지만, 일단은 정해진 시간 30분 안에 에세이를 마칠 수 있는 데 주력했다.

"엄마, 저 263점이에요!"

토플 성적표가 배달되던 날, 나는 뜻밖의 점수에 너무 기쁜 나머지 집안이 떠나가라 토플 점수를 외쳤다. 에세이 5.5점에 총점 263점. 어떻게 공부해야 고득점을 올릴 수 있는지 아무도 알려주지 않았지만, 이 정도 점수가 나올 수 있었던 건 결국 내가 했던 공부 방법이 옳았다는 얘기가 아닐까?

서류 전형은 의외로 쉽게 통과됐다. 2차 전형은 심층면접이었는데 영어와 수학, 그리고 선택과목을 하나 정한 후 면접관들 앞에서 테스트를 받는 형식이었다. 나는 선택과목으로 수학-A(advanced)를 선택했다.

심층면접이 있던 날의 풍경이 지금도 눈에 선하다. 대기실에서 차례를 기다리고 있는데, 뒷자리에 앉아 있던 아이가 말을 붙였다.

"너는 어디에서 왔니? 토플 점수는 얼마나 받았어?"

"대전에서 왔어. 토플 점수는 별로 안 높아."

"난 280점인데."

서울에서 왔다는 그 아이의 토플 점수는 내가 받은 점수보다 한참 위였다. 보아하니 심층면접 대기실에는 쟁쟁한 아이들만 모인 것 같았다. 자기만의 영어공부법을 책으로 낸 아이, 각종 경시대회에서 수상한 아이, 특별활동으로 여러 번 신문지상에 오른 아이 등등. 약간 기가 죽어 있는 찰나 내 차례가 됐다.

"Hello!"

수학 심층면접실에 들어간 나는 첫인사부터 씩씩하게 영어로 했다. 여긴 영어로만 공부하는 학교니까 수학 면접도 당연히 영어로 치르는 줄 알았던 것이다. 조금 전 기죽은 모습은 창밖으로 날려버리고, 어떻게든 좋은 인상을 남겨야겠다는 마음뿐이었다.

수학 문제가 들어 있는 기다란 통에서 문제의 번호가 적힌 종이를 뽑았다.

"Which number(몇 번 문제지)?"

면접관이 물었다.

"Question number 3, please(3번 문제예요)."

면접관에게 해당 번호의 문제가 적힌 종이를 받아 칠판에 풀기 시작했다. 내가 뽑은 문제는 집합, 소수와 합성수, 그리고 쉬운 기하 문제.

수학경시 공부를 한 덕분인지 문제가 술술 풀렸다.

"How do you transform the equation(어떻게 하면 그 식을 바꿀 수 있지)?"

"If you add 2 times x and substract it, you'll be able to transform the given equation(2x를 양변에 더하고 빼면 주어진 방정식을 바꿀 수 있습니다)."

면접관이 영어로 물어보면 나도 영어로 대답하면서 세 문제를 다 풀었다. 내 영어가 유창한 건 아니었다. '빼다'는 말이 'subtract'인데 순간적으로 헷갈리는 바람에 'substract'라고 말할 정도였다. 하지만 단어가 틀리건 말건 내 목소리는 경쾌한 톤을 유지했고, 내 표정도 끝까지 싱글벙글 미소를 잃지 않았다.

문제를 다 풀고 나자 면접관 한 분이 이렇게 물었다.

"박원희 양, 미국에서는 얼마나 살다왔죠?"

"네? 저는 미국에서 살다온 적이 없습니다."

그러자 면접관들 모두 당황한 기색을 보였다. 나중에야 알게 된 사실인데, 그 날 수학 심층면접실에서 영어로 문제를 푼 사람은 나밖에 없었다. 다른 지원자들에 비해 토플 점수도 낮고 해외 거주 경험도 없으면서 씩씩하게 영어로 수학 문제를 풀다니 그 알량한 영어 실력으로 하룻강아지 범 무서운 줄 모르고 덤빈 셈이었다. 자신감이 하늘을 찔렀다고 해도 지나친 말이 아니었다.

다음 심층면접은 영어였다. 이번에는 진짜로 영어만 사용해야 했다. 수학 면접을 워낙 자신감 있게 치른 터라 여전히 얼굴은 생글거렸지만, 면접관 중 한 분이 아주 무섭게 쳐다봐서 나도 모르게 바짝 긴장했다.

면접관은 미리 나눠준 지문 중 한 문장을 가리키며 물었다.

"Do you know what it means?"

지문은 항공기 추락에 관한 기사였는데, 하필 잘 이해가 되지 않는 부분이었다. 머릿속이 하얘졌다.

"I think it's ….."

그 때 내가 뭐라고 대답했는지는 기억나지 않는다. 나름대로 추측을 했던 것 같다.

"Good guess."

면접관은 무표정한 얼굴이었다. 진땀이 났다. 내가 추측한 게 맞았다는 말일까, 틀렸다는 말일까?

잔뜩 긴장을 해서인지, 마지막 심층면접인 수학 A에서 두어 번 실수를 범했다. 뻔히 알고 있던 풀이과정을 적으면서도 중간에 막히는 부분이 있었다.

"아이, 난 몰라! 분명히 떨어졌을 거야."

집에 돌아와 생각하니 무척 속이 상했다. 내가 민사고에 가지 못하게 된다면 그건 아마도 영어 때문일 것이었다. 다른 지원자들에 비해 낮은 토플 점수와 영어 면접실에서의 긴장감이 떠올라 며칠 동안 잠을 이루지 못했다.

마침내 최종 합격자 발표가 나던 날. 아침부터 거의 10분 간격으로 민사고 홈페이지에 접속했다. 오후가 되어 게시판에 합격자 명단이 뜨는 순간 난 정신을 잃을 뻔했다.

'대전 전민중 박원희'

그건 분명 내 이름이었다. 난 환호성을 지를 기운도 없이 침대 위로 쓰러지듯 누웠다. 모든 긴장이 한꺼번에 풀어지면서 정신이 몽롱해졌다. 그러다가 잠이 들었던 것 같다.

'그럼 이제 나에게도 하버드는 꿈이 아니라 현실이 될까?'

미국으로 유학 가는 내 모습을 그려보았다. 막연한 설렘으로 가슴이
부풀어올랐다.

8. 원희의 영어 읽기 프로젝트

"&&%%$$##&&!"

"Pardon(뭐라고요)?"

선생님 얘기를 못 알아듣고 다섯 번째 'pardon'을 외치자 급기야 반 아이들의 웃음보가 터졌다.

"하하하하…."

내 하얀 얼굴은 점점 더 빨개지고, 영어작문 선생님은 한숨을 쉬셨다. 선생님은 나를 자리에서 일으켜세운 채 무슨 말을 하시는 것일까? 결국 한 번 더 'pardon?'을 한 뒤에야 말뜻을 알아들을 수 있었다.

"글을 참 잘 썼구나!"

이런 뜻인 줄 알았으면 진작에 'Thank you'라 말하고 자리에 앉았을 텐데. 선생님의 뉴질랜드 억양은 정말 알아듣기 힘들었다.

나는 2001년 10월 15일부터 민사고 생활을 시작했다. 미국의 학제와 맞추기 위해 신설된 '예비과정'에 입학한 것이다. 재학생들과 똑같이 기숙사 생활을 하며 영어로만 진행되는 수업을 들었다.

'설마 나 정도면….'

학교에 처음 발을 들여놓는 순간까지도 나는 '영어로 진행되는 수업'에 자신이 있었다. 중학교 내내 영어는 만점이었고, 교외 영어경시대회나 영어 말하기대회에 나가서도 항상 1, 2등을 다퉜기 때문이다.

그런데 수업을 들으면서 '설마' 하던 자만심은 산산이 부서졌다. 선

생님의 말이 조금만 빨라져도 중요한 단어들을 놓치기 일쑤였고, 뉴질랜드나 영국식 발음은 더더욱 귓전에서 맴돌다 날아가버렸다. 'pardon?'도 한두 번이지, 비슷한 상황이 반복되자 유럽사를 가르치던 간제(Ganse) 선생님은 심지어 나에게 이런 충고까지 했다.

"원희, 네가 계속 내 수업을 들어도 좋은지 다시 생각해라."

영어로 진행하는 수업을 따라올 만한 실력이 되는지, 냉정하게 판단해보라는 얘기였다. 만약 선생님 말씀대로 내가 그런 실력이 안 된다면 결국 민사고 수업을 포기하라는 말인가? 생전 처음으로 집 떠나 공부하는 것도 낯선데, 선생님한테 그런 소리까지 듣고 나니 자존심이 한꺼번에 무너져내렸다.

영어로 인한 서러움은 수업시간에만 겪는 게 아니었다. 한 학년 위의 선배들과 함께 일주일에 한 번씩 보는 영어단어 쪽지시험이 너무 어려웠다. 시험용 영어단어 리스트에는 온통 처음 보는 단어들뿐이었다.

"'redolent'는 'exuding fragrance, aromatic'이란 뜻인데, 'exude'는 또 무슨 뜻일까?"

하나의 단어에 대한 영어 뜻풀이를 읽다보면 뜻풀이 속의 영어단어를 모르겠고, 그래서 그 영어단어를 찾아보면 또 뜻풀이 안에 있는 영어단어 때문에 고개를 갸웃거렸다. 혼자서 책상 앞에 앉아 단어 리스트를 외우다 보면 하염없이 머리가 아팠다.

게다가 학교에서 선정한 '독서 리스트'대로 영어 원서까지 읽어야 했다. 〈해리포터와 비밀의 방〉을 원서로 읽어본 게 전부인 나에게, 두껍디두꺼운 영어 원서들은 마치 거대한 산처럼 가슴을 짓눌렀다.

'엄마, 아빠는 정말 너무하신 거 아냐. 어쩌자고 나를 이런 학교에 데려다놓으셨지?'

갑자기 부모님이 원망스러워졌다. 영어로 하는 수업뿐만 아니라, 일상생활에서도 반드시 영어를 써야 하는 게 민사고의 교칙(EOP, English Only Policy)이었다. 함께 입학한 친구들은 대부분 해외에서 살다왔거나 1년 이상 어학연수 경험이 있었다. 이런 친구들과 함께 공부하려면 나도 어학연수쯤은 다녀왔어야 하는 것 아닌가? 부모님은 왜 내게 해외 어학연수를 시켜주지 않았을까? 저렇게 영어를 잘하는 아이들 속에서 나더러 어쩌란 말인가?

꼬리에 꼬리를 물고 이어지는 원망의 종착역은 '내가 지방 도시의 평범한 가정 출신'이라는 것이었다. 학교에서 정해준 자습시간에는 책상 앞에 꼼짝없이 앉아 공부를 하면서도, 자려고 침대에 누우면 어김없이 눈물이 흘렀다. 나 혼자 감당하기엔 이곳 생활이 너무 힘들다는 생각과 두려움으로 인해 부모님에 대한 원망이 커져갔고 울다 잠드는 날이 많아졌다.

그 날 아침도 어깨를 축 늘어뜨린 채 아침운동을 가는 길이었다. 민사고에서는 모든 학생이 아침 6시 30부터 7시 10분까지 의무적으로 아침운동(태권도나 검도)을 해야 했다.

"Won Hee! Did you finish 〈*The Hobbit*〉(원희야, 〈호빗〉 다 읽었니)?"

내 어깨를 툭 치며 다가온 아이는 같은 반의 B였다.

"Not yet(아직 안 읽었어)."

"I've finished it. It was very interesting(난 다 읽었어. 정말 재미있더라)!"

책을 함께 구입한 지 이틀밖에 안 됐는데 그 애는 벌써 다 읽었다고 했다. 나는 이제 겨우 10분의 1을 읽었을 뿐이었다.

퍼뜩 정신이 들었다. 내가 영어단어 시험을 핑계로 독서를 미루고 있는 동안 다른 친구들은 벌써 그 책을 다 읽고 다른 책을 읽기 시작한 것이다. 그 애가 미국에서 살다왔기 때문에 나보다 영어로 된 책을 빨리 읽는 건 당연했다. 하지만 내가 외국 체류 경험이 없는 토종이어서 계속 뒤처진다는 건 마음에 들지 않는 핑계였다.

그 날 저녁부터 영어 원서 읽기에 돌입했다. 일명 '원희의 영어 읽기 프로젝트'. 매일 2시간씩 무조건 책을 읽기로 한 것이다. 제1, 제2 자습시간 중에 10시부터 12시까지는 원서를 읽는 시간으로 정해놓았다. 숙제를 하다가도 그 시간이 되면 어김없이 원서를 손에 잡았다. 학과별 숙제나 예습, 복습보다도 원서 읽기가 우선 순위였다.

"원희야, 안 자니?"

"나 아직 숙제를 못 했어."

영어를 잘하는 룸메이트는 일찌감치 숙제를 마치고 잠자리에 들었지만, 나는 원서를 읽느라 숙제는 아직 반도 하지 못했다. 책을 읽고 나서 다시 숙제를 하다 시계를 보면 새벽 두세 시가 훌쩍 넘어 있곤 했다.

농익은 가을밤, 새벽 두 시 무렵이면 울기 시작하는 풀벌레의 노랫소리를 들은 적 있는가? 기숙사 담벼락을 타고 '찌르르 찌르르' 울리는 풀벌레 소리.

싸늘한 어둠을 가르는 그 섬세한 소리가 지금도 귀에 쟁쟁하다. 어느 시인은 귀뚜라미 울음소리를 가위로 가을밤을 쓰륵쓰륵 써는 것 같다고 비유했는데 나도 그렇게 느꼈다. 그 노랫소리는 때로 섬뜩하게 들렸지만 나는 가을밤 풍경에 취해 더듬거릴 시간이 없었다. 처량하게 외로움을 느낄 여유도 없었다.

가을밤을 썰고 있는 저 풀벌레처럼 나도 영어의 세계를 썰어야 했다. 반드시 영어의 장애물을 썰어 없애야만 했던 기숙사에서의 첫 가을밤. 나는 그렇게 기숙사 705호에서 새벽까지 울고 있는 한 마리 풀벌레였다.

예비과정에 들어와 처음 읽은 〈*The Hobbit*〉. 쉽고 재미있는 판타지 소설인데도 다 읽는 데 2주일이나 걸렸다. 그 다음에 읽은 간디의 〈*We are all brothers*〉는 내용이 너무 지루하고 어려운 단어가 많아서 그보다 훨씬 더 걸렸다. 헤르만 헤세의 〈*Siddhartha*(싯다르타)〉도 3주 이상 읽었던 것 같다. 모르는 단어를 사전에서 찾다보면 몇 페이지 못 읽었는데도 금세 2시간이 지나가버리곤 했다.

"Won Hee, you look terribly tired. What's the problem(원희, 너 무척 피곤해 보이는구나. 무슨 일 있니)?"

"No, nothing. I'm just …(아무 일도 아니에요. 그냥 좀…)."

늘어나는 공부량과 과목별 숙제 때문에 결국 수면 시간이 부족해지자, 수업에 들어가면 졸기 일쑤였다. 처음엔 걱정의 눈길을 보내던 선생님들도 자꾸만 조는 나를 그냥 두고볼 수는 없었던 모양이다.

"Won Hee, Wake up(원희, 일어나)!"

세상 모르고 졸다가 호명되면 창피해서 몸둘 바를 몰랐다. 하지만 세상에서 가장 무거운 것이 바로 '눈꺼풀'이라고 하지 않던가.

중학교 때 졸음 참는 방법으로 사용했던 샤프펜슬 고문을 나는 이곳에서 또 시작했다. 수업시간에 졸음을 참기 위해 샤프펜슬로 손톱 위를 찍어댔다. 주말에 나를 보러온 어머니는 손톱 주위에 피멍이 든 걸 보시고 매우 걱정하셨다. 하지만 수업시간마다 무겁게 감기는 눈꺼풀을 어떻게 해볼 도리가 없어서, 나중에는 볼펜으로 허벅지를 찌르기에 이르렀다. 예비과정을 다 마치도록 내 허벅지에는 여기저기 멍자국이 사라질 날이 없었다.

나의 영어 읽기 프로젝트는 겨울방학까지 이어졌다. 예비과정이 끝나고 겨울방학이 되었을 때, 나는 대전에 있는 집으로 돌아가지 않았다. 민사고의 학사과정 중 조기 졸업자를 위한 프로젝트를 계속 해야했던 것이다.

"원희야, 너희는 겨울방학이 없어서 어떡하니? 아직은 중학생인데 쉬지도 못하고…."

하나밖에 없는 딸을 강원도로 보내놓고 겨울방학이 오기만을 기다렸던 부모님의 실망은 이만저만이 아니었다. 하지만 나는 마음을 독하게 먹었다.

"여기에서 공부하는 게 훨씬 편해요. 참, 엄마 옛날에 듣던 CNN 방송 테이프나 좀 보내주세요."

"그건 왜?"

"기숙사에서 한 달 동안 어학연수 하려고 그러죠."

돈 안 드는 어학연수. 어차피 겨울방학 동안 기숙사라는 한정된 공간에서 지낼 거라면 하루 종일 영어만 듣고, 영어 원서만 읽고, 또 영어로 생각하는 능력을 키운다면 충분히 어학연수 효과를 볼 수 있었다. 이끌어주는 사람 없이 혼자 한다는 어려움이 있었지만 그건 극복할 수 있을 듯싶었다. '영어 읽기 프로젝트'에 양념처럼 '영어 듣기 프로젝트'도 첨가했다.

어머니가 보내준 CNN 방송 테이프를 매일 들었다. 밥을 먹을 때나 화장실에 갈 때도 귀에 이어폰을 꽂고 다녔다. 확실히 이런 수준의 영어는 초등학교 때 배운 회화와는 비교도 안 될 만큼 어렵고, 말하는 속도도 빨랐다. 원어민의 목소리로 녹음된 뉴스를 매일 들으면서 받아쓰기도 해보고, 앵커의 목소리를 쫓아 섀도잉(shadowing, 따라하기)을 시도하기도 했다. 이렇게 하다 보니 그동안 내가 얼마나 쉬운 영어만 구사해왔는지 새삼 느낄 수 있었다.

　테이프를 듣는 시간을 제외하고는 거의 하루 종일 책을 읽었다. 방학이 겨우 한 달 정도라 제인 오스틴의 〈*Pride and Prejudice*(오만과 편견)〉를 읽는 것만도 버거웠지만, 조금씩 속도가 붙는 것 같았다. 처음에는 모르는 영어단어를 하나하나 찾는 데 시간을 많이 보냈는데, 점점 모르는 단어를 추측하고 넘어가는 요령이 생겼다. 처음 보는 단어라도 문맥 속에서 의미를 파악하다 보면 대충 들어맞았다.

　이제는 영어 원서를 읽을 때 사전을 찾아봐야 한다는 조바심은 사라졌다. 영어 원서가 거대한 산처럼 느껴지지도 않았다. 하지만 여전히 영어에 대한 부담감을 안은 채 1학년에 올라갔다.

9. 한국 토종 거북이의 영어 따라잡기

"아이 참, 이번엔 내가 꼴찌인가 봐. 11개나 틀렸어."

"아니야, 내가 꼴찌인 것 같은데? 난 12개 틀렸거든!"

봄기운이 완연한 민사고 교정에서 두 명의 친구들과 나는 서로 '꼴찌'임을 주장하고 있었다. 1학년에 올라와 치른 두 번의 모의 SAT I 시험에서 우리는 연속 '꼴찌 3인방'을 기록한 것이다.

SAT I은 미국 고등학생들이 대학에 가기 위해 치르는 수학능력시험 같은 것이다. 언어 영역(Verbal part)과 수학 영역(Math part)으로 나뉘어 있는데, 각각 800점씩 총 1600점 만점이다. 미국의 거의 모든 대학에서 SAT I 점수를 요구하기 때문에 유학을 준비하는 학생에게는 아주 중요한 시험이다.

나는 수학은 자신 있었지만, 언어(영어) 영역만은 시험지를 받아볼 때마다 모르는 문제가 너무 많았다. 겨울방학 내내 헌신적으로 영어에 매달렸는데 반에서 꼴찌라니! '하늘도 정말 무심하다'는 소리가 입에서 절로 새어나왔다.

"엄마, 이상해요. 점수가 왜 이렇게 안 나올까요?"

속이 상해 집으로 전화를 하면 어머니는 이렇게 위로를 해주셨다.

"원희가 친구들한테 항상 '공부를 해야 점수가 잘 나온다'고 말했던 거, 기억나니? 원희는 중학교 때도 문제집을 수십 권씩 풀고 나서야 시험을 봤잖아. 영어도 '공부를 정말 많이 했다'고 자부할 수 있는 시점이 있을 거야. 지금은 아직 그 시점이 안 됐기 때문에 점수가 안 나오는 것 아닐까?"

듣고 보니 어머니 말씀이 맞는 것 같았다. 아직 내 공부가 부족하기 때문에 점수가 안 나오는 것이리라.

학교에서는 모의시험을 치른 다음에 점수만 알려줄 뿐, 어떤 문제를 틀렸는지는 알려주지 않았다. 더더욱 SAT I의 미궁 속으로 빠져드는 기분이었다. 그나마 다행인 것은 실제 SAT I 시험은 2학년 때 본다는 사실이었다. 그 때까지는 모든 교과목과 자습을 통해 영어 실력을 다져야 했다.

예비과정을 마치고 1학년이 돼서도 나의 불쌍한 영어 행진은 계속됐다. 특히 유럽사 수업이 그랬다. 독일에서 오신 간제 선생님이 가르쳤는데, 기본적으로 알아야 할 지식뿐만 아니라 이해하고 분석하는 능력까지 겸비해야만 들을 수 있는 과목이었다. 그런데 나는 그 분의 영국식 발음이 귀에 익숙지 않은 데다 말조차 빨라 수업 내용을 이해하기 힘들었다.

"너는 영어를 잘 이해하지 못하는구나. 계속 유학반에 있어도 좋은지 잘 생각해봐라."

간제 선생님의 이 말 한 마디에 나는 말할 수 없이 큰 상처를 받았다. 선생님에게 '박원희'라는 아이가 형편없는 학생으로 비쳐지는 게 너무 싫었다.

'My enemy No.1 is European History!'

유럽사를 '반드시 무찔러야 할 적'으로 규정하고, 이렇게 쓴 글귀를 책상 앞에 붙여두었다. 뭔가 풀리지 않는 문제나 어려움이 있으면 책상 앞에 크게 써서 붙여놓고 스스로 자극하며 마음을 다잡는 것이 나의 버릇이었다. 열심히 공부해서 선생님에게 더 나은 모습을 보여줘야만 했다. 어디서 이런 오기가 생기는지는 모르겠지만, 누군가 내게 실망하는 모습을 보면 정말 견딜 수 없었다.

하루에 2시간씩 영어 원서를 읽느라 늘 잠이 모자랐지만 유럽사 시간만큼은 절대로 조는 일이 없었다. 잔뜩 긴장한 눈빛으로 선생님을 바라보며, 선생님이 하는 말은 토씨 하나 빠뜨리지 않고 노트에 적었다. 매일 자습시간에 다시 유럽사 노트를 정리하고 유럽사 숙제만큼은 온갖 정성을 들였다. 그 결과 수업 중간에 치르는 쪽지시험에서 좋은 성적을 거뒀다.

"원희, 시험을 아주 잘 봤구나. 잘했어."

어느 날 선생님의 칭찬에 우쭐해졌다. '이쯤 되면 선생님도 나를 다시 보시겠지' 하는 생각이 들었다. 그러나 유럽사 공부의 길은 그렇게 만만한 게 아니었다. 방심하는 순간 간제 선생님은 또다시 직격탄을 날렸다.

어느 날 수업시간에 'ambush quiz(예고 없이 보는 쪽지시험)'를 보게 되었는데, 내 성적은 형편없이 나왔다.

"너에게 실망했다. 너는 단시간에 공부해서 성적을 올리는 전형적인 한국 학생에 지나지 않아. 네가 미국에 가서 공부를 잘할 거라는 생각이 들지 않는구나."

선생님의 말 한 마디 한 마디가 가슴을 후벼팠다. 한 번 칭찬을 들은 후로 예습, 복습을 게을리한 탓이었다.

그 날은 하필 한 달에 한 번 집에 가는 날이었다. 나는 '엉엉' 소리까지 내가며 서럽게 울었다.

"원희야, 울지 마. 선생님이 더 잘하라고 하신 말씀일 거야."

기숙사 방에서 통곡을 하고 있는 내게 단짝 친구 신재가 다가와 어깨를 토닥여주었다. 하지만 학교를 출발하기 전 20분 동안 무너진 자존심과 서러움을 참지 못해 목놓아 울고 말았다. 집으로 가는 버스 안에서도 내내 우울했다. 내가 한동안 유럽사 공부를 그렇게 열심히 했다는 걸 알아주지 않는 선생님이 야속하고 미웠다.

그런데 이상한 일이었다. 주말을 이용해 집에 다녀오고 나자 다시 도전해서 유럽사를 정복하고야 말겠다는 새로운 오기가 생겼다. 선생님 말이 하나도 틀린 게 없었다. 억울하면 최선을 다해서 좋은 결과를 보여주면 되지 않은가.

새로운 마음으로 유럽사 공부를 다시 시작했다. 로마시대 의상에 대한 리포트를 쓰면서 콧노래를 부르며 직접 일러스트를 그릴 정도로 의욕이 솟았다. 내가 얼마나 열심히 했는지는 에세이 숙제 점수로 판명이 났다. 9점 만점에 늘 3, 4점을 맞던 내가 8점을 맞은 것이다.

"Get your essay published(네 에세이를 발표해라)!"

간제 선생님은 친구들 앞에서 나를 일으켜세우고는 이렇게 칭찬을 해주셨다.

갑자기 간제 선생님에 대한 미움이 눈녹듯 사라지기 시작했다. 못할 때는 못한다고 직설적으로 말해주고, 잘하면 또 그에 걸맞게 칭찬을 해주는 것. 간제 선생님은 학생에게 진정 필요한 것이 무엇인지를 아는 분이었다.

다음 학기에도, 또 그 다음 학기에도 나는 선생님의 유럽사 수업을 들었다. 내가 나태해지지 않고 끊임없이 스스로를 채찍질할 수 있었던 것은 어쩌면 간제 선생님의 덕분이 아니었을까.

1학년 1학기가 지나가면서 나의 영어 실력은 눈에 띄게 향상됐다.

영어로 하는 발표(presentation), 토론(debate) 수업 등을 하다 보니 말하기와 듣기 실력이 자연스럽게 좋아졌다. 어느 순간부터는 영어로 말하는 게 오히려 더 편해져서 기숙사에 친구와 단 둘이 있을 때조차 영어로 이야기할 정도였다.

민사고에 처음 들어왔을 때, 나는 영어에 관한 한 해외파 토끼들 사이에서 느릿느릿 기어가는 토종 거북이에 불과했다. 그러나 비록 느린 거북이지만, 천천히 꾸준히 하다보면 언젠가는 경주에서 이길 거라는 희망이 보이기 시작했다.

왕따에서 하버드 입학까지

10. 아이비리그로의 수학여행

어느덧 1학년 1학기가 지나고 9월이 되었다. 미국 수학여행 시즌이 돌아온 것이다. 우리의 수학여행지는 바로 미국 동부의 아이비리그(Ivy League) 대학을 비롯한 몇몇 명문대들. 유학반 학생들에게는 자신이 가고 싶은 '꿈의 학교(Dream School)'를 직접 돌아보는 기회였고, 국내 대학에 진학할 민족반 학생들에게는 외국 대학교의 실체를 엿볼 수 있는 기회였다.

우리는 예일·하버드·프린스턴·스탠퍼드·존스 홉킨스·컬럼비아 대학 등을 돌아보았다.

"자, 지금부터 각자 점심 먹고 2시까지 정문 앞으로 모이세요."

선생님의 지시가 떨어지면 그 때부터 팀별 자유시간이었다. 서너 명씩 팀을 이뤄 학교 탐방에 나섰다.

처음 보는 미국 대학들은 웅장하고 고풍스러운 느낌이 물씬 풍겼다. 초록색 담쟁이 덩굴로 가득 덮인 건물이나 멋진 공원이 나타날 때마다 감탄사가 절로 나왔다. 키가 큰 아름드리 나무들이 늘어서 있는 길에서는 어김없이 청설모가 등장해서 이방인의 웃음을 자아냈다.

내 기억에 오래도록 남았던 학교는 캠퍼스가 예쁜 예일과 프린스턴이었다. 특히 프린스턴은 뉴저지의 한적한 마을에 자리잡고 있어서인지 분위기가 아주 밝았다. 맑은 햇살 아래 우리는 프린스턴의 교정을 마음껏 돌아다녔다. 중세시대 그림에서 튀어나온 듯한 시계탑은 오랫

동안 내 발걸음을 묶어놓았다.

'이 곳에서 공부하는 기분은 어떤 것일까?'

프린스턴 캠퍼스의 벤치에 앉아 잠시 생각에 잠겼다. 미국 유학은 아직 먼 나라 이야기란 생각 때문인지 기분이 좀 이상해졌다. 마치 내가 현실이 아닌, 영화 속의 한 장면에 들어와 있는 것 같았다.

존스 홉킨스 의과 대학원을 둘러볼 때는 재미있는 일도 벌어졌다. 우리팀 아이들이 모두 그 곳 실험실을 구경하고 싶어했는데, 실험실은 '일반인 출입금지' 였던 것이다.

"Oh, please….."

"No!"

우리의 애절한 요구에도 관리인의 태도는 단호했다. 우리는 풀이 죽어 실험실 앞에 앉아 있었다. 관리인 아저씨가 마음을 고쳐먹지 않는다면 실험실 구경도 못해보고 한국으로 돌아갈 판이었다.

그 때 우리에게 들려온 반가운 한국인의 목소리.

"어머, 너희들 한국에서 왔나 보구나?"

어떤 여성이 우리에게 말을 건네왔다. 존스 홉킨스 의과 대학원에서 박사과정을 밟고 있다고 했다. 그녀 덕분에 우리는 존스 홉킨스의 실험실을 구경할 수 있었다. 낯선 실험기구들은 그저 신기해 보이기만 했다. 첨단 기계설비를 갖춘 실험실을 보는 것만으로도 우리에게는 큰 공부가 되었다.

실험실을 다 둘러보고 나오자, 한 가지 아이디어가 번쩍 머리를 스쳐갔다. 건물 관리인보다는 캠퍼스를 돌아다니는 학생들에게 구원의 손길을 보내기로 한 것이다. 어떤 건물이든 들어가보고 싶으면 근처를 지나는 학생들에게 SOS를 청했다.

"We want to see that! Please."

그 학교 학생인지 아닌지도 모른 채 아무나 지나가는 사람을 붙잡고 사정을 했다. 한국 여학생들의 미인계가 통했는지, 러시아 남자가 활짝 웃으며 다가왔다.

"이 실험실은 모두 출입금지지만, 한국과 러시아가 국경을 맞대고 있으니 내가 특별히 안내해줄게."

상당히 잘생긴 외모의 러시아 남자는 우리를 실험실 안으로 데려가더니, 그 곳에 있는 식물별 배양조건이며 실험기구들의 용도, 가격까지 자세히 알려주었다. 우리나라 돈으로 몇 억씩 한다는 실험기구를 보고 우리 모두 입이 떡 벌어지고 말았다.

그 날의 일정을 마치고 저녁을 먹을 때, 러시아인은 단연 화제였다.

"오늘 그 사람 진짜 짱이었어."

"잘생긴 사람이 친절하기까지. 너무 멋졌어!"

스탠퍼드 대학에 갔을 때는 우리 학교 선배의 도움으로 실험실을 구경했다. 영화 속의 NASA 직원들이 입을 법한 은색 옷을 입고 실험실에 들어갔다. 내가 잘 모르는 물리 분야의 실험실이어서 자세한 건 알수 없었지만, 겉보기에도 휘황찬란한 기구들이 굉장해 보였다. 내가 마치 NASA 직원이라도 된 듯한 착각이 들었다.

아이비리그에서도 가장 유명한 하버드는 내게 특별한 기억을 안겨주었다. 우리 학교에서 배우는 경제학 교과서의 저자를 직접 만나게 된 것이다. 그는 하버드대 경제학과의 맨큐(Mankiw) 교수로 이메일로 두어 번 질문을 하기도 했던 사람이었다.

"한국이라는 나라에서 왔다고? 연구실로 가서 얘기 나눌까?"

책의 속표지에 실린 사진에는 아주 젊고 잘생긴 얼굴이라 내심 기대했는데, 실제로는 사진보다 많이 늙으셨다. 하지만 그게 무슨 상관이랴. 세계적인 석학과 마주앉아 차를 마시며 대화할 수 있다는데.

"교수님이 쓴 책으로 경제학 공부를 하고 있습니다. 모든 원리를 이해하기 쉽게 잘 쓰신 것 같아요."

"오호, 그래? 정말 고맙네."

나의 말이 맨큐 교수의 마음을 사로잡았는지 자신이 쓴 다른 책들도 보여주었다. 그 자리에서 그 책들을 꼼꼼히 읽어볼 수는 없었지만, 경제학 분야에서 탁월한 업적을 쌓은 분임에는 틀림없어 보였다.

연구실을 나서며 하늘을 올려다보았다. 보스턴 특유의 날씨 때문인지 조금 서늘한 기운이 감돌면서 왠지 모를 우울한 느낌이 들었던 것 같다. 하지만 캠퍼스는 세계적인 석학들이 모여 있는 학교라는 명성답게 학구적인 분위기가 물씬 풍겼다. 워낙 입학 조건이 까다로운 대학이라고 들었기 때문에 수학여행 동안 내가 이 대학에 입학할 수 있을 거란 생각은 전혀 하지 못했다.

미국이란 거대한 나라에서 유명한 대학들만 골라 구경하는 건 정말 독특한 체험이었다. 수학여행이 막바지에 이르면서 점점 유학에 대해 현실감이 느껴졌다.

'아, 이 곳에서 공부할 수 있다면…'

두꺼운 책을 들고 미국 대학 캠퍼스를 분주히 오가는 내 모습이 그려졌다. 꿈이나 영화 속의 한 장면이 아니라, 실제로 내가 출연하는 현실 속의 그림 말이다.

수학여행을 다녀온 후로 그간의 막연한 꿈이 현실이 될 수 있도록 노력하자고 나는 자신에게 다짐하고 또 다짐했다.

11. The Dooms S.A.T. 최후의 심판일

찌는 듯한 7월이었다. 한 달간의 방학을 맞이해 집에 온 나는 하루 하루를 눈물로 보냈다.

"몰라, 이제 난 어떡해."

"뭘 어떻게 하니? 좀 쉬엄쉬엄 해라."

어머니는 여유를 가지라고 했지만, 나는 무언가에 쫓기듯 불안하기만 했다. 여름방학은 겨우 한 달. 이 기간 동안 어떻게 해서든 SAT I 점수를 올려야만 했다. 시험 날짜는 10월 11일로 잡혀 있고, 수시(early) 모집에 원서를 내기 위해서는 반드시 SAT I을 봐서 점수를 확보해야 했다. SAT I만 집중적으로 공부하기에는 이번 여름방학이 마지막 기회일지도 몰랐다.

그런데 괜한 '논문 사건'이 터져 하릴없이 집에서 방학 한 달을 보내게 됐다.

"원희야, 여름방학 때 네가 생물에 관한 논문을 쓸 수 있도록 지도해 주겠다는 분이 계셔. 한번 해보지 않을래?"

"논문이라고요?"

내가 학교 기숙사에 있을 때 걸려온 어머니의 전화. 유명 대학의 교수 한 분이 내가 실험을 해서 논문이나 페이퍼(가벼운 분량의 논문)를 쓸 수 있도록 도와준다는 것이었다. 미국 대학들은 지원하는 학생의 성적뿐만 아니라 각종 수상 경력이나 연구 결과를 입학 결정에 반영한다. 그러니 내가 논문을 쓰기만 한다면야 대입 원서를 낼 때 충분히 메리트가 있었다.

"근데 엄마, 전 아무래도 SAT I 때문에 마음이 안 놓여요. 점수가 이렇게 안 오르는데, SAT 전문학원이라도 한번 가봐야 하지 않을까요?"

내가 세운 여름방학 계획은 일주일에 한두 번씩이라도 서울에 올라가서 SAT 전문학원을 다니는 거였다. 방학이 한번 지날 때마다 주변 친구들은 SAT 전문학원을 다녀와 100점씩 점수가 오르곤 했다. 그래서 나도 이번엔 학원의 도움을 좀 받고 싶었다.

"어떻게 너 혼자 서울에 가니? 가서 잘 곳도 없고 위험하잖아. 그냥 논문 쓰면서 혼자 공부하는 게 좋지 않겠어?"

어머니도 뜻을 굽히지 않으셨다. 항상 나를 위해 옳은 길을 제시해준 어머니였기 때문에 이번에도 어머니 뜻을 따르기로 했다.

사실, 고등학생이 대학 실험실 기구를 이용해 논문을 쓸 수 있다는 건 큰 행운이었다. 운명의 여신이 내게 조금만 호의를 베풀었어도 평소 내가 관심 있던 '나노(Nano)'를 주제로 한 논문을 완성할 수 있었을 것이다.

"이 아이는 도움을 받을 자세가 되어 있지 않습니다. 불성실해요."

실험실에 나간 지 며칠 만에 그 교수님으로부터 받은 통보였다. 교수님 집에서 첫 대면을 하던 날, 어머니와 나는 7분을 늦었다. 그리고 실험실에서 집에 조금 일찍 돌아간 적이 한 번 있다. 그 두 가지 이유로 나는 불성실한 사람으로 낙인이 찍혔던 것이다. 첫 만남에서 7분을 늦은 건 차를 몰던 어머니가 아파트 동 위치를 찾느라 그랬고, 실험실에서 일찍 나간 이유는 아침에 식은땀을 흘리며 아파하던 어머니의 모습이 어른거려 실험에 집중할 수 없었기 때문이었다.

나만의 독특한 논문을 준비해서 대학에 지원하려던 꿈은 오명만 남긴 채 종지부를 찍었다. 부모님은 그 교수님의 성격이 이상하다며 오히려 잘됐다고 했지만, 나는 눈물밖에 나오지 않았다.

"SAT 학원이나 갈 걸, 이게 뭐야."

만약 내게 논문을 쓸 시간과 계획이 있다면 이번 여름방학이 마지막 기회였다. 국제반 친구들 가운데는 삼성 휴먼테크에서 논문상을 받은 아이도 있고 더 큰 국제대회를 준비하는 친구들도 있었다. 그 친구들의 모습이 눈앞에 어른거려 나는 나 자신을 학대하기에 이르렀다. 불발로 끝난 논문 때문에 나는 인생을 다 포기한 것처럼 며칠을 멍하니 주저앉아 있었다. 그동안 달콤한 제안을 했던 교수님이 너무 미웠다. 일련의 사건들은 나의 여름을 더욱 무기력하게 만들었다.

안개 속을 헤매듯 보낸 여름방학도 끝나고, 학교로 돌아가니 정말 시험이 코앞에 다가온 느낌이었다.

"T.h.e. D.o.o.m.s. S.A.T!"

16절지 한 장에 한 글자씩, 그것도 빨간색 펜으로 적어 책상 위에 붙여두었다. 꼭 피가 흐르는 것처럼 보여서 내 방에 놀러온 친구들이 "앗, 이게 뭐야!"하고 흠칫 놀랄 정도였다. 'The Dooms SAT'는 'The Doomsday(최후의 심판일)'를 패러디한 것이다. 'doom'은 '운명의'라는 뜻도 가지고 있는데, 앞으로 다가올 10월 11일이야말로 바로 내 운명의 날이라고 믿었다.

미국 고등학생 SAT I 평균은 1200점 내외이다. 하지만 나처럼 외국인 유학생이라면 훨씬 높은 점수를 받아야 입시에 유리하다. 내 목표는 1500점을 넘겨 만점을 확보할 것. 1학년 1학기 모의시험에서 1410점, 2학년 1학기 모의시험에서 1480점을 받았는데 그후로는 전혀 점수가 오르지 않았다. 내가 여름방학 내내 초조했던 이유도 바로 이 때문이다.

이제 남은 기간은 겨우 두 달뿐이었다. 이번에도 나는 기출문제를 중심으로 시험 준비를 했다. 단기간에 시험 준비를 하려면 기출문제를 푸는 것이 출제 경향과 문제 유형을 파악하는 데 효과적이었다. 이건 내가 민사고 입학 전에 토플 시험을 볼 때도 효과를 봤던 방법이다.

매일 나 스스로 정해놓은 분량만큼 문제집을 풀었다. 틀린 문제는 왜 틀렸는지 꼼꼼히 체크하되 답은 표시하지 않았다. 그리고 며칠 후에 그 문제를 다시 풀어보면서 정확히 머릿속에 입력시켰다. 또 기출문제에 나온 단어들 중 모르는 것은 단어장에 적어 손에 들고 다니면서 외웠다. SAT I 시험을 잘 보려면 단어 암기는 필수였다.

혼자 공부를 하다 지치면 은창이 형(우리 학년에 복학한 선배인데, 언제부턴가 우리는 그를 '형'이라 불렀다)과 '100원 내기 시험'을 봤다. 함께 영어단어 시험을 보되, 틀린 개수대로 100원씩 내는 게임이었다. 우리는 매일 저녁 6시만 되면 만나 치열한 내기 시험을 치렀다. 누가 더 땄는지는 기억나지 않지만, 서로 돈을 잃지 않으려고 무척 열심히 공부했다.

시험이 한 달 앞으로 다가오자 스트레스는 극에 달했다. 기출문제집으로 풀어본 점수는 1500점에서 들쭉날쭉했다.

"내가 외운 단어가 시험에 다 나올까? 과연 시험에 나온 단어와 지문을 내가 다 이해할 수 있을까? 어떡해, 어떡해…."

공부를 하면서도 너무 걱정이 되어 '어떡해'를 입에 달고 살았다. 다른 친구들처럼 SAT 전문학원을 다녀봤으면 내가 지금 공부를 잘하고 있는지 아닌지 판단이라도 할 텐데, 그런 기준마저도 없었다. 내 성격상 스스로 정한 분량만큼의 공부를 꼭 끝내야 직성이 풀린다는 것이 그나마 나를 지탱시켜주었다.

드디어 2003년 10월 11일. 운명의 SAT I 시험일 아침이 밝았다. 성남에 위치한 SIS(Seoul International School)에서 시험을 봤다. 온 정신을 집중하고 모르는 단어가 나와도 침착하게 문제를 풀어나갔다. 수학 영역은 생각보다 쉬웠지만, 언어 영역에서는 아리송한 문제가 여러 개 있었다.

며칠 후 확인해본 시험 결과는 1560점. 언어 영역에서 네 문제를 틀리고 수학 영역은 만점을 받았다. 상대평가인 SAT I에서 나는 99퍼센트를 얻었다. 더구나 10월의 SAT는 다른 시기보다 유난히 난이도가 높아서 내가 받은 1560점이 99퍼센트였던 것이다.

"거봐, 바구니. 잘될 거라고 했잖아!"

가까운 친구들은 내 별명을 부르며 예상했던 결과라는 듯 함께 기뻐해주었다. 수학은 당연히 만점을 맞을 거라고 생각했지만, 언어 영역 점수가 이렇게까지 잘 나올 줄은 몰랐다.

'The Doomsday'는 내게 '최후의 심판일'이라기보다 '행운의 심판일'이었던 셈이다. 과연 책상 앞에 붙여둔 그 핏빛 문구가 효과를 발휘한 것일까?

12. 숨가쁜 조기 졸업자, 달걀 귀신을 보다

나는 민사고를 2년 만에 조기 졸업했다. 조기 졸업을 하려면 내신성적, SAT 점수, AP(Advanced Placement, 대학 학점 사전취득제) 성적과 기타 활동 등 모든 면에서 뛰어나야만 했다. 남들이 3년 동안 하는 과정을 2년 만에 마쳐야 했으니 시간이 부족한 게 당연했다.

"엄마, 저 보온 도시락 하나만 사서 보내주세요."

"도시락은 왜? 어디 소풍가니?"

기숙사 학교에서 웬 도시락이냐며 의아해하시는 어머니에게 나는 아무 말도 할 수 없었다. 구체적인 이유를 들으면 걱정하실 게 뻔했다.

2학년이 시작되면서 전력질주가 시작되었다.

AP 시험은 1학년 때 화학 · 미시경제 · 미적분학 BC, 세 과목을 보지만, 2학년 때는 거시경제 · 생물 · 물리 B · 물리 C-M · 물리 C E&M · 컴퓨터 A · 유럽사 · 통계 등 8과목을 치러야 했다. 그리고 SAT II도 1학년 때는 수학 · 화학을 보고 2학년이 되면 작문(writing) · 생물 · 물리 · 일어 등을 준비해 시험을 봐야 했다.

게다가 내신성적 관리를 위한 중간고사와 기말고사는 기본적인 스케줄이었다. 학교에서 시험을 보는 AP와는 달리 SAT는 서울에 있는 시험장까지 가야 하고, 특히 SAT II 시험은 하루에 두 과목밖에 볼 수가 없었다. 민사고 학생들은 내신 과목 시험을 제외하고 이 모든 스케줄을 각자 알아서 결정하고 진행해야 한다. 시험 과목이나 시험 날짜

를 스스로 결정한 후, 자신의 유학 스케줄에 맞게 공부하고 시험준비
를 해야 했다.

그런데 나는 3학년이 아니라 2학년이었기 때문에 어려움이 많았다.

"원희, 네가 조기 졸업을 한다고 해도 너에게만 별도의 혜택을 줄 수
없다."

이것이 학교의 방침이었다. 규율이 철저한 우리 학교도 고3 학생(12
학년)들에게는 아침 6시 30분부터 시작하는 아침운동에 빠진다거나
봉사활동을 감해주는 혜택이 있었다. 하지만 나는 다른 2학년생들과
똑같이 생활해야 했다.

매일 아침운동, 학과 수업, 그리고 주말에 있는 봉사활동까지 다 참
여하면서 여러 가지 시험을 준비하자니 일분 일초가 아쉬운 형편이었
다. 어떻게 하면 시간을 아껴쓸 수 있을까 고민하다 생각해낸 것이 바
로 점심 도시락이었다.

우리 학교는 수업을 받는 교육관과 식당이 있는 기숙사 건물이 가파
른 언덕길로 연결되어 있다. 교육관에서 오전 수업을 마치고 식당에
가서 점심을 먹은 후 다시 교육관까지 오는 데 1시간은 족히 걸렸다.
하지만 도시락이 있다면 점심을 해결하는 데 걸리는 시간은 단 10분.
도시락 싸는 방법은 간단하다. 아침식사를 할 때 식판에 밥과 반찬을
여유 있게 담은 다음, 가져간 도시락통에 점심을 챙겨오는 것이다.

"원희야, 오늘 후식으로 팥빙수 나왔는데 너무 맛있었어. 너도 같이
먹었으면 좋았을 텐데…"

점심시간이 끝나고 5교시 수업 때 만나는 친구들은 점심 메뉴가 너
무 맛있었다며 함께 먹지 못한 걸 아쉬워하곤 했다. 우리 학교는 아침
보다 점심 메뉴가 훨씬 맛있었다. 손으로 하나하나 끼워 만든 꼬치구

이나 토마토 소스를 듬뿍 넣은 스파게티, 보기만 해도 시원한 팥빙수 같은 게 대부분 점심 메뉴에 있었다.

4교시 수업이 끝나면 빈 강의실이나 휴게실에서 혼자 도시락을 먹었다. 간혹 교실에 냄새가 밸까 봐 양지바른 계단에 쪼그리고 앉아서 먹기도 했다.

'쟤는 꼭 저렇게까지 해야 하나?'

간혹 이런 눈빛으로 나를 바라보는 친구들과 마주칠 때면 속이 상했다. 맛있는 점심을 포기해야 할 만큼 난 절박한 상황이었단 사실을 그들이 이해할까.

2학기가 되면서 나의 생활은 한 치의 틈도 없이 빡빡했다. 잠은 하루에 한두 시간밖에 못 자고, 대신 일요일에 예닐곱 시간쯤 몰아서 잤다. 점수가 오르지 않는 SAT I 시험공부에 매달리느라 밤을 꼬박 새우고 나면 수업시간엔 꾸벅꾸벅 졸기 일쑤였다. 모자라는 잠에다 스트레스까지 극에 달하자, 급기야 귀신꿈을 꾸고 말았다.

"왼쪽을 봐… 왼쪽을 봐…."

잠결에 누군가 이렇게 중얼거리는 소리를 들었다. 멀고도 가깝게 들리는 이상야릇한 음색이었다. 나는 평소에도 항상 왼쪽, 오른쪽을 헷갈리곤 했다. 그래서 그만 오른쪽으로 고개를 돌렸는데 눈, 코, 입이 없는 달걀 귀신이 침대 옆에 서 있었다.

"으으…."

소리를 질러야 하는데 목소리가 안 나왔다. 새하얀 달걀 귀신이 고개를 15도 각도로 기울인 채 나를 내려다보고 있었다.

한참 용을 쓰다가 잠에서 깨어났다. 달걀 귀신이 서 있던 자리에는 아무 것도 없었다. 꿈인지 생시인지 구분이 되지 않았다. 이층침대까지 올라와 나를 내려다보던 달걀 귀신의 모습이 너무도 생생했다. 왜 하필 달걀 귀신이었을까?

먹고 잠자는 시간까지 아껴가며 공부한 결과 AP 시험은 여덟 과목 모두 5.0 만점을 받았다. SAT II 시험에서는 작문·수학·물리에서 800점 만점을 맞았고, 생물·화학·일본어도 만점에 가까운 점수를 얻었다. 최종적으로 SAT I 시험 성적이 1560점을 기록한 다음에야 학교에서 조기 졸업 허가가 났다.

이제 남은 것은 가고 싶은 대학을 정하고 원서를 쓰는 일이었다. 나의 유학 준비 능선은 점점 최고조에 이르고 있었다.

13. 미국 명문대가 내게로 왔다

2003년 12월 17일 아침. 선잠에서 깨어나 컴퓨터를 켰다.

"원희가 예일에 안 붙으면 누가 되겠니?"

어느 선생님의 격려가 귓가에 맴돌았다. 나는 짧은 시간에 좋은 점수를 확보한 편이어서 주변에서는 모두 안정권이라고 격려했다. 그 말처럼 되기를 간절히 바라며 예일대학교 홈페이지에 접속했다. 얼마나 지원자가 많은지 홈페이지는 몇 시간째 폭주 상태였다. 결과를 조회해볼 수가 없었다. 왠지 느낌이 좋지 않았다.

간신히 내 이름을 입력하고 나니 화면에 이런 메시지가 떴다.

"I am sorry that I cannot offer you a place in the class of 2008."

한참이나 보고 또 봐도 그건 '불합격'을 알리는 문구였다. 갑자기 눈앞이 캄캄해지고 가슴이 덜컥 내려앉았다. 수시(early) 모집 원서는 한 군데만 지원할 수 있었기 때문에 나는 예일대에만 원서를 냈다. 그런데 여기서 떨어졌으니 이제부터 정시(regular) 모집 대학을 10군데 이상 지원해야 한다는 얘기다.

미국 대학의 정시모집 원서 접수 마감은 대부분 12월 31일이다. 내가 원서를 준비할 수 있는 기간이 보름도 채 안 남은 셈이었다. 미국 대학에 입학 지원서를 쓸 때 가장 시간을 많이 잡아먹는 것이 '에세이(작문)'다. 대학마다 요구하는 에세이가 다른데, 기본적으로 자신을 소개하는 에세이와 주어진 주제를 가지고 쓰는 형식이다. 비슷한 조건의 지원자들이 많을 때는 에세이를 얼마나 잘 작성했느냐에 따라 당락이 결정될 정도로 비중이 높은 항목이다.

- 꿈의 학교 : 하버드 · 스탠퍼드 · 프린스턴 대학교
- 희망하는 학교 : 컬럼비아 · 듀크 · 코넬 대학교
- 안전하게 지원하는 학교 : 노스웨스턴 · 존스 홉킨스 · 워싱턴 대학교

나는 만일을 대비해 미시간 대학교와 UC 버클리도 지원하기로 했다. 그런데 대학을 11군데나 지원하다 보니 써야 할 에세이도 20편이 넘었다. 학교마다 에세이 한두 편씩은 요구하기 때문이다.

'보름 동안 그 많은 걸 어떻게 다 쓴담?'

생각할수록 도무지 엄두가 나지 않아 발부터 동동 굴렀다. 내가 울상을 짓고 다니자, 친한 선배 하나가 다소 냉정한 충고를 했다.

"수시 모집에서 떨어진 것 가지고 뭘 그렇게 징징대니? 앞으로 정시 모집이 남았는데. 너는 한 번쯤 이런 일도 겪어봐야 해."

"그게 무슨 말이에요?"

"넌 지금껏 한 번도 실패라는 걸 경험해본 적이 없잖아. 조기 졸업도 네가 원하는 대로 하게 됐지, AP시험도 SAT 시험도 다 네가 공부한 만큼 점수가 잘 나왔지. 그러니 한 번쯤은 실패가 뭔지 겪어보는 것도 좋지 않겠어?"

겨우 한 번의 실패일 뿐이니 절망하지 말라는 얘기였다. 하지만 나에게는 선배의 말이 전혀 위로가 되지 않았다. 나중에는 좋은 '경험'이라 말할 수 있어도 당장은 아니었다. 그 날 밤은 선배의 말이 나를 짓누르는 바람에 마음이 상해서 아무 것도 못하고 잠만 잤다.

다음 날 아침에 눈을 뜨자마자 정신이 번쩍 났다. 2학기 내내 잠도 못 자고 점심도 제대로 못 먹어가며 공부했다는 사람이 어제 하루는 에세이 하나 못 쓰고 그냥 흘려보낸 것이다. 선배의 충고 한마디에 그렇게 휘청거리는 나 자신이 정말 한심했다.

일단 원서부터 일괄적으로 작성했다. 내가 써야 할 부분은 성적 (academic records), 특별활동과 봉사활동(extracurricular activities), 수상경력(honors or awards received) 등이었다. 추천서는 선생님들께 부탁하고 에세이 쓰기에 돌입했다.

에세이 주제는 학교마다 달랐다. 자기 자신에 대해 자유로운 주제로 쓰라는 데도 있었지만, '만약 지금 10달러가 있다면 어떻게 하루를 보낼 것인가?', '나의 새로운 룸메이트에게 하고 싶은 말', '내가 무서워하는 것들' 등 매우 구체적인 주제들이 많았다.

밤이면 밤마다 에세이를 쓰다 지쳐 책상에 엎드린 채 잠들곤 했다.

'아, 누군가 나 대신 에세이를 써주었으면….'

창작의 고통이라는 게 이런 것일까? '나'를 글로 표현한다는 게 그토록 어려운 일인 줄 몰랐다. 극도의 긴장 상태가 이어지면서 급기야 혼자 책상 앞에 앉아 울음을 터뜨리기도 했다.

내 인생에서 대학입시는 '올인' 해야 하는 그 무엇이었다. 조기 졸업으로 학교를 떠나는 마당에 좋은 결과가 있어야 후배들에게 귀감이 되지 않겠는가. 게다가 나는 2004년 2기 삼성 이건희 장학재단의 장학생으로 선발되었기 때문에 반드시 2004년에 대학에 합격해야만 했다. 3기 장학생은 다시 선발하는 게 원칙이었고 이유없이 대학에 가지 않는 것은 장학생 조건에 위배되기 때문이다.

에세이를 쓰느라 뜬눈으로 밤을 지샌 어느 날, 전화벨이 울렸다.

"원희야, 너 지금 뭐하니?"

어머니였다. 전화선 너머로는 시끌벅적한 풍악 소리도 들리고 사람들이 웅성대는 소리도 들렸다.

"원서에 첨부할 에세이 쓰고 있어요."

"그러니? 엄마랑 아빠는 지금 남도음식문화축제에 와서 쭈꾸미 먹고 있다. 여기 너무 재미있어!"

정말 천진난만한 어머니, 아버지였다. 원서 쓰느라 혼이 다 빠져버린 딸에게 '쭈꾸미' 자랑이라니! 혼자서 미국 대학 문을 두드릴 만큼 내가 훌쩍 커버렸구나, 하는 생각이 들었다. 어머니의 전화를 받고 나서는 갑자기 에세이가 술술 잘 써졌다. 12월 29일까지 모든 원서를 다 마무리하고 기숙사를 나섰다.

다음해 3월초가 되자 많은 친구들이 미국 대학으로부터 일찌감치 합격 통지서를 받기 시작했다. 나한테만 아무런 소식이 없었다. 졸업식을 마치고 집에 돌아와 있는 내게 원서를 낸 대학들은 감감무소식이었다.

'이상하다. 왜 나한테만 소식이 없지? 혹시 지원한 대학에 다 떨어진 거 아냐?'

가장 안전하게 들어갈 거라 생각했던 미시간 주립대에서조차 소식이 없자 갑자기 불안해졌다.

드디어 희소식이 날아온 건 3월 18일 아침이었다.

"미국에서 우편물이 왔습니다."

페덱스에서 온 전화였다. 가슴이 두근거렸다. 집으로 날아든 우편물은 워싱턴 대학교에서 온 것이었다. 봉투를 뜯어 안에 있는 편지를 꺼내는 순간 'Congratulations!' 라는 단어가 보였다.

왕따에서 하버드 입학까지

"와!"

"야호!"

나와 어머니는 서로 얼싸안은 채 비명을 지르며, 소파 위에서 점프를 하듯 마구 뛰었다. 한 군데라도 오라는 대학이 생겼으니, 안도의 한숨과 더불어 하늘을 찌를 듯한 기쁨이 터져나왔다.

그 날부터 환희의 행가래가 시작됐다. 워싱턴 대학교에서 온 희소식에 이어 그 날 오후에는 노스웨스턴 대학교에서 합격 통지가 왔다. 4월 1일 아침에 스탠퍼드 대학으로부터 'Admission Decision(입학허가 결정)'이란 제목의 이메일을 받았을 때는 너무 기쁜 나머지 나도 모르게 엉엉 울었다. 너무 놀랍고 믿기지 않았다. 새벽에 울면서 친구 신재에게 전화를 걸었다.

"신재야, 너 알지? 담임 선생님이 그러셨잖아. 스탠퍼드는 내가 합격할 가능성이 가장 적은 대학교 중 하나라고. 근데 이게 어떻게 된 거야? 나, 합격이야!"

"바구니, 울지마. 난 네가 스탠퍼드에 합격할 줄 벌써부터 알고 있었어."

신재의 따뜻한 말을 들으니 더더욱 눈물이 났다. 가장 합격할 가능성이 낮았던 스탠퍼드에서 나를 불러주었다는 사실만으로도 대만족이었다.

그런데 그게 끝이 아니었다. 듀크 대학과 하버드 대학에서 합격 소식을 알리는 이메일이 오고, 존스 홉킨스, 코넬, 미시간 주립대, 프린스턴까지 줄줄이 합격 소식을 알려왔다. UC 버클리에서는 4년 간의 장학금 지급까지 제시해왔다. 컬럼비아 대학에서만 '대기 상태(원서 검토중)'라는 이메일이 왔다. 지원한 11개 대학 중 컬럼비아 대학을 제외하고는 모두 합격을 한 것이다.

내 원서를 놓고 심의중이라는 컬럼비아 대학 입학처에 이메일을 보냈다.

"나는 이미 하버드와 프린스턴 등 10개 대학에서 입학허가를 받았기 때문에 컬럼비아 대학은 포기하겠습니다."

선택할 수 있는 대학이 이렇게 많은데, 군이 컬럼비아 대학 대기자 명단에서 기다릴 필요가 없었다. 짧은 시간 동안 초조함 속에서 머리를 쥐어짜며 에세이를 쓰고 원서를 준비하던 일들이 떠올랐다. 다시는 돌아가고 싶지 않은 힘든 기억. 하지만 합격의 영광이 모든 것을 보상해주는 것 같았다.

"원희야, 난 네가 될 줄 알았다. 넌 언제나 아빠를 실망시킨 적이 없어. 난 너를 믿었단다."

내 손을 꼭 잡는 아버지를 보며, 자식으로서 이런 기쁨을 선사하는 게 무엇보다 기뻤다.

어떻게 소문이 났는지 여기저기 신문사에서 인터뷰 요청이 들어오더니 급기야 어머니와 나란히 여성잡지에도 실리게 됐다.

"공부 잘하는 비법은 무엇인가요?"

"미국에 가면 어떤 공부를 할 건가요?"

쏟아지는 질문과 카메라 플래시 세례 속에서 며칠을 보냈다. 정말 모든 게 꿈을 꾸고 난 것처럼 멍한 기분이 들었다. 민사고에 처음 입학했을 때는 미국 대학으로 진학하는 것이 최대의 목표였고, 그렇게 되기 위해 안간힘을 썼다. 그런데 결국 내가 지원한 미국의 대학들이 모두 나에게 문을 열어주었다.

"원희 양, 당신의 열정에 감동했습니다."

미국 대학들이 보낸 이메일에는 한결같이 이런 말이 씌어 있었다. 그걸 보고서야 새삼 깨달았다. 그동안 나를 지탱해주었던 힘이 바로 '열정'이었다는 사실을.

그 열정을 품은 채 나는 새로운 세계를 향한 첫걸음을 내딛으려 한다. 세계의 석학들이 모인다는 하버드 대학교에서 생물학을 공부한 후 인류의 건강에 기여하는 사람이 되고 싶다. 매일 아침 민사고 교훈을 외쳤듯이 자신의 출세와 명예만을 위해 공부하지 말고 내일의 밝은 조국을 위해 공부하자는 각오를 다시 한번 가슴 깊이 새기며 지금 나는 달리기 선상에 서 있다.

더 큰 꿈을 향해 다시 힘차게 출발!

제2부

꽃보다 아름다운 시절

디딤돌. 높은 곳으로 올라서야 할 때는 언제나 디딤돌이
필요하다.
내가 미국의 여러 명문대학에 너끈히 합격할 수 있도록 디딤돌이 되어준 곳은
바로 강원도 횡성에 있는 민족사관고등학교였다. 그 곳에 입학해서 2년 만에
조기 졸업을 하기까지 울며 혹은 웃으며 겪은 재미난 일들, 힘들었던 일들 그리
고 잊지 못할 추억들…

1. 학생법정에 서다

"1학년 국제반 박원희에게 회초리 30대를 선고합니다. 꽝!꽝!꽝!"
"앗, 회초리는 안 돼요! 싫어요!"
절규하며 두 팔을 허우적대는 순간 잠에서 깨어났다.
휴우, 꿈이었구나. 정말 다행이다. 앗, 그런데 지금이 몇 시지?
"꺄악!"
내 비명소리에 룸메이트도 혼비백산한 모습으로 침대에서 뛰어내려
왔다. 두 사람 모두 얼굴이 파랗게 질리고 말았다. 한 주를 시작하는
월요일, 그것도 가장 중요한 아침조회 시간에 늦어버린 것이다.
헐레벌떡 11층 강당으로 뛰어올라갔지만 이미 조회는 시작되었고,
전교생이 입을 모아 '교훈'을 낭송하고 있었다.

민족 주체성 교육으로 내일의 밝은 조국을.
출세를 위한 공부를 하지 말고 학문을 위한 공부를 하자.
출세하기 위한 진로를 택하지 말고 소질과 적성에 맞는 진로를 택하자.
이것이 진정한 행복이고 내일의 밝은 조국이다.

뒤늦게 강당에 나타난 우리 둘에게 선생님들의 꾸짖는 듯한 시선과
동급생들의 동정어린 시선이 한꺼번에 쏠렸다. 아침조회 시간에 늦었
다는 것은 엄격한 학교의 규율을 어겼다는 뜻이며, 결국 그 주에 열리

는 학생법정에 서게 된다는 얘기였다.

"우린 이제 어떡하니?"

"미안해. 내가 잠들지만 않았어도…."

룸메이트가 자꾸 미안해했다. 아침식사 후 쏟아지는 졸음을 참지 못하고 룸메이트에게 '10분만 있다 깨워달라'며 침대로 올라간 것이 기억났다. 겨우 10분 자려다 이렇게 되었단 말인가? 뒤늦게 도리질을 하며 후회해봐도 소용없는 일이었다.

학생법정. 이름만 들어도 무시무시한 곳이었다. 우리 학교는 규율이 무척 까다롭고, 규율을 어겼을 때 받는 벌칙 또한 굉장히 엄했다. 모든 벌칙은 매주 금요일에 열리는 학생법정에서 정하는데, 검사 역을 맡은 학생이 '피고인'들의 죄상을 낱낱이 보고하면 판사 역을 맡은 학생회장이 '회초리 ○대'라고 판결을 내렸다. 그러면 죄인들은 전교생이 보는 앞에서 선생님께 회초리를 맞아야 했다.

규율의 대부분은 시간 엄수에 관한 것이었다. 아침운동, 아침조회, 수업, 저녁 자습시간 등 정해진 시간에 늦으면 예외 없이 회초리 감이었다. 취침시간 이후에 자기 호(戶, 한 호에 두 개의 방과 한 개의 화장실이 있고, 각 방에는 두 명의 학생들이 기거했다)를 벗어나도 회초리 감이요, 자습시간에 책상 앞을 벗어나도 회초리 감이었다. 선생님께 예의 없이 행동하거나 남녀간에 이성교제를 하는 것은 두말할 나위 없이 큰 죄목이었다.

금요일 8교시, 그렇게 피하고 싶던 학생법정 시간이 돌아오고야 말았다. 룸메이트와 나는 마른침을 꼴깍꼴깍 삼키며 앞으로 나가 무릎을 꿇고 앉았다. 우리 말고도 판결을 기다리는 학생들이 여럿 있었다. 살짝 고개를 들어보니 판사 역할을 하는 학생회장이 단상에 앉아 있었다.

등뒤에서 우리를 주시하고 있는 전교생의 눈빛이 따갑게 느껴졌다.

"똑바로 앉아!"

깜짝 놀라 고개를 들어보니, 회초리를 든 선생님이 내 옆의 아이에게 호통을 치고 계셨다. 점점 분위기가 살벌해졌다.

법정이 시작되자, 검사 역을 맡은 1학년 학생이 우리의 죄를 판사에게 고했다.

"Park Won Hee, you are accused of being absent from school motto(박원희, 당신은 학교 규율을 어겼습니다)."

그러자 판사 역의 학생회장이 나에게 다시 물었다.

"Park Won Hee, you are accused of being absent from school motto. Do you admit(학교 규율을 어긴 사실을 인정합니까)?"

학생회장의 표정과 말투는 저승사자처럼 냉기가 흘렀다. 평소 장난기 넘치는 유머로 후배들을 웃기던 모습과는 전혀 딴판이었다. 나는 얼마나 가슴을 졸였는지, 얼굴도 제대로 들지 못한 채 간신히 고개만 끄덕였다.

학생회장은 내가 잔뜩 굳어 있는 표정이 재밌었는지, 나한테만 보이게 얼굴을 살짝 돌리고는 "No"라고 속삭이며 놀리는 표정을 지었다. 순간적으로 '픽' 하고 웃음이 나올 뻔했다. 그러나 이 곳은 학생법정. 그 엄숙한 자리에서 피고가 웃는다면 법정 모독죄로 형량이 추가될지도 모를 일이었다.

우리는 죽을죄를 지은 죄인처럼 고개를 푹 숙이고 앉아 판결을 기다렸다. 드디어 학생회장이 판결문을 낭독했다.

"두 사람에게 집행유예를 선고합니다. 꽝꽝꽝!"

그 날 우리는 집행유예를 선고받았다. 입학 후 처음으로 법정에 선

것이기 때문이다. 처음 법정에 오른 사람에게는 'probation(집행유예)'이 적용되었다. 앞으로 한 달간의 유예기간 동안 규율을 어기지 않으면 형량(회초리)을 없애주는 것이다. 물론 그 기간 안에 규율을 어겨 다시 학생법정에 오르면 그 땐 어김없이 회초리를 맞아야 한다. 나는 회초리 맞는 게 너무나 끔찍해서 규율을 지키려고 안간힘을 썼고, 덕분에 집행유예 기간을 무사히 넘길 수 있었다. 그 이후로 다시는 학생법정에 서는 일이 없었다.

회초리만큼은 아니지만 또 하나 우리를 긴장시키는 게 있었으니, 바로 EOP(영어 상용화 정책)였다. 민사고에서는 국어와 국사 과목을 제외한 모든 과목의 수업을 영어로 진행한다. 수업 때뿐만 아니라 일상생활에서도 오로지 영어만 사용하는 것이 학교의 규칙이었다.

"EOP Violation(영어 상용화 규칙 위반)!"

누군가 한국말을 쓰고 있으면 어디선가 학생자치회 임원이나 선생님이 달려와 이렇게 외치며 'EOP Paper'를 내민다. 이것은 영어로 씌어진 짧은 글인데, 주로 J. F. 케네디 대통령의 연설문처럼 유명한 글에서 발췌한 것이다. 이걸 이틀 안에 외워서 아무 선생님에게나 검사를 받아야 한다. 만약 이틀 안에 외우지 못하면 토끼뜀 같은 벌칙이 뒤따른다.

한번은 어이없게도, 우리 학년 여학생 전체가 EOP Paper를 받은 적이 있다. 기숙사에서 교육관까지 이어지는 길을 천천히 걸어가다가 누군가 "야, 늦었다, 늦었어!"라고 외치는 바람에 모두들 "정말?", "뛰어!" 하고 한국말을 써버린 것이다.

"In the long history of the world, only a few generations have been granted the right to defend freedom in its maximum danger.

I do not shrink from this responsibility…."

그 날 우리 여학생 전체는 이렇게 시작되는 EOP Paper를 쉬는 시간 마다 외워야 했다.

가끔 학생법정의 풍경이 떠오를 때가 있다. 회초리로 학생을 다스리는 학교가 대한민국에 몇 군데나 될까? '회초리'라는 단어가 처음에는 무섭고 싫었지만, 지금 생각해보면 무척 고맙다. 자칫 나태해지기 쉬운 사춘기를 절도 있게 보낼 수 있었던 것도 다 회초리 덕분이었으니까.

지금은 우리 학교의 회초리 벌칙이 사라졌다. 내가 재학생이었다면 무척 기뻐했을 텐데 조금 아쉽다는 생각도 드는 걸 보면, 그 시절이 벌써 추억이 되었나 보다.

2. 한밤중, 변기 위의 그녀들

"앗, 뜨거!!"

룸메이트 H가 그만 컵라면을 쏟을 뻔했다. 물을 너무 많이 부어 컵라면 용기 위로 뜨거운 물이 넘실거렸다.

"거봐. 딱 선까지만 부으라니까."

우리는 '선'을 지키지 않은 그녀에게 질타를 퍼부었고, 화장실 안에서는 소리 없는 폭소가 터졌다.

가끔씩 기숙사 화장실은 간이식당 겸 독서실로 깜짝 변신을 했다. 새벽 2시 이후에는 복도나 화장실밖에 전기가 들어오는 곳이 없기 때문이다. 민사고 규칙상 새벽 2시부터는 전체 소등을 하고 책상 위의 스탠드 전기마저 모두 차단된다. 새벽까지 공부를 하고 싶은 사람은 알아서 전기가 들어오는 공간을 찾아야 했는데, 대부분의 학생들이 화장실을 애용했다.

네 명이 함께 쓰는 화장실에는 변기가 둘, 세면대 역시 둘이었는데, 두 명은 세면대 위에 앉고 두 명은 변기 위에 앉아서 공부를 했다. 새벽 3시 반쯤 되면 뱃속에서 전쟁이 일어났다. 각자 비상식량을 꺼내올 시간인 것이다.

"컵라면 같이 먹을 사람?"

"나!"

"나도!"

유통기한이 짧은 빵이나 김밥보다는 컵라면이 제일 만만한 야참이었다. 커피 포트에 물을 끓여 진하게 우려낸 라면 국물 맛은 세상 무엇과도 바꿀 수 없는 최고의 맛이었다. 간혹 부지런한 친구들은 기숙사 식당에서 남은 찬밥을 미리 챙겨놓았다가 라면 국물에 말아먹기도 했다.

학교 규율상 밤 12시 반 이후에 자기 호를 나가면 회초리를 맞는다. 내가 1학년 때만 해도 남학생과 여학생이 같은 층에 살았기 때문에 이 규율은 철저히 지켜졌다. 하지만 각각 다른 층에 살게 되면서부터 잠시 이 규율이 완화되는 기간이 있었으니, 바로 시험기간이다.

"야, 공부 많이 했냐?"

"큰일났어! 아직 반도 못 봤는데!"

시험기간이 되면 복도에 진풍경이 벌어졌다. 새벽 2시를 전후해 같은 층에 사는 학생들이 한꺼번에 복도로 몰려나오는 것이다. 다들 가슴에 책이 한아름이었다. 작은 앉은뱅이 책상, 돌돌 말아접은 이불, 차가운 바닥을 대신할 두툼한 방석 등이 복도 공부의 필수품이었다.

'1시간만 있다가 깨워달라'며 틈새잠을 자는 아이, 아예 이불을 덮고 복도에 엎드린 채로 책을 보는 아이, 모르는 문제를 속삭이듯 묻고 대답하는 아이…. 조용하면서도 북새통인 복도에 사감 선생님이 나타나면 일순 정적이 감돌았다.

"그래, 열심히들 해라."

사감 선생님은 이 말 한마디를 웃음에 실어 보내주시는 게 전부였다. 평소 이 시간에 복도에서 돌아다녔다면 당연히 학생법정 감이지만, 사감 선생님도 시험기간 때만큼은 봐주셨다.

시간 가는 줄 모르고 공부를 하다보면 어느덧 창밖이 희붐하게 밝아오기 시작했다. 우리가 수업을 받는 충무관과 다산관 두 건물의 파란

기와에 햇빛이 차올랐다. 기숙사 복도 창문에 기대어 서서 바라보는 일출은 가슴 벅차게 만드는 뭔가가 있었다.

"그렇게까지 치열하게 공부하니? 다들 경쟁심이 굉장하겠구나!"

언젠가 중학교 친구들을 만나 복도에서 공부한 이야기를 해주었더니, 마치 우리 학교에는 공부벌레들만 있는 것처럼 여기는 듯했다. 그리고 그 속에서 빚어지는 경쟁심 때문에 서로 스트레스를 받지 않느냐고 물었다.

솔직히 입학 초기에는 기숙사 생활에서 오는 스트레스가 이만저만이 아니었다. 같은 공간에 살면서 서로 경쟁하는 관계. 엄연히 그 안에서도 성적 순위는 나오게 마련이고, 우리는 보이지 않는 경쟁심으로 끊임없이 서로를 의식했다. 가족도 아니면서 하루 종일 얼굴을 맞대고 살아야 했으니, '적과의 동침'이 따로 없었던 것이다.

나는 친구들과 어울리기보다 혼자 지내는 편이었다. 처음 예비과정 때부터 동급생들에게 소외감을 느낀 탓이다.

"나 지난 주에 코엑스 아쿠아리움에 다녀왔다."

"그래? 난 메가박스에 가서 영화 봤는데."

"너무 좋았겠다! 다음에는 영화 보러 같이 가자."

동급생들 대부분은 서울과 경기지역인 수도권 출신이었다. 나처럼 지방에서 온 아이에게 '코엑스 아쿠아리움'이나 '롯데월드', '삼성 메가박스' 같은 단어는 낯설기 짝이 없었다. 내가 모르는 장소나 사람에 대해 주고받는 그들의 대화에는 내가 끼어들 여지가 없었다. 강남에서 같은 학원을 다녔거나, 같은 동네에 살면서 '룸메이트도 같이 하자'고 미리 약속하고 온 아이들. 그 아이들 사이에서 나는 공감대를 만들지 못한 채 혼자 지내는 것을 더 편하게 느꼈다.

그러던 어느 월요일이었다. 아침조회에 모인 아이들 모두 조금은 부산스러운 모습이었다. SAT 모의시험이 있는 날이었기 때문이다. 교훈과 교가 제창, 선생님 말씀 등 모든 식순이 끝나고 공지발표 시간이 되었다. 수업시간 변경이나 동아리 활동 등에 대한 공지사항이 마이크를 타고 울려퍼졌다.

그런데 갑자기 마이크를 통해 내 이름이 호명됐다.

"Today is my friend Won Hee's birthday. Happy birthday, Won Hee! Everybody, please say 'Happy Birthday to Won Hee' when you meet her today(오늘은 제 친구 원희의 생일입니다. 원희야, 생일 축하해! 여러분 모두 원희를 만날 때마다 축하인사 해주세요)."

모든 친구들이 일제히 내 쪽을 향해 박수를 쳐주었다. 내 생일 공지를 해준 사람은 다름 아닌 룸메이트였다.

'오늘이 내 생일?'

친구 사귀기도 쉽지 않고 영어 공부에 치여 항상 조급하게 지내온 지난 몇 달. 생일마저도 깜박 잊고 있었는데, 아직 서먹서먹하게 지내던 룸메이트가 생일 공지를 해준 것이다.

그 날 저녁에는 모두 내 방으로 모여들었다. 어디서 준비해왔는지 색색의 풍선들과 폭죽으로 방안을 잔뜩 어지럽혔다.

"원희야, 생일 축하해!"

"나도 정말 생일 축하해!"

친구들은 정성스럽게 포장한 선물들을 건넸다. 예쁜 머리핀이나 거울, 필기구 등 선물 종류도 다양했다. 물론 나도 다른 친구 생일 때 함께 몰려가 축하해주긴 했지만, 많은 친구들의 축하를 받는 기분이 이토록 좋은 것인지는 몰랐다. 다들 웃고 장난치며 노는 모습은 어린아이들처럼 천진난만했다.

입학한 지 두 학기 만에 기숙사 분위기는 확실히 달라져 있었다. 왠지 날카롭고 냉정해 보이던 동급생들이 어느새 많이 털털해지고 둥글둥글해진 느낌이었다. 둥글둥글해지기는 나도 마찬가지였다. 1년이라는 시간을 친구들과 함께 보내는 동안 마음속에는 소외감 대신 동질감이 자리잡은 것이다. 심지어 나에게 서운하게 대했던 친구마저 예쁘게 보였다. 이런 걸 두고 아마 '정'이라고 부르는가 보다.

화장실에서 함께 공부하고, 밤을 지새운 날 아침이면 지각하지 않게 서로 깨워주고, 시험 때 서로 노트를 빌려주면서 쌓인 정. 졸업을 하고 학교를 떠난 지금도 그 정이 새록새록 그리워진다.

꽃보다 아름다운 시절

3. 감시 카메라? 사랑의 카메라!

기숙사 7층 705호. 이층침대와 두 개의 책상, 그리고 노란 바탕에 경쾌한 무늬가 그려진 벽지.

"와, 예쁘다!"

난생 처음 기숙사에 들어왔을 때 예쁜 기숙사 방에 반해서 한동안 들떠 있었다. 새로운 환경에서 공부한다는 사실이 신기하고 설레었던 것이다. 하지만 기숙사에서 한 가지 이상한 물건이 눈에 띄었다. 바로 책상 앞쪽에 달려 있는 감시 카메라였다.

"왜 기숙사에 카메라가 있지? 혹시 몰래 카메라 아냐?"

"우리가 공부하는지 안 하는지 감시하려고 달아놓은 거래."

"흑, 우린 이제 꼼짝없이 갇혔구나!"

책상 앞에서 나를 주시하는 듯한 카메라 렌즈에 바짝 신경이 쓰였다. 보이지 않는 누군가가 내 일거수 일투족을 감시하는 것만 같았다. 나는 혼자 공부하는 스타일이었기 때문에 더더욱 이런 시스템이 불편하게 느껴졌다. 방뿐만 아니라 기숙사 복도에도 카메라가 있었다. 사감실에 모니터가 있어서 방마다 또는 복도마다 번갈아가면서 몇 초씩 비춘다.

저녁식사를 마친 후 7시부터 9시까지가 '제1 자습시간', 9시 30분부터 11시 50분까지가 '제2 자습시간'이고, 중간 30분은 휴식시간이었다. 민사고 학생이라면 누구나 자습시간 동안 책상 앞에 앉아서 열심히 공부한다. 만약 자습을 하지 않고 자리를 이탈하거나 컴퓨터 게임을 하는 등 규칙을 어기는 사람이 발견되면 학생법정에 오르게 되어 있었다.

따르릉 따르릉!

한번은 자습시간에 꾸벅꾸벅 졸다가 인터폰이 울려 수화기를 들었다.

"여보세요?"

"똑바로 앉아라."

전화선을 타고 흐르는 목소리는 사감 선생님이었다. 금세 졸음이 달아났다. 내가 졸고 있는 걸 누군가 보고 있었다는 생각을 하니, 그 날 밤은 내내 잠이 오지 않았다. 카메라를 향해 곤두섰던 신경이 누그러지지 않았다.

그런데 며칠 후, 나의 불편한 심기를 180도 전환시키는 사건이 생겼다.

제1 자습시간이었다. 아침부터 몸이 으슬으슬하더니 자꾸 기침이 나왔다. 감기에 걸린 모양이었다. 쉬는 시간에 잠시 침대에 누웠다가 제2 자습시간이 시작되자 다시 책상 앞에 앉았다.

"아아."

기침이 너무 심해 나도 모르게 입에서 신음소리가 새어나왔다. 책상 위에 펼쳐놓은 미시경제학 교과서의 활자가 어른거리며 눈에 잘 들어오지 않았다. 하지만 자습시간이 끝날 때까지는 책상 앞을 떠날 수 없다는 생각에 이를 악물었다. 그 때였다.

"원희야."

뒤를 돌아보니 소리도 없이 사감 선생님이 들어와 계셨다.

"이 약 먹고, 오늘은 그만 쉬어라. 네가 요즘 너무 무리한 모양이다."

사감 선생님은 카메라에 비치는 내 모습이 너무 힘들어 보여, 양호실에 가서 약을 지어왔다고 했다. 선생님의 따뜻한 말씀에 아까부터 참았던 눈물이 그만 주르륵 흘러내렸다.

"선생님, 감사합니다."

사감 선생님이 가져다준 감기약을 먹고 그 날 밤은 푹 잘 수 있었다.

다음날에도 기침은 좀 했지만, 사감 선생님이 엄마처럼 날 보살펴주고 계신다는 생각에 마음이 든든했다. 사람이 믿는 구석이 있으면 무서운 게 없다더니, 감기몸살도 별 거 아니었다.

현진건의 소설 〈B사감과 러브레터〉 때문인지 '사감' 하면 뾰족한 안경에 무서운 얼굴을 떠올리기 십상이다. 하지만 우리 사감 선생님은 전혀 그런 이미지가 아니었다. 오히려 '어머니' 같은 분이셨다. 자습시간에는 엄하셔도 학생들이 아프거나 어려움을 겪을 때는 제일 먼저 달려와주시곤 했던 것이다.

시간이 지날수록 카메라 앞에서 공부하는 게 익숙해졌다. 일반 고등학교의 단체 자습실에서 공부할 때도 감독 선생님이 있다는 걸 감안하면 우리 학교가 특별히 심한 건 아니었다. 자습실이 따로 없고 학생들이 각자의 방에서 공부하는 시스템이라면 카메라가 있을 수밖에 없는 일이다. 나처럼 갑자기 아픈 학생을 발견하는 것도 결국은 카메라의 역할이 아닐까?

사감실은 두 군데였다. 남학생들 방은 남자 사감 선생님이, 여학생들 방은 여자 사감 선생님이 챙겼다. 제2 자습시간이 끝나는 시각부터 책상 앞에 붙은 카메라는 작동하지 않는다고 했다. 나를 찍고 있는 카메라가 오로지 자습시간을 효율적으로 관리하기 위한 것이라는 걸 알게 된 다음부터는 마음이 한결 편해졌다.

카메라 너머에서 나를 지켜볼 사감 선생님을 위해 특급 이벤트를 벌인 적이 있다.

1학년이 끝나갈 무렵, 자습시간에 책을 보다가 갑자기 자리에서 벌떡 일어섰다. 그리고 춤을 추기 시작했다.

"난 이제 더 이상 소녀가 아니에요, 그대 더 이상 망설이지 말아요, 그대 기다렸던 만큼 나도 오늘을 기다렸어요…."

음악도 없고 조명도 없었지만 입으로는 박지윤의 노래 '성인식'을 립싱크했다. 나름대로 도발적인 눈빛으로 카메라를 바라보았다. 방안에 장미꽃이라도 한 송이 있었다면 입에 물었을 것이다.

사감 선생님이 매일 우리가 공부하는 모습만 보면 지루하실 것 같아서 카메라 앞에서 장난삼아 춤을 추었다. 부디 선생님이 즐거우셨기를.

그 때 사감 선생님은 카메라를 보면서 무슨 생각을 하셨을까? 화들짝 놀라신 건 아닐까? 항상 학생들 공부하는 모습만 보면 지루하실 것 같아서 장난삼아 해본 짓이었다. 부디 선생님이 즐거우셨기를.

"너희들, 다 봤다. 흩어져라!"

쉬는 시간 30분이 끝난 것도 모른 채 친구들과 정신 없이 놀고 있으면 어김없이 울리던 인터폰. 사감 선생님의 엄하면서도 따뜻한 목소리가 지금도 귓가에 생생하다.

꽃보다 아름다운 시절

4. 즐거운 추억, 시체놀이를 아시나요?

기숙사에서 벗어나는 방법은 두 가지, 일주일에 한 번 외출과 한 달에 한 번 집에서의 외박이다. 입학 초기엔 집에 갈 수 있는 날만 손꼽아 기다렸는데, 어느 순간부터는 기숙사가 마치 내 집인 양 느껴졌다. 집에 다녀오는 것보다 기숙사에서 지내는 것이 더 마음 편했던 것이다.

"원희야, 이번 달엔 집에 안 오니?"

"엄마, 저 시험기간이에요. 그냥 기숙사에 있을래요."

"그럼, 엄마가 갈까?"

"아녜요, 오지 마세요. 저 시험공부 무지 밀렸다구요."

내가 외박을 거르면 부모님은 얼굴도 못 본다고 꽤나 서운해하셨다. 2학년이 되면서부터는 공부할 것이 너무 많아 거의 집에 다녀오지 못했다.

외출이 가능한 일요일이 되면 다른 아이들은 강원도 원주 시내나 학교 근처 소사 휴게소까지 가서 바람을 쐬곤 했다. 소사 휴게소까지는 걸어서 15분 거리. 그 곳까지 걸어가면서 신작로 양옆으로 논밭이 펼쳐진 전형적인 시골 풍경을 감상할 수 있다. 흙냄새, 바람 냄새 맡으며 산책하는 것도 꽤 근사했지만, 나는 이상하게도 학교 안에 머무는 것이 좋았다.

해가 중천에 뜨면 그제야 일어나 아침 겸 점심을 먹는다. 그동안 읽고 싶었던 책을 읽거나 인터넷 사이트에서 영화를 본다. 최신가요

MP3를 다운받아 신나게 노래를 부르며 춤을 춘다. 물론 룸메이트가 없을 때 가능하다.

이것이 내가 일요일 오후 2시까지 부릴 수 있는 여유였다. 겨우 2시간 동안이지만, 일분 일초도 빠듯하게 쓰던 나로서는 일요일의 그 여유로움이 굉장한 호사요, 게으름이었다.

귀에 이어폰을 꽂은 채 학교 안을 천천히 돌아보는 것도 좋았다. 우리 학교는 고등학교치고는 꽤 넓은 편이었다. 서로 멀찌감치 떨어져 있는 건물 사이로 난 길이나 파릇파릇한 잔디 위를 혼자 걷다보면 머릿속의 잡념이 말끔히 사라지곤 했다.

조용한 일요일에 색다른 활력을 주는 것은 클럽 활동이었다. 오후 3시가 되면 나는 연극부에 가서 부원들과 함께 즉흥연기 연습을 했다. 실연을 당했을 때, 갑자기 놀랐을 때, 길에서 돈을 주웠을 때 등 각자 순간적으로 떠오르는 상황을 만들어 연기를 했다.

한번은 바람피운 남자친구과 마주앉아 있는 설정으로 즉흥연기를 한 적이 있다.

"흐흐흑…. 네가 어떻게 그럴 수 있어? 지난번 커피숍에서 만난 그 여자 누구야?"

"미안, 정말 미안해."

"몰라! 너한테 정말 실망이야!"

"미안하다니까."

"저리 비켜! 너 같은 애 다시는 보고 싶지 않아!"

앉은자리에서 5초도 채 되지 않아 눈물을 뚝뚝 흘리며 악다구니를 퍼부었다. 그러자 상대역을 맡은 남자 후배는 몹시 당황한 표정을 지었다. 내가 계속 몰아붙이자 급기야 그 후배는 얼굴까지 빨개지며 화를 냈다.

"나한테 왜 그러는 거예요?"

"어? 난 그냥 연기한 건데."

후배의 반응에 내가 더 놀랐다. 내 연기가 기분이 나쁠 정도로 실감 났단 말인가?

연극 클럽 활동을 하면서 내 성격도 조금씩 용감해졌다. 항상 조심스럽게 얘기하느라 막상 속에 있는 말을 꺼내지 못할 때가 많았는데, 연극을 하면서부터는 스스럼없이 나 자신을 표현하게 되었다.

매일 똑같은 공간에서 똑같은 사람들과 마주치고 살자면, 종종 이벤트가 있어야 하는 법이다. 지금도 생각나는 우리들만의 이벤트는 바로 '시체놀이'다.

그 날은 내 친구 신재의 생일날이었다. 케이크를 자르고 생일 선물도 주고 노래까지 부르고 나니 할 일이 없었다.

"우리, 심심한데 시체놀이나 할까?"

누군가 이런 제안을 했다.

"시체놀이?"

"응, 다들 시체처럼 널브러지는 거야. 내가 사진 찍어줄게."

마침 디지털 카메라를 갖고 있던 그 친구는 우리에게 빨리 자세를 잡으라고 성화였다. 갑자기 아이들이 하나둘 시체가 되기 시작했다. 하나는 침대 위에 올라가 몸을 거꾸로 늘어뜨리고, 또 하나는 의자 위로 고꾸라지고, 머리가 긴 여자아이들은 머리칼을 앞으로 모아 늘어뜨렸다. 나는 그냥 얌전히 방바닥에 누웠다.

"자, 찍는다. 하나, 둘, 셋!"

그 친구가 찍은 사진 속에는 10여 명의 시체들이 있었다. 다들 평소의 이미지와는 사뭇 다른 '엽기 모델'이 된 셈이지만, 이 사진은 동급생들 사이에 대 히트를 쳤다.

그 일을 시작으로 우리는 틈만 나면 시체놀이를 했다. 모두가 시체처럼 쓰러진 모습을 카메라에 담는 놀이였다. 시체놀이가 가장 왕성하게 이루어진 곳은 음악 시간마다 가야금 수업을 하던 정자. 멋지게 단청을 입힌 정자를 보면 왠지 귀신과 잘 어울린다는 생각이 들었다. 다들 같은 생각을 한 모양이었다. 음악 선생님이 도착하기 전에 우리들끼리 멋지게 '시체놀이'를 한 판 벌이고는 시치미 뚝 떼고 가야금을 뜯었다.

"어머! 너희들 뭐하니?"

한번은 음악 선생님이 수업시간보다 일찍 도착하는 바람에 사진도 못 찍고 사태를 수습해야 했다. 선생님께 야단은 맞았지만, 그 후로도 시체놀이는 때와 장소를 가리지 않고 계속됐다.

단 5분간의 특급 이벤트. 최대한 리얼한 모습으로 찍히기 위해 다들 얼마나 노력을 했는지 모른다. 그런데 빨간 사인펜으로 입술 옆에 핏자국을 그리거나 얼굴에 케첩을 묻히는 아이는 한 명도 없었으니, 프로정신은 빵점인 시체들이었다.

지금도 몇몇 친구의 인터넷 홈페이지에 가면 그 때 찍은 사진들을 볼 수 있다. 침대와 책상, 의자, 방바닥에 머리를 풀어헤치고 쓰러져 있는 시체 1, 2, 3, 4….이제 미국에 가면 노랑머리 친구들에게도 사진기를 들이밀며 시체놀이를 한번 하자고 할 참인데, 과연 순순히 모델이 되어줄까?

5. 성인식, 그리고 댄스 댄스 댄스

"자, 파전들 드세요, 파전이오."

2학년 선배 언니들의 목청이 교정을 쩌렁쩌렁 울렸다. 예쁜 앞치마를 두른 채 지글지글 익은 파전을 뒤집는 모습에서 평소 공부벌레의 이미지는 찾아볼 수 없었다.

"얘들아, 이리 좀 와서 먹지 않으련?"

선배들의 애교있는 협박에 못 이기는 척, 파전에 '얼큰한' 사이다까지 한 잔 걸치고 나면 속이 든든하고 세상에 부러울 것이 없었다. 드넓은 교정에는 풍악이 울려퍼지고, 온갖 먹거리와 볼거리가 가득했다. 일 년에 한 번 열리는 우리 학교 축제 풍경이다.

민사고에서는 매년 '민족제'라고 하는 축제가 열린다. 학생들의 장기자랑이 열리는 전야제에서부터 그 열기가 후끈 달아올랐다.

한 학년 선배 중에 가수 보아만큼 춤을 잘 추는 선배가 있었는데, 그 선배가 무대 위에 등장하면 나는 정신없이 소리를 질러댔다.

"꺅! 언니 너무 멋져요!"

그 선배의 섹시한 춤은 전교생의 눈을 사로잡기에 충분했다. 온몸이 리듬을 타고 박력 있게 움직이는 모습이 얼마나 매력적이던지. 나도 그 때 자극을 받아 나중에 혼자서 보아의 춤을 연습해본 적이 있다. 룸메이트가 잠시 화장실에 간 사이에 거울 앞에서 '쇼'를 한 것이다. 하지만 결론은 이렇게 났다.

'나는 노래는 되는데, 역시 춤은 안 된단 말이야.'

전야제의 또 다른 볼거리는 우리 학교 최고의 밴드 FITM이었다. 그들의 노래와 연주는 정말 수준급이었다. 스피커에서 터져나오는 강렬한 음악과 호소력 짙은 보컬에 열광하지 않는 사람이 없었다. 나는 무대 바로 아래까지 달려나가서 환호하곤 했다. 내가 1학년 때 조금만 용기가 있었더라면 아마도 FITM 멤버로 전야제 무대에 섰을 것이다.

"자, 이제 모두들 체육관으로 모이세요. 댄스파티가 시작될 예정입니다."

저녁 9시쯤 스피커를 통해 안내 방송이 흘러나왔다. 전야제의 꽃, '댄스파티'가 시작되었다.

체육관 안에는 흡사 나이트클럽에 온 것처럼 휘황찬란한 조명기구들이 빛을 발하고 있었다. 그리고 2시간 가량 이어지는 댄스파티. 대형 스피커를 통해 신나는 음악이 흘러나오고 천장에서는 사이키 조명이 쉬지 않고 돌아갔다.

어떤 아이는 '검도춤'을, 어떤 아이는 '태권도춤'을 췄다. 유명 가수의 백댄서처럼 화려한 안무를 가미한 춤꾼들도 있었다. 사람들 앞에서 춤추는 게 영 어색했던 나는 단짝친구 신재와 손을 잡고 왈츠 흉내를 냈다. 키 작은 원희와 키다리 신재. 두 여자아이가 추는 어정쩡한 왈츠를 보며 누군가는 웃었을지도 모른다.

혼자서 혹은 둘이서 춤을 추다가 서서히 흥이 오르면 잘 모르는 친구들과도 손을 맞잡고 춤을 추었다. 강강술래를 하듯 수십 명의 학생들이 둥글게 원을 만든 다음, 남학생과 여학생을 한 명씩 원 안으로 밀어넣기도 했다. 커플로 춤추게 만드는 것이다.

"얼레꼴레, 누구누구는 사귄대요, 사귄대요."

남녀교제가 엄격하게 금지되는 우리 학교지만, 선생님들도 이 정도는 애교로 봐주셨다.

전교생이 한곳에 모여 춤을 춘다는 건 상상할 수 없을 정도로 신나는 일이었다. 2시간 동안 춤을 추고 나면 온몸이 땀으로 젖고, 그 날은 행복한 단잠에 푹 빠져들었다.

전야제 다음날은 본격적인 축제일이다. 문학 클럽은 시화전을, 검도와 태권도 클럽은 시범경기를, 만화부는 캐릭터 전시 등을 준비했다. 항상 기발한 장소에서 기발한 작품을 선보였던 문학 클럽의 시화전이 지금도 기억에 남는다. 물이 담긴 커다란 그릇에 파란 물감을 풀어놓고, 거기에 시를 적은 셀로판지와 종이배를 하나 띄운 작품은 내가 봤던 작품 중에 최고였다.

2학년 때는 나도 만화부의 장(chief)이었기 때문에 축제 준비에 열을 올렸다. 우리가 선보일 것은 예쁜 캐릭터 상품. 만화에 나오는 캐릭터 그림들을 컴퓨터에서 색칠하고 출력했다. 그리고 일일이 코팅을 해서 책갈피와 부채를 만들었다. 그걸 만드느라 밤새 가위질을 하는 바람에 오른손이 퉁퉁 부을 정도였다.

"예쁜 부채 사세요! 책갈피 사세요!"

우리는 목청껏 호객행위를 했다. 내 얼굴을 봐서라도 하나 사줘야겠다며 찾아오는 친구들이 있는가 하면, 무심코 지나가다 '기특하다'며 하나씩 사주시는 선생님들도 있었다. 학교 이사장님이 거금을 내고 종류별 상품을 다 사주셨을 때는 한마디로 감동이었다. 그렇게 해서 우리가 벌어들인 돈은 자그마치 10만 원. 축제 현장 안에서만 쓸 수 있는 이 특수 화폐로 우리 만화부원들은 교정 여기저기서 먹거리들을 골고루 사먹을 수 있었다.

아, 그러고 보니 민족제의 꽃은 다름 아닌 '성인식'이었다. 성인식 참가 신청을 한 학생들과 그 부모님들이 참여하는 이 행사는 민족교육관 안에서 이루어졌다. 이 행사를 위해 부모님들은 자녀들의 자(字, 본이름 대신 부르는 이름)를 지어주고, 특히 남학생을 둔 부모님들은 갓쓰는 법도 가르쳐주신다. 자녀들이 부모님들에게 정성껏 차를 올리면, 부모님들은 '허허' 웃으며 덕담을 해주신다. 마지막으로 학생들에게 성인식 증서를 나눠주는 것으로 식이 끝난다.

1학년 때 이 의식을 구경하러 갔다가, 전통 예복에 족두리를 쓰고 앉아 있는 너무 예쁜 모습의 여자 선배들을 보았다.

'나도 학교에서 성인식을 치르고 싶다.'

이렇게 생각했었는데, 막상 2학년이 되고 나서는 조기 졸업 때문에 정신이 없어서 기회를 놓치고 말았다. 무척 아쉬움이 컸다.

일 년에 한 번 열리는 민족제. 청량음료처럼 시원하고 액션영화보다 더 재미있는 이벤트였다. 이제 8월에 미국으로 건너가면 다시 보고 싶어도 볼 수가 없겠지. 물론 하버드에도 축제가 있겠지만, 왠지 풋풋했던 민사고의 축제가 그리워질 것만 같다.

6. 사람이 꽃보다 아름다운 봉사 체험

　병든 육체와 가난한 마음을 가진 사람들과의 만남. 고교 시절의 봉사활동은 내 삶을 더욱 풍요롭게 해주었다.

　학교에서 단체로 자주 가던 곳은 음성 꽃동네와 가평 꽃마을이다. 정확한 횟수는 기억나지 않지만, 한 달에 한 번 정도는 갔던 것 같다. 아기들 방부터 할머니, 할아버지 방, 병원의 중환자실, 식당 등 갈 때마다 매번 활동하는 공간이 바뀌었다. 하루 코스로 가는 날은 토요일 아침 7시에 출발해서 저녁 7시쯤에, 1박 2일 코스로 가는 날은 토요일 아침 7시에 출발해서 다음날 점심쯤에 학교로 돌아왔다.

　꽃동네에서 처음으로 1박을 했던 일이 기억난다. 나는 아기들 방에 배정되었다. 지체장애가 있어서 잘 걷지도, 마음껏 기어다니지도 못하는 아기들이었지만 내가 씻겨주고 밥을 먹일 때 해맑게 웃는 모습이 말할 수 없이 예뻤다. 워낙 아기들을 좋아하기 때문에 이런 봉사활동쯤은 식은 죽 먹기라는 생각마저 들었다.

　그런데 문제는 밤중에 일어났다.

　"학생, 이 아기들은 등을 때려줘야 잠을 자. 힘들더라도 좀 재워볼 테야?"

　"예⋯."

　조금 독특한 방법이긴 했지만, 수녀님이 일러준 대로 아기들을 하나씩 재워보기로 했다.

"자장 자장 자장…."

등을 토닥토닥 가볍게 때려주며 한 아기를 재워 눕히고, 또 다른 아기를 안아서 토닥토닥 등을 두드려주었다. 그렇게 대여섯 명의 아기를 재웠을까? 갑자기 한 아기가 울음을 터뜨렸다.

"으앙!"

그러자 다른 아이들도 동시에 울음을 터뜨렸다. 방안이 아기들의 울음소리로 가득 찼다. 기껏 깔아준 이부자리에서 기어나오는 아기들도 있었다.

"퉁퉁 탁탁!"

이상한 소리에 고개를 돌려보니, 그중 건강한 아기 하나가 내 가방을 뒤져 칫솔을 꺼내더니, 플라스틱 휴지통을 거꾸로 엎어놓고 드럼을 치는 게 아닌가? 아기들의 울음소리와 휴지통 드럼 소리에 정신이 하나도 없었다. 나는 스무 명의 아기들을 어떻게든 재워보겠다고 이리 뛰고 저리 뛰었다.

아기들은 한밤중이 지나서야 하나둘 잠이 들기 시작했다. 나는 벽에 기대어 유난히 잠이 없는 아기를 품에 안고 등을 톡톡 두드려주다가, 결국 그 아기보다 먼저 잠이 들고 말았다.

하루 일정으로 봉사활동을 갔을 때는 식당에 앉아서 3시간 동안 마늘을 깠다. 마늘을 내 손으로 까보기는 생전 처음이었다. 한 통에 몇 쪽의 마늘이 있는지 세어본 것도 처음이고, 물고기 비늘 같은 마늘 속껍질을 하나하나 벗겨본 것도 처음이었다. 양파를 까면 눈물이 나온다던데, 마늘은 까면 깔수록 손가락 끝이 아렸다. 3시간 동안 쭈그리고 앉아 있는 건 참을 만했는데, 며칠 동안 손가락 끝이 아려서 정말 혼났다.

다행히 오후 시간에는 김치를 썰었다. 아이들이 소화를 잘 못 시키는 탓에 김치를 다지듯이 잘게 썰어야 했다.

'잘 먹을 수 있다는 건 얼마나 감사한 일인가!'

김치 한쪽도 제대로 먹지 못하는 그 아이들이 제발 건강해지기를 기도했다. 새삼 건강한 몸을 타고난 것에 감사하는 하루였다.

아직 세상을 잘 모르는 내게 더욱 겸허한 자세를 가르쳐준 것은 중환자실 봉사활동이었다.

"안녕하세요?"

인사와 함께 밝게 웃으며 들어간 중환자실에는 몸에 호스를 달고 있는 할머니나 거의 기력이 다해 거동이 불편한 할머니들이 계셨다. 그곳에서 내가 할 일은 마실 물을 떠오는 것과 바닥 청소, 걸레 빨기, 그리고 할머니들의 말벗을 해드리는 것이었다.

한 할머니는 내 손을 잡고 놓아주지 않았다. 내가 당신의 딸과 닮았다고 했다. 나는 할머니의 손녀뻘이나 될 텐데, 아마도 딸의 어릴 적 모습을 떠올리시는 것 같았다. 한참 동안 이야기를 나누고 방에서 나오려는데, 할머니는 여전히 내 손을 놓지 않으려 했다.

나는 그 할머니가 나 없이도 마음 편히 지내실 수 있도록 기도를 해드렸다.

"할머니께서 이 곳에서도 큰 행복을 찾게 해주세요. 하나님께서 많은 축복을 내려주시사 멀리 계신 따님과도 꼭 만날 기회를 주세요."

할머니는 그제야 내 손을 놓더니, 치마를 걷어올리고는 허리춤에서 뭔가를 주섬주섬 꺼내셨다.

"이거 학생 먹어."

겉포장을 뜯어 거의 부서지다시피 한 과자 몇 조각. 마른 장작개비 같은 할머니 손에서 그 과자를 받아드는데 눈물이 핑 돌았다. 여기 계신 분들은 왜 이렇게 착한 걸까? 마음이 가난한 자는 천국에 이른다더니, 모두들 천국에 가시려나 보다.

그 할머니뿐만 아니라 꽃동네에 계신 할머니들은 모두 우리를 딸처럼 대했다. 하루에 한 번밖에 받지 못하는 간식을 먹지 않고 깊숙이 챙겨두셨다가, 이렇게 손님들이 오면 마치 소중한 보따리를 풀듯 꺼내놓으셨다.

"저도 이런 것 많이 먹었어요. 할머니 드세요."

이렇게 말해도 막무가내였다. 결국 그 분들에게 '주는 기쁨'을 선사하는 것으로 실랑이가 끝나곤 했다. 삶이 고단하고 외로운 분들에게 우리들의 밝은 웃음이 약이 되었으면 하고 바랐다.

내가 특히 좋아하는 활동은 목욕 자원봉사였다. 친구들 두세 명과 팀을 이뤄 몸이 불편한 분들을 씻겨드릴 때마다 너무나 행복해하는 그 분들의 얼굴을 봤다.

꽃마을에서 체험한 것에 비하면 1학년 여름방학 때 대전 지방법원에서 했던 자원봉사는 아주 쉽고 단조로운 일이었다. 서류를 복사하거나 타이핑하는 게 전부였다.

1학년 겨울방학과 2학년 여름방학 때 했던 보육원 봉사활동도 내겐 의미가 깊었다. 대전 신탄진에 있는 작은 보육원에서 나는 하루에 네 시간씩 영어를 가르쳤다. SAT 시험준비 때문에 스트레스가 많을 때였지만, 매일 봉사활동만은 절대 거르지 않았다. 아이들이 자존심 상할 것을 염려해 '선생님은 지금 대학교 1학년이야'라고 거짓말을 했다.

아이들은 내가 영어 읽는 법이나 기초적인 문법지식을 가르치는 것보다 책 읽어주는 걸 더 좋아했다.

"자, 오늘은 선생님이 〈아기 사슴 밤비〉를 읽어주겠어요. 잘 들어보아요."

보육원 책장에는 누군가 뽑아 읽은 흔적이 거의 없는 새 책들이 많았다. 아이들이 아직 책 읽는 기쁨을 모르는 모양이었다. 내가 책을 읽어주면 아이들 표정이 무척 진지해졌다. 나중에는 책꽂이에 꽂혀 있는 영어 동화책을 뽑아와서 서로 읽어달라고 떼를 쓰곤 했다.

보육원에는 주로 고아들이 있었지만, 부모가 멀쩡히 살아 있는데도 사정상 맡겨진 아이들도 많았다. 가정 형편이 어려워서 부모가 맞벌이를 하거나 이혼을 하는 바람에 보육원에 온 아이들. 그 아이들의 초롱초롱한 눈망울에 슬픔이 담길까 봐 자꾸 마음이 쓰였다.

하루는 여덟 살 난 남자아이가 〈Surprise party〉라는 제목의 책을 뽑아왔다.

"선생님, 읽어주세요!"

책을 읽어주기 전에 대충 훑어봤는데, 생일을 맞은 남자아이에게 부모님이 깜짝파티를 열어준다는 내용이었다.

'이 내용을 읽어주면 아이들이 상처받지 않을까?'

내심 걱정이 됐다. 생일날 깜짝 파티는커녕 자기를 데리러 오지도 않는 부모를 원망하게 될지도 모른다는 생각이 들었다. 그래서 그냥 영어로만 읽어주고 해석은 하지 않았는데, 아이들이 자꾸만 해석까지 해달라고 졸라댔다.

막상 해석을 해주고 나니 아이들의 반응은 무덤덤했다. 책 내용과 자신들의 상황은 별개라고 느낀 것인지, 아니면 책 읽어준 사람이 곤란할까 봐 그런 것인지 지금도 알 수가 없다. 하지만 그 날 내 마음은 여느 때보다 착잡했다.

"선생님이 고등학생인 거 다 알았어요!"

나중에 내가 미국 대학 합격 소식을 가지고 다시 보육원을 찾았을 때, 아이들은 그 동안 거짓말에 속아주었다고 실토했다. 미국에 가서도 꼭 1등을 하라는 격려도 잊지 않았다.

　밥 먹는 시간이 되면 반찬 투정 한번 부리지 않고 항상 두 손 모아 기도를 드리던 아이들. 짧은 만남이었지만 그 아이들과 함께 할 수 있었던 것에 매우 감사한다. 나는 2학년 여름방학 때 토익위원회 주최의 고등학생 영어경시대회에서 금상을 탔는데 그때 받은 상금 50만 원을 보육원에 기부했다. 내가 아이들과 함께 하면서 느꼈던 고마움에 조금이나마 보답이 됐을까?

　돌이켜보면 자원봉사활동은 내가 평생을 살아도 만나지 못할 이들을 만나게 해준 소중한 기회였다. 그들은 내 삶을 살찌운 사람들이다. 그들과 함께 했던 시간들은 내 가슴 속에 보배로운 기억으로 남아 있을 것이다.

7. 인생은 한 편의 드라마

내가 활동했던 연극 클럽의 이름이 바로 'L.I.D.(Life is Drama)' 였다.

1학년이 끝날 무렵, 즉흥연기를 주로 하던 우리 클럽에 내가 새로운 제안을 했다.

"이번에 걸스카우트 주최 청소년 영어연극대회가 열린대요. 거기 한 번 나가보면 어떨까요?"

장을 맡고 있는 선배와 다른 회원들의 반응은 긍정적이었다. 우리 학교에 연극 클럽이 생긴 이래 교외 대회에 나가본 적이 한 번도 없기 때문에 다들 '해보자' 는 쪽으로 쉽게 의견이 모아졌다.

영어연극대회에 나가기 위해서 가장 시급한 것은 대본이었다.

"원희야, 네가 스토리를 한번 구성해볼래?"

"제가요?"

대회 참가를 제안했다는 이유로 얼떨결에 대본을 맡게 됐다. 준비 기간이 얼마 남지 않은 시점에서 부랴부랴 쓴 나의 첫 작품은 1950년대 한국전쟁을 배경으로 한 〈And then they became one(그리고 그들은 하나가 되었다)〉이었다.

희곡의 줄거리는 이랬다. 한반도 남녘 지방에 형과 아우, 어머니, 그리고 형의 여자친구가 행복하게 살고 있었다. 한국전쟁이 터지자 형은 북한으로 끌려가 북한군이 되고 동생은 대한민국 군인이 된다. 자신이 살던 동네까지 진격해 내려간 형은 동생이 대한민국 군복을 입은 채

114

공부9단 오기10단

자신과 대치하고 있다는 사실을 알게 된다. 형제가 서로에게 총부리를 겨누고 있는 팽팽한 긴장 상태. 이 때 여자친구가 울부짖으며 둘의 싸움을 말리고, 결국 북한군인 형을 귀화시킨다.

연극의 제한 시간은 겨우 10분이었다. 그렇게 짧은 시간에 맞춰 이야기를 진행시키다 보니 조금 갑작스런 결말을 맺게 되었다. 지금까지도 그 점이 못내 아쉽지만, 영화 〈태극기 휘날리며〉를 본 친구들이 영화의 내용과 내 극본이 비슷하다고 해서 놀랍기도 하고 뿌듯하기도 했다. 하버드에 가기 전에 그 영화를 꼭 한번 봐야겠다.

우리는 이 희곡을 무대에 올려 걸스카우트 주최 영어연극대회 강원도 예선에서 가볍게 1등을 했다. 그리고 2주 후에는 전국대회에 참가했다.

예선과 달리 전국대회 때는 공연장 안에 팽팽한 긴장감이 감돌았다. 실력 있는 팀들이 전국에서 열네 팀이나 모여들었기 때문이다. 우리는 긴장하면서도 한편으로는 과연 우리가 전국에서 몇 등이나 할까 무척 궁금했다.

드디어 막이 올랐다. 형제의 어머니가 무대에 등장하자 갑자기 객석에서 웃음이 일었다. 어머니 역할을 맡은 배우가 남학생이었기 때문이다. 우리 팀은 여자 배우가 모자라 부득이하게 남자 선배가 어머니 역을 맡을 수밖에 없었다.

"역시 미인계가 통한다니까. 참 수준 있는 관객들이시네."

무대 뒤에선 우리들끼리 이런 농담을 주고받았다. 분장할 때 그 선배의 모습을 보며 우리는 배꼽을 잡았다. 볼에 분칠을 하고 빨갛게 립스틱까지 칠해놓으니, 영락없이 곱상한 할머니였던 것이다.

드디어 전쟁이 터지고 형과 아우가 서로 총부리를 겨누고 있을 때 여자친구 역을 맡은 내가 달려나가 울부짖었다.

"Stop! Can't you see you're aiming at your fellow countrymen? Please, stop this(우리는 모두 한 핏줄, 한 형제예요. 어서 총을 내려놓으세요)!"

무대에 오르면 연습 때보다 더 말이 빨라진다고 하던데, 정말로 그랬다. 무대 뒤에 있는 연출자 선배는 대사가 너무 빠르다고 사인을 하고, 나는 나대로 연기 삼매경에 빠져 점점 말이 빨라지다가 결국 중요한 장면에서 대사를 까먹고 말았다.

"……."

순간적으로 멈칫했다. 다행히 형 역을 맡은 배우가 재빨리 대사를 읊어 위기를 넘길 수 있었다.

남과 북의 형제가 모두 화해의 눈물을 흘리며 막이 내리자 객석에서 박수가 터져나왔다. 내가 실수를 해서 아쉬움은 남았지만, 알 수 없는 기대감으로 가슴이 뛰었다. 동상 수상자와 은상 수상자가 발표될 때까지도 우리 학교는 호명되지 않았다. 기대감이 점점 높아졌다.

"금상! 민족사관고등학교 L.I.D.!"

연출자 선배가 무대 위로 뛰어올라가 상을 받고 내려온 후, 우리는 모두 객석에서 민사고 교훈을 힘차게 낭송했다. 우리의 교훈 낭송이 끝나자마자 다른 팀들 모두 축하의 박수를 쳐주었다.

내 생전 처음으로 창작한 영어 희곡으로 금상을 받다니! 나는 학교로 돌아가서도 뛰는 가슴을 진정시키지 못했다. 말할 수 없이 벅찬 감격이었다. 며칠 동안 친구들의 축하를 받느라 정신이 없었다.

2학년 때부터는 내가 연극 클럽의 장을 맡아 꾸준히 교외 대회에서 좋은 성적을 거두었다. 유네스코 청소년 영어연극대회에서는 우리 학교의 법정을 그대로 옮긴 연극으로 2등을 하고, 천안 외국어대학교 주최 전국 영어연극대회에서는 외국인 노동자에 대한 이야기로 1등상을 탔다.

나는 점점 영어 희곡 쓰는 데 재미를 붙였다. 특히 천안 외국어대학교 주최 대회 때는 희곡을 쓰는 데 시간 여유를 많이 가졌다. 등장인물은 외국인 노동자들과 한국인 사장, 한국인 비서, 그리고 외국인들의 입장을 옹호하는 변호사. 외국인 노동자들을 잔인하게 대하는 한국인들을 비판하는 내용이었다.

이 연극에서의 포인트는 한국인 사장과 한국인 비서의 오버 연기였다. 내 조국인 한국을 비판하는 내용이었던 만큼, 비판 수위를 가볍게 하기 위해 한국인 사장과 비서에게 사악하면서도 코믹한 연기를 주문했다. 한국인 사장 역을 맡은 친구는 많은 양의 대사에 오버 연기까지 소화하느라 힘들어했다.

드디어 대회 당일. 스무 팀이 참가해 오전, 오후로 나누어 경연을 벌였다. 우리 학교는 멀리 강원도에서 왔기 때문에 오전 참가팀이 되었다.

막이 오르자, 나는 떨리는 마음으로 무대에 나갔다.

"Recently, the racism issue in American high schools has been raised among some Korean students(요즘 한국 학생들 사이에서는 미국 고등학교에서 일어나는 인종차별에 대해 부쩍 관심이 높아지고 있습니다)."

내가 맡은 역은 내레이터였다. 텅 빈 무대에 혼자 서서 대사를 하려니 무척 떨렸다. 조금씩 옆으로 걸음을 옮기기도 하고, 손을 여러 가지 자세로 움직여보기도 하면서 긴장감을 누그러뜨렸다. 내가 무대 뒤로 사라지자 본격적인 연극이 시작되었다.

나와 달리 모든 배우들은 조금도 떨지 않고 훌륭히 연기를 소화했다. 비서 역을 맡은 1학년 후배의 카랑카랑한 목소리는 객석의 산만한 공기를 명징하게 갈랐고, 김 사장 역을 맡은 동급생의 사악한 연기도 실감났다. 극의 후반, 외국인 노동자들이 파업을 하는 부분에 가서는 분위기가 무르익어 모두들 신들린 듯 연기에 몰입했다. 마치 눈앞에서 실제 농성장을 보고 있는 느낌이었다.

그런데 마지막에 가서 생각지도 않은 실수가 터지고 말았다. 모든 참가작의 정해진 길이가 10분인데, 우리 연극이 좀 길어지자 무대 앞에서 누군가 '10분을 넘었다'는 사인을 보냈다. 그러자 마지막 대사를 하려던 친구가 놀라서 그냥 무대 뒤로 들어가버린 것이다. 내레이터가 무대로 나가 마무리하는 대사가 있는 게 그나마 다행이었다.

우리는 수업 때문에 시상식을 보지 못하고 학교로 향했다. 터덜거리는 미니 버스 안에는 어색한 침묵만 흘렀다.

"미안해…."

실수를 했던 친구는 미안하다며 눈물을 보였다. 다들 침울한 표정이었다.

'열심히 했지만 1등은 욕심이지'하고 마음을 접는 순간 여기저기서 전화벨이 울렸다.

"얘들아, 너희가 1등이야, 1등! 축하해!"

행사장에 남아 시상식을 지켜보던 부모님들의 전화였다. 우리는 일제히 환호성을 질렀다.

"역시 아까 네 표정 연기가 좋았어."

"아니야, 역시 네 오버 연기가 압권이었어."

"실은 네 극본이 훌륭했어."

좀전의 침울했던 기억은 다 사라지고, 이제는 서로 칭찬하기에 바빴다. 미니 버스 안에는 갑자기 웃음꽃이 만발했다.

며칠 후 아침조회 시간. 내가 대표로 앞에 나가서 연극대회 상장을 받았다. '대상'이라고 씌어진 상장에는 황금색 잔이 그려져 있고, 우리 팀 10명의 이름이 모두 올라가 있었다. 상금도 70만 원이나 됐다.

"와, 짱이다!"

전교생이 우리를 향해 엄지를 치켜들었다. 연극부가 대외적으로 큰 상을 받자 모두들 대단하다는 반응을 보였다. 가장 큰 성과는 그 동안 유령회원으로 남아 있던 아이들의 참여도가 높아졌다는 것이었다.

그 날 우리는 원주 시내로 나가 피자를 먹고 2차로 노래방까지 갔다. 상금은 학교 발전을 위해 연극 부원 이름으로 학교에 기부했다. 팀원들 모두 어깨가 으쓱해지는 일이었다.

연극 클럽 활동을 하면서 느꼈던 것은 '팀워크의 짜릿함'이었다. 내가 희곡을 쓰고, 내가 연출을 한다 해도 그건 나만의 연극이 아니었다. 모든 배우들이 호흡을 맞추지 않으면 아무 의미가 없는 것이었다. 인생이 한 편의 드라마인지 아닌지 아직은 잘 모르겠지만, 내 인생이라는 드라마에서 연극 클럽 활동은 뿌듯하고 알찬 에피소드였음에 틀림없다.

8. 잊을 수 없는 사람, 사람들

민사고 학생들에게 가장 큰 축복은 뭐니뭐니 해도 훌륭한 선생님들에게 가르침을 받는 것이다. 내가 만난 선생님들은 단순한 지식 전달자가 아니라 인간적으로, 또 공부를 대하는 태도에서 많은 깨달음을 얻게 해준 분들이었다.

특히 기억에 남는 분은 유럽사를 가르치셨던 간제 선생님이다. 예비과정에 입학했을 때 처음 만난 선생님. 나는 선생님의 영어 발음에 익숙지 못해서 수업 내용을 이해하지 못할 때가 많았다.

게다가 자신의 수업에 들어오지 말라는 서운한 말까지 들었다. 학생에게 그보다 더한 형벌이 있을까? 나는 서운함을 느끼는 것과 동시에 오기가 발동해서 다음 학기에도, 또 그 다음 학기에도 간제 선생님의 수업을 신청했다. 선생님에게 '그래, 넌 참 괜찮은 학생이구나' 하는 말을 듣고 싶어서 악바리처럼 유럽사 공부에 매달렸다.

AP 시험 과목으로 유럽사를 배울 때는 선생님께 혹독한 소리를 많이 들었다. AP 유럽사 시험은 객관식과 주관식이 함께 출제되는데, 그중 주관식 문제는 에세이 세 편을 쓰는 것이었다. 선생님은 시험준비를 위해 에세이를 숙제로 내주셨다. 내가 기껏 숙제를 해가서 받는 점수는 9점 만점에 3점 혹은 4점. 결국은 선생님의 타박을 듣게 되었다.

"에세이는 이렇게 쓰는 게 아니다. 옆에 앉은 친구의 에세이를 좀 읽어봐."

선생님은 대놓고 옆자리 친구와 나를 비교했다. 잘하는 친구의 에세이를 좀 보고 배우라는 말이었다. 그 때 나는 유럽사에 대한 지식이 부족하다기보다 에세이 쓰는 방법을 잘 몰랐다. 선생님이 '에세이 쓰는 법'을 절대 가르쳐주지 않았으니 내가 처음부터 에세이 점수를 잘 맞기는 어려운 일이었다.

"토픽이 제시하는 대로 써라."

선생님이 말하는 '에세이 쓰는 법'은 이게 전부였다. 몇 번이나 선생님께 핀잔을 들은 끝에 에세이를 어떻게 써야 하는지 감을 잡았고, 점수도 높아져 에세이를 다른 친구들 앞에서 발표하라는 칭찬까지 받게 되었다.

그 날은 너무 기뻐서 밤에 잠을 설칠 정도였다. 이렇게 칭찬을 해주시다가도 내가 조금이라도 나태해지면 냉정하게 충고해주시던 선생님. 그 덕분에 나는 스스로를 채찍질하며 공부하는 '자립형 인간'이 되었다.

간제 선생님 댁에 저녁 초대를 받았던 일은 잊을 수 없다. 선생님과 학생들이 함께 요리를 해서 먹었는데, 토마토 샐러드가 항상 맛있었다. 선생님이 기본적으로 넣는 재료는 토마토, 치즈, 케이퍼, 그리고 약간의 술. 우리가 냉장고를 뒤져서 발견한 다른 재료들도 넣자고 하면 선생님은 언제나 고개를 끄덕이셨다. 재료들이 이것저것 들어가는 것 같은데도 선생님의 샐러드는 기가 막히게 맛있었다.

"자, 오늘은 로마인들이 어떻게 식사를 했는지 알아볼까?"

어느 날 선생님은 저녁 메뉴로 로마인들이 먹던 닭고기와 양파를 넣은 수프를 만들자고 하셨다. 우리는 각자 닭고기를 썰고, 양파 껍질을 벗기고, 수프가 냄비 바닥에 눌어붙지 않도록 휘휘 저으며 요리에 참

여했다.

마침내 완성된 닭고기와 양파 수프. 이국적인 그 맛 앞에서 우리는 너나 할 것 없이 돼지로 돌변했다.

저녁식사의 하이라이트는 언제나 디저트였다. 간제 선생님은 파스퇴르 우유를 방바닥에 놓고 발효시켜서 만든 요구르트나, 아이스크림에 약간의 술과 과일을 넣은 디저트를 내왔다. 거기서 맛본 디저트가 너무 맛있어서 나중에 집에서 시도해봤는데, 언제나 실패했다. 다음에 학교에 갈 기회가 있다면 선생님께 요리법을 다시 한번 배워야겠다. 학교에 오면 언제든지 저녁식사에 초대하겠다고 약속하셨는데⋯. 미국에 가면 간제 선생님이 너무 보고 싶을 것 같다.

내가 좋아하는 또 다른 분은 김명수 선생님. 평소 자상한 수업 분위기로 인기가 있는 데다, 특히 '백만 불짜리 미소'가 압권인 분이다.

김명수 선생님은 내가 한창 조기 졸업 준비로 눈코 뜰 새 없을 때 우리 학교 칼리지 카운슬러로 일하셨다. 공부하는 짬짬이 유학에 관해 모르는 것이 있으면 언제나 선생님께 달려가곤 했다. 나는 얼마나 많은 대학교에 원서를 내야 할지, 원서는 어떻게 써야 할지 모르는 것 투성이였다. 모두 선생님께 여쭤보고 도움을 많이 받았다.

사실 내가 선생님께 들러 유학 상담만 한 것은 아니었다. 가끔씩 공부하다 기분이 울적해지거나, 모의 SAT 시험 점수가 잘 안 나올 때 김명수 선생님 연구실에 들렀다.

"선생님! 제가 이러다 유학을 갈 수나 있을지 모르겠어요."

"허허허, 다 잘될 거야. 원희가 무슨 걱정이야."

내가 걱정스런 표정을 지으면 선생님은 내게 백만 불짜리 미소를 지으며 용기를 듬뿍 얹어주시곤 했다. 힘들 때마다 달려가 마음의 안정을 찾을 수 있는 곳, 내 마음의 오아시스. 선생님의 연구실은 내게 휴식처나 다름없었다.

내가 좀 덤벙대는 경향이 있어서, UC 버클리 대학에 지원할 때는 원서에 지원비 40달러 넣는 것을 깜빡하고 말았다. 원서 접수 자체가 취소될 뻔한 일이었다. 다행히 UC 버클리 대학에서 돈을 내라는 연락이 와서 무사히 넘어가긴 했지만. 나의 실수담을 들은 선생님은 내가 쓴 원서들을 다시 한번 꼼꼼히 챙겨주셨다. 내가 지원한 학교마다 실수 없이 다 붙은 것도 어쩌면 선생님 덕분이 아닐까?

그 때는 쑥스러워서 제대로 말씀드리지 못했지만 이제 열 번, 백 번이라도 이렇게 말하고 싶다.

"선생님, 정말 감사해요. 선생님 덕분에 제가 용기를 많이 얻었답니다."

마지막으로 윌리엄스 선생님 얘기를 빼놓을 수 없다. 사실 난 윌리엄스 선생님께 한 번도 배운 적이 없다.

"Hello!"

선생님 연구실 창문에 내 얼굴을 들이밀고 이렇게 인사를 한 것이 인연이 되었다. 언제나 상냥한 미소를 띤 선생님을 보면 왠지 기분이 좋아져서 나도 모르게 인사를 해버린 것이다.

"Come on in(들어오렴)."

선생님은 내게 연구실로 들어오라고 했다. 우연한 만남이었지만 우리는 따뜻한 차를 마시며 1시간도 넘게 유쾌한 수다를 떨었다. 마음이 통하는 사람을 만나면 끝도 없이 얘기를 하는 게 내 성격이다.

작년 12월, 나는 윌리엄스 선생님에게 달려가지 않을 수 없었다. 대입 원서에 첨부할 에세이 때문에 혼자서 무척 골치를 썩던 참이었다.

때로는 힘들었지만 그래도 민사고에서의 모든 것이 내겐 특별한 추억이었다.

선생님은 흔쾌히 에세이 수정을 도와주셨다.

"선생님도 많이 바쁘실 텐데 죄송해요."

이렇게 말하면 선생님은 손사래를 치셨다.

"아니야. 일이 조금 더 느는 건 상관없어."

원서 마감일이 다가오면서 선생님 눈밑이 하루하루 검게 변했다. 내가 에세이 수정을 자꾸 부탁한 탓이었다. 선생님 덕분에 에세이는 무사히 쓸 수 있었지만, 나는 죄송한 마음을 금할 수가 없었다.

얼마 전 윌리엄스 선생님에게서 이메일이 왔다.

"요즘 원희가 스탠퍼드와 하버드에 붙었다는 소문을 들었는데 정말 축하한다. 이제 고등학교 졸업도 했으니 나를 미스터 윌스엄스라 부르지 말고 그냥 이름 부르며 친구처럼 지내자."

서양 사람이면서도 한국적인 정이 물씬 풍기는 분이다. 올 입시철에는 윌리엄스 선생님 눈밑이 너무 많이 검어지지 않기를 바란다.

여기에 겨우 세 분을 꼽았지만, 나는 민사고의 모든 선생님들을 존경한다. 그 분들 밑에서 공부할 수 있었다는 건 정말 크나큰 행운이었다. 입학 당시만 해도 영어 때문에 부모님 원망을 많이 했지만, 지금은 오히려 부모님께 감사한다. 만약 고등학교 진학을 내 고집대로 밀고 나갔다면, 내가 어떻게 이 훌륭한 선생님들과 만날 수 있었겠는가. 내가 조기 졸업을 마치고 무사히 대학에 진학할 수 있도록 도와준 모든 선생님들에게 머리 숙여 진심으로 감사한다.

눈을 감으면 민사고에서 보낸 2년의 시간이 파노라마처럼 펼쳐진다.

서랍에 숨겨둔 과자를 꺼내먹으며 수다 떨던 일, 밤늦게까지 시험공부하면서 컵라면을 끓여먹던 일, 무심코 한국어를 내뱉었다가 푸(Pooh) 선생님한테 걸려서 'EOP paper'를 외웠던 일, SAT 시험이 끝나고 기숙사로 돌아오던 길에 보았던 하늘의 새털구름, 기숙사 방 창문을 닫으려다가 문득 눈길이 머문 빨간 저녁노을, 그 노을을 받으며 발갛게 물들어가던 다산관의 푸른 기와, 사이키 조명 아래 전교생이 춤을 추던 체육관, 그리고 그 속에서 춤추고 있던 나.

민사고에서의 모든 것이 내겐 특별한 추억이다.

나의 피눈물 영어정복기

미국으로 유학을 가기 위해서는 영어가 기본이다. 단순히 특정 시험 성적이 좋다거나 단어를 많이 안다고 해서 영어를 잘한다고 볼 수는 없다.

모국어를 사용하는 것처럼 영어가 자연스럽게 느껴져야 하고, 영어로 씌어진 책을 읽는 데 전혀 부담이 없어야 한다. 평소 사람들과 영어로 대화하는 걸 즐긴다면 금상첨화. 내가 처음 민사고에 들어갔을 때, 영어에 관한 한 '상대적 열등생'이었다. 일반적인 한국 사람의 기준으로 봐서는 절대 못하는 영어가 아닌데, 영어를 모국어처럼 구사하는 아이들 틈에서는 처져도 이만저만 처지는 게 아니었다. 영어 때문에 고생했던 내가 영어와 더욱 가까워질 수 있었던 비결들을 모아보았다.

1. Slow and steady wins the race

자기 실력 파악하기

민사고에 처음 입학했을 때, 무엇보다 나를 힘들게 한 것은 영어였다. 그 때까지 읽어본 영어 원서라고는 〈해리포터와 비밀의 방〉이 전부였던 내게, 영어로 씌어진 교과서들과 각종 참고 서적들, 영어 독서 리스트, 영어단어 시험은 그야말로 가도 가도 끝이 없는 오르막길 같았다.

화학이나 수학 등 이학 분야의 책들은 그나마 사정이 나았다. 문학 쪽으로 넘어오면 책을 읽을수록 머릿속이 복잡해졌다. 단순한 의미뿐만 아니라 문장 속에 숨겨진 뉘앙스까지 찾아내기엔 내 영어가 너무 '소박' 했다. 그동안 지나치게 쉬운 영어에만 길들여져 있었던 탓이다. 난 영영사전을 펼쳐놓고 모르는 단어를 찾고 또 찾았다. 그런데 옆에서 공부하는 친구들은 '어, 이거 이런 뜻이잖아' 라고 쉽게 맞히는 걸 보면서 허탈감에 휩싸였다.

나를 더욱 압박한 것은 영어 에세이 쓰기였다. 한국어를 잘하는 한국 사람도 막상 글을 쓰려면 막막할 때가 있다. 영어 에세이를 잘 쓰려면 그 전에 영어를 수단으로 한 '듣기' 와 '읽기' 가 충분히 채워져야 했다. 그런데 영어 원서를 펼쳐놓고 한 시간에 겨우 10페이지 읽는 수준이었으니, 민사고라는 '영어 특구' 에서 나는 졸지에 미아가 된 꼴이었다. 영어를 모국어처럼 사용하는 친구들이 부럽기만 했다.

그런데 어느 날인가, 문득 이런 생각이 들었다. 내가 만약 이 영어 특구에 들어오지 않았다면 나의 영어 실력은 어떻게 되었을까? 영원히 소박하고 짧은 영어에 만족하며 살지 않았을까?

자각이라는 건 참 무서운 것이다. 나는 영어에 관한 한 혹독할 만큼 깨졌고, 그 덕분에 영어에 도전할 새로운 의욕이 솟구쳤다.

'내가 정말 영어를 못하는구나!'

이런 자각이야말로 영어 공부의 출발점이 아닌가 싶다. 대충 머릿속으로 생각하는 자각이 아니라, 가슴을 세차게 파고드는 엄청난 자각 말이다.

영어를 '외국어'로 생각하는 그룹 안에서 아무리 1등을 한다고 해도, 영어를 모국어로 쓰는 사람들 속에 섞이면 초등학교 수준밖에 되지 않는다. 아마 올 여름 하버드에 가면 또 한 번 큰 자각을 하게 될 것 같다. 한국에서 영어로 공부했던 것과, 진짜 원어민들 사이에서 공부하는 것은 천지차이일 테니까.

미국이라는 땅에서 영어로 공부할 것이 걱정은 되지만, 이것만은 자신 있게 말할 수 있다. 영어를 모국어처럼 잘하고 싶다면 지금 내 영어 실력이 어느 지점에 와 있는지 냉정하게 파악하라는 것이다. 자기 점검이 확실히 되면 앞으로 해야 할 공부의 양이 얼마 만큼인지 보이며, 공부의 양이 정해진 다음에는 열심히 하지 않을 수 없기 때문이다.

영어의 처음은 재미있게 시작하자

내가 초등학교에 다닐 때만 해도 동네에는 변변한 영어회화학원이 없었다. 마침 어머니의 친구분이 워싱턴 주립대에서 영문학을 공부하고 놀아와 우리 집 근처에 사셨다. 그 분의 조카 둘과 나, 내 동생이 함께 그 집에서 영어를 배우게 되었다. 6살 때의 일이다.

그 선생님 댁에서 배운 첫 수업은 지금도 잊지 못한다. 선생님 댁 현관문을 열고 들어갔을 때, 나를 포함한 네 명의 아이들은 주방으로 안내되었다.

주방에는 오이 · 당근 · 배추 · 시금치 등 각종 야채가 준비되어 있었다. 선생님은 야채를 하나씩 들고 영어로 말하기 시작했다.

"This is a cucumber(이것은 오이입니다)."

"This is a carrot(이것은 당근입니다)."

선생님의 입에서 나오는 낯선 단어들. 그것은 한국어가 아닌 영어였다.

선생님이 오이를 부러뜨리면서 'It's fresh!'라고 말하면, 막연하게나마 '아, 신선한 야채를 부러뜨릴 때의 느낌을 fresh라고 하는구나'라고 생각했다. 책에 씌어진 문자의 형태로 그 단어들을 접했다면 아마도 내가 쉽게 싫증을 느꼈을 것이다. 하지만 선생님의 우아하고 듣기 좋은 발음과 실제로 만져볼 수 있는 야채들을 접하면서 영어가 무척 재미있고 신기한 것으로 다가왔다.

선생님 댁에는 오븐이 있었는데, 우리의 영어 수업이 있는 날이면 온 집안이 고소한 과자 냄새로 가득 찼다. 선생님은 초콜릿 가루와 밀가루로 반죽을 만든 후 그 반죽을 갖가지 모양의 틀로 찍어내면서 'shape(모양)'에 대해 가르쳐주었다.

"This is a triangle(이건 삼각형이야)."

"This is a square(이건 정사각형이야)."

"This is a rectangle(이건 직사각형이야)."

나는 아직 어려서 '삼각형'이나 '직사각형'의 개념을 정확히 몰랐지만, 그 때 영어를 배우면서 도형의 영어 명칭을 우리말보다 먼저 깨우치게 되었다.

생활 속에서 영어를 배우는 건 정말 신나는 일이었다. 일주일에 두 번 있는 영어 수업이 항상 기다려졌다. 맛있는 과자와 샐러드를 함께 만들어 먹다보면 영어 역시 그렇게 맛있고 재미있는 대상이 되었다. 어쩌면 이 때의 경험 덕분에 내가 영어를 잘하게 된 것인지도 모른다. 언어를 배우는 과정은 결코 지루하거나 힘든 일이 아니라 '재미있는 어떤 것'이라는 생각이 줄곧 뇌리를 떠나지 않았기 때문이다.

'영어는 재미있게 배워야 한다.'

이것이 내 지론이다. 물론 학년이 높아질수록 단순한 재미보다는 피나는 노력이 따라야겠지만, 적어도 영어를 처음 접하는 어린 시절엔 '재미'와 '흥미'가 중요하다. 놀면서, 춤추면서, 요리를 만들면서 배웠던 어린 시절의 영어는 일부러 암기하려고 노력하지 않아도 쉽게 기억에 남았다.

Phonics & Pattern English

'파닉스(phonics)'란 영어 철자(spelling)와 발음과의 관계를 말한다. 영어의 80퍼센트가 규칙에 따라 발음되기 때문에, 파닉스를 공부해두면 영어 공부에 상당히 효과적이다.

내가 파닉스를 배운 것은 초등학교 저학년 때였다. 어느 날 어머니가 파닉스 교재를 사오셨는데, 며칠 후 친구네 집에 가서 보니 모양새는 같은데 색깔은 딴판인 교재가 보였다.

"엄마, 제은이네 파닉스 책은 컬러인데, 왜 내 책은 흑백이야?"

철없이 묻는 내게 어머니는 그냥 웃기만 하셨다. 어머니는 파닉스 교재 복사본과 카세트 테이프 복사본을 구해온 것이었다. 당시 파닉스 교재가 60만 원쯤 했다고 한다. 종합병원 레지던트였던 아버지 월급으로 생활하던 우리 형편에서는 절대로 살 수 없는 고가품이었다.

친구가 가진 컬러 파닉스보다 시각적인 화려함은 떨어졌지만, 나는 우리 집에 있는 파닉스 교재를 열심히 봤다. 어린 나이에도 파닉스를 배우는 게 재미있었던 모양이다. 6개월 과정의 카세트 테이프 50여 개를 단 두 달 만에 끝내버렸다.

"너는 하여간 양껏 해야 직성이 풀리는 애야."

어머니 말씀대로 나는 무엇이든 양껏 해야만 기분이 좋아졌다. 어떤 교재든 한 번 시작하면 그 다음이 궁금해서 참을 수가 없었다.

파닉스를 공부하고 나자 처음 보는 단어도 쉽게 읽혔다. 각각의 스펠링이 갖는 음가를 기억했기 때문이다.

초등학교 입학 직전에는 시내에 있는 영어학원을 다니기 시작했다. 특이하게도 처음 6개월간은 교재가 따로 없었다. 빈손으로 학원에 가서 배운 것이 '패턴 잉글리시(pattern english)'였다.

"Can you speak Korean?"

"Yes, I can speak Korean."

"Can you speak Japanese?"

"Yes, I can speak Japanese."

이런 식으로 같은 패턴에 단어만 바꿔넣어 연습하는 것이었다. 이 패턴을 배우고 나서부터 'Can you —?'로 시작하는 문장은 입에서 쉽게 나왔고, 그런 질문에 어떻게 대답을 하는지도 쉽게 떠올릴 수 있었다. 'Would you —?'로 묻고 대답하는 패턴, 'What's your favorite —?'로 묻고 대답하는 패턴 등 다양한 회화 패턴들을 배웠다.

회화의 간단한 패턴을 배우고 나니, 길에서 외국인을 만나도 저절로 영어가 튀어나왔다.

"너는 어디서 왔니?"

"넌 무슨 색깔을 좋아하니?"

"어떤 음식을 좋아하니?"

내가 먼저 질문을 하다 보니 외국인과의 대화를 리드하게 되고, 초등학교도 안 들어간 꼬마가 외국인과 이야기하는 걸 본 어른들은 '얘, 미국에서 살다왔어요?' 라고 묻곤 했다.

우리가 구사해야 할 영어가 언제나 패턴대로 가는 건 아니지만, 그래도 기초적인 패턴은 입으로 익혀두는 것이 좋다고 생각한다. 기초가 닦이면 응용은 시간문제다.

자신감이 밥 먹여준다

좀 흔한 얘기이긴 하지만 영어를 배울 때 가장 중요한 것은 '자신감' 이다. 자신감이 있으면 외국인을 만나도 스스럼없이 영어로 말하게 되고, 그 대화를 통해 내 영어가 지금 어느 수준에 와 있는지 자연스럽게 피드백 할 수 있다.

나는 패턴 잉글리시를 배우고 난 다음부터 영어에 굉장한 자신감을 보였다. 언제 어디서건 외국인을 만나면 다짜고짜 달려가서는 이렇게 물었다.

"Hello! Where are you from(넌 어디에서 왔니)?"

외국인이 어디에서 왔다고 대답하면, 곧바로 다음 질문으로 넘어갔다.

"What did you buy(무엇을 샀니)?"

"What is your favorite food(어떤 음식을 좋아하니)?"

처음 보는 꼬마가 자기들 모국어로 물어보는 게 귀여웠는지, 대부분의 외국인들은 친절하게 대답해주었다. 이런 식의 대화에서 심도 깊은 표현이 나올 리 만무했지만, 나는 이런 대화를 통해 엄청난 자신감을 얻었다. 내가 우리말이 아닌 외국어로 말할 때 외국인이 알아듣고 호응해준다는 사실이 무척 신기했기 때문이다.

영어로 말할 때 '창피하다'는 생각은 버려야 한다. 외국인과 이야기할 기회가 생기면 말이 되든 안 되든 해보려는 적극적인 자세가 필요하다. 만약 영어로 토론하거나 발표하는 수업을 하게 된다면 용기를 내어 앞으로 나가보자. '나보다 더 잘하는 사람이 하겠지' 하는 소극적인 태도보다 '내가 하겠다'고 나서는 적극적인 태도가 영어를 배우는 데 훨씬 든든한 받침대가 될 것이다.

꾸준히 오래오래, 성실하게

우리 어머니의 교육철학 중 하나는 '어떤 공부든 한번 시작했으면 꾸준히 투자하라'는 것이다. 덕분에 초등학교 입학 전부터 초등학교 4학년 때까지 꾸준히 영어회화학원을 다닐 수 있었다.

어머니는 내게 영어 공부를 꾸준히 하라고 강조하셨다. 그래서 나는 학원을 그만둔 다음에도 영어 일기를 꾸준히 썼고, 학교 숙제와 상관없이 영어 동화책을 읽었다. 중학교 때는 교과서 한도 내에서 시험 점수가 잘 나오는 것에 만족했기 때문에 실력이 그다지 향상되지 않았다. 다행인 것은 꾸준히 영어경시대회에 참가했다는 것이다. 영어경시대회를 준비하는 과정에서 발음이 많이 좋아졌고, 영어 문장력도 어느 정도 기르게 되었다.

24

十一月 五日 木曜日

Today I don't feel very good. I think I caught cold.

Anyway, I'm now preparing for my English story telling contest. I think I have to get 1st prize on this contest. Because I only got 2nd prize on every contest I attended. Jae neung, Ecc speech contest. So I will practice it very much and get 1st prize.

But I got 1st prize on Chunjoo English listening and speaking contest. But I don't even care about that Because it is just a small contest.

Anyway I will do my best on every contest I will attend!

* Sailor moon song
Fighting evil by moonlight
Winning love by day light
Never running from the real fight. She is the one name sailor moon.

나의 초등학교 6학년 때 일기장. 하루는 한글로 하루는 영어로 일기를 썼다.

25

十一月 六日 金曜日

감기

어두운 진료실에서 눈만 파랗게 빛나고 있는 의사가 손을 내민다.

"자, 이리와서 앉으렴. 내가 너를 확실히 고쳐줄게."

그런 다음, 의사는 가는 손가락으로 칼과 주사기를 들고 나에게 다가온다… 꺄악! 너무 무섭다. 마치 꿈 속에서 유령을 본 것처럼 나는 이런 상상에서 금방 깨어나게 된다. 아무리 생각해도 주사기란 너무 무서운 것 같다. 길고 가는, 날카로운 주사 바늘이 내 살을 파헤쳐 들어간다. 하아. 그런 건 싫다! 그렇다면 내 살에 구멍이 뚫리는 것이 아닌가?

이것이 내가 병원에 가기를 싫어 하는 이유이다. 그래서 독감 예방 주사도 살짝 귀 뒤로 넘겨 들었던 것이다. 하지만, 덕분에 날카로운 손가락으로 거리를 헤집고 다녔던 감기에게 몸을 빌려 주게 되었다. 공부를 하러 책상에 앉아도 소용이 없다.

"에취! 콜록콜록! 흥!"

감기 때문에 기침을 하고 코를 닦느라 책을 볼 겨를조차 없다. 결국은 어머니게 끌려 가다시피 하여 병원까지 가서 주사를 한 방 맞았다. 눈물이 찔끔 나왔다. 4일에 맞은 것까지 합쳐서 2 대를 맞았다. 의사 선생님 말씀이 내일도 또 와야 한다는 것이었다. 그렇다면 내일도 주사를! 아이고. 그냥 독감 예방 주사 한 대만 맞고 말 걸. 괜히 독감 예방 주사를 맞지 않은 것이 너무 후회가 된다. 다음 부터는 예방 주사를 꼭 맞겠다. ✓

고등학교에 올라와서는 어려운 영어 공부를 포기하지 않았다는 점이 스스로 대견하다. 민사고의 다른 친구들만큼 잘 되지 않는 영어 때문에 스트레스를 받으면서도 매일 2시간씩 영어로 된 책을 읽었다. 수업과 숙제, 토론, 발표 등 모든 커리큘럼이 영어로 진행되는 고등학교를 다녔다는 사실이 내게 행운이라면 행운일까?

매일 영어로 얘기하고, 영어로 수업 듣고, 숙제하고, 발표하고…. 그렇게 하다 보면 누구든 영어 실력이 좋아지지 않을 수 없을 것이다.

영어는 정말 꾸준히 하는 게 바람직하다. 단 하루라도 영어 공부를 미루다 보면 그것이 이틀, 사흘, 일주일, 한 달이 된다. 우리말도 오랫동안 안 쓰면 잊어버리는데, 하물며 외국어는 더하지 않을까? 'Slow and steady wins the race(천천히, 꾸준히 하는 사람이 결국 승자가 된다)' 라는 말처럼, 영어는 그런 마음으로 해야 한다.

단, 꾸준히 영어 공부를 하라는 것이 영어학원을 계속 다니라는 얘기는 아니다. 사람마다 경제적인 여건이 다르기 때문이다. 하지만 관심만 있으면 돈 안 들이고 영어를 배울 수 있는 매체가 많다. 특히 EBS 방송에는 어린이를 위한 영어 동화나 영어 드라마는 물론, 성인들을 위한 초급 회화나 중급 회화, 영어쇼에 이르기까지 좋은 프로그램들이 많다. 자기 형편과 입맛에 맞는 프로그램을 골라 꾸준히 그리고 열심히 하면 그게 바로 영어로 가는 지름길이 아닐까?

2. 영어단어를 외우는 가장 효과적인 방법 세 가지

유학을 가려면 SAT와 토플을 봐야 한다. 이런 시험의 기본은 많은 단어를 외우는 것이다. 영어단어를 많이 알고 있으면 시험뿐만 아니라 영어 원서를 보며 공부하는 데도 큰 도움이 된다.

영어단어, 일단 많이 외우자. 그런데 그 많은 영어단어들을 어떻게 하면 쉽게 외울 수 있을까?

접두어(a prefix)와 어근(a radix)을 활용한 단어 외우기

시중에 이미 이런 제목을 내건 단어장들이 많이 있는데, 나는 실제로 이런 책을 가지고 공부를 한 적은 없다. 그냥 단어를 많이 외우다 보니 저절로 어근과 어미를 가려내어 의미를 파악하게 된 것이다.

쉬운 예를 들어보자. 'increase' 가 '증가하다' 라는 뜻이라는 것을 알고 있을 때, 접두어 'de-' 의 의미를 알고 있으면 'decrease' 의 뜻도 어렵지 않게 외울 수 있다. 'de-' 는 'down from, down to' 의 의미를 가지고 있으므로 'increase' 가 '위로 올라가다' 의 의미라면 'decrease' 는 '아래로 내려가다', 즉 '감소하다' 라는 뜻이 된다. 'remind' 라는 단어를 외울 때도 're- 다시, mind 마음에 떠오르게 하다' 라고 외우면 수월하게 외울 수 있다.

어근을 예로 들어보자. 'polyonymous' 라는 단어는 'poly' 와 'onymous' 로 구분할 수 있다. 'poly' 는 'many(여러 개의, 많은)' 의

뜻이고, 'onymous'는 그리스어의 'onoma 또는 onyma'에서 기원한 'name(이름)'의 뜻이다. 그래서 'polyonymous'는 '여러 이름으로 알려진'이라고 쉽게 외울 수 있다.

'poly'가 'many'라는 뜻을 가지고 있다는 걸 알았다면 'polygamy'라는 단어도 어렵지 않게 알아낼 수 있다. 'poly'로부터 '많은'이라는 의미를 유추해낼 수 있기 때문이다. 'polygamy'는 한 사람이 동시에 여러 배우자와 혼인하는 '일부다처제(혹은 일처다부제)'를 뜻한다.

또 'onymous'가 이름을 뜻한다는 걸 알고 있다면 'anonymous' 역시 이름과 관련된 단어라는 걸 생각해낼 수 있다. 그리스어에서 온 접두어 'an-'은 'un-'과도 일맥상통하는데, 'not, without(없다)'이라는 뜻을 가지고 있다. 고로 'anonymous'는 '이름이 없는, 익명의'라고 쉽게 외울 수 있다.

사실 모든 단어를 이런 식으로 외울 수는 없다. 일반적인 어근이나 접두어의 의미로는 전혀 뜻이 통하지 않는 단어들도 많기 때문이다. 중요한 것은 이 방법을 맹목적으로 따라하는 것이 아니라, 자신의 힘으로 '단어의 의미를 유추해내는 습관'을 기르는 것이다.

나는 영어단어를 외울 때마다 항상 의미를 유추해보는 습관을 들였다. 그랬더니 SAT I 시험을 볼 때 모르는 단어가 나와도 비슷하게나마 뜻을 생각해낼 수 있었다. SAT I 시험을 보려는 학생이라면 특히 이런 습관이 필요하다. 이 시험에는 미국 학생들조차 잘 쓰지 않는 단어가 출몰하기 때문이다.

연상법으로 외우기

SAT I을 준비하는 동안, 세상에는 내가 외워야 할 단어가 산처럼 많다는 걸 알게 되었다. 어근과 접두어의 의미를 적용해 나름대로 논리적인 암기를 할 수도 있지만, 이 규칙에 맞지 않는 단어나 너무 생소해서 도저히 외워지지 않는 단어가 있을 땐 어떻게 해야 할까?

나는 영어에 우리말 의성어나 의태어를 접목시키기도 하고, 단어의 이미지에 맞게 희한한 말들을 덧붙이기도 하며 외웠다. 이런 방법을 '연상법'이라고 부른다는데, 그런 거창한 이름을 갖다붙이지 않아도 누구나 쉽게 시도해볼 수 있는 방법이다.

'pugnacious'라는 단어는 몇 번을 외우고 또 외워도 생소하기만 했다. 한참을 입으로 중얼거리다 보니 문득 우리말의 '퍽!'이라는 의성어가 떠올랐다. 이 단어의 뜻은 '싸움하기 좋아하는'이다. 그래서 단어장을 들고 다니면서 "퍽! 퍽! pugnacious, 때리기 좋아하는, 싸움하기 좋아하는"이라고 소리를 내며 머리에 입력시켰다. 기숙사 식당으로 밥 먹으러 가는 길에 주먹을 쥐고 허공에 날리는 제스처도 취해봤다.

"박원희, 왜 그래? 영어단어 외우다 어떻게 된 거 아냐?"

이런 눈으로 쳐다보는 친구들도 있었지만, 나로서는 그것이 쉽게 외워지지 않는 단어에 대한 마지막 발악이었다. 이 단어는 지금까지도 잊혀지지 않는 단어들 중 하나다.

주변 사람들과 함께 외우기

'인간은 망각의 동물'이라더니 나도 예외는 아니었다. 아무리 외워도 머릿속에 남아 있지 않은, 도저히 외워지지 않는 단어들이 많았다. 이런 경우에는 사람들과 함께 외우는 방법을 써봤다. 나의 단어 암기

파트너는 함께 SAT I을 준비하던 학교 선배 은창이 형.

우리는 단어를 막 외우다가 도저히 외워지지 않는 단어가 나타나면, 즉시 서로에게 공격을 퍼부었다.

"Musty Chang!" (musty, 곰팡이 핀, 곰팡이 냄새가 나는)

그러면 은창이 형은 이렇게 되받아쳤다.

"Delirious Hee!" (delirious, 미친)

나도 이에 질세라 단어집을 뒤져 반박의 단어를 날려보냈다.

"You, hoary Chang!" (hoary, 늙어서 하얗게 머리나 수염이 센)

한참 서로에게 장난을 치다보면, 그 단어들은 절대로 잊혀지지 않았다. 실생활에서, 그것도 장난을 섞어 단어를 외우다 보면 공부의 지루함도 날려버리고 기억력의 한계도 넘어설 수 있으니 일석이조다.

짧은 시간 안에 최대한 많이 외우기

짧은 시간 안에 100미터 달리기를 하듯 단어를 외우는 것도 좋은 방법이다. 시중에 많은 단어장들이 나와 있는데, 내 경우엔 〈WORD SMART(I+II 한국판)〉를 사서 무작정 다 외우기에 들어갔다.

외워야 할 단어의 양이 많을 때에는 일일이 손으로 적으면서 외울 시간이 없다. 그럴 땐 30분이나 1시간 정도 시간을 정한 후, 눈으로 단어들을 보며 서너 번 소리내어 읽는 것이다. 눈으로 단어의 스펠링을 훑고 뜻 부분을 소리내어 읽는다. 그 단어의 유의어도 같이 소리내어 읽은 다음 시간이 허락하면 예문까지 읽는다. 중요한 건 입으로 반드시 소리내어 읽어야 한다는 점이다.

앞에서도 나온 애기지만, 단어를 접두어나 어근으로 분해해서 의미를 파악하거나 연상법을 이용하면 단어가 더 잘 외워진다. 예를 들어

'insidious' 라는 단어가 있다면, 전체 단어에서 'inside'를 분리해낸 후 '사람의 마음 안에서부터 교활하다'라고 말을 만든다. 'Rapacious' 를 외울 때는 'rape'이라는 단어가 '강간하다'의 뜻이므로 'greedy, plundering, avaricious', 즉 '탐욕스러운, 약탈하는, 욕심 많은'의 뜻으로 연결시킨다. 'replete'이라는 단어가 나오면 'complete'를 떠올려 'completely filled; abounding', 즉 '충분히 채워진, 풍부한'이라는 뜻으로 연결해서 기억한다.

시간적 여유가 된다면 반드시 예문을 읽도록 한다. 예문을 통해 그 단어의 실제 쓰임새를 훨씬 정확하게 알 수 있기 때문이다.

'The once polluted stream was now replete with fish of every description.(한때 오염되었던 시내가 지금은 각종 물고기들로 다시 채워지게 되었다.)'

이 예문을 읽음으로써 'replete'라는 단어가 전치사 'with'와 같이 쓰인다는 것을 알 수 있게 된다.

'reprove(to criticize mildly, 부드럽게 비평하다)'라는 단어도 예문을 읽어보지 않고 단순히 단어만 암기하면, 어떤 전치사와 어울려 쓰이는지 알 수가 없다.

'My wife reproved me for leaving my dirty dish in the sink.(아내는 내가 더러운 접시를 싱크대에 그냥 두었다고 나무랐다.)'

예문을 읽어보면 'reprove'가 'for'와 함께 쓰인다는 것을 알 수 있다.

눈으로 스펠링을 훑으며 입으로 단어를 소리내어 읽는 방법으로 두 페이지 가량 진도를 나간 후, 다시 처음 지점으로 돌아간다. 단어의 뜻풀이와 유의어 부분을 손가락으로 가리고 자신이 맞히는지 못 맞히는지 테스트를 해본다. 틀린 단어는 그 자리에서 세 번 정도 읽고, 그래도 잘 외워지지 않으면 형광펜이나 색연필로 표시해둔다. 그렇게 표시하는 순간, 펜의 색깔과 함께 단어에 대한 기억이 좀 더 선명해질 수 있다. 외우지 못해 표시해둔 단어들은 일주일 후에 다시 한번 읽어본다.

내가 눈과 입으로만 영어단어를 외운 이유는 시간이 턱없이 모자라서였다. 연습장에 일일이 스펠링을 적을 시간이 없어서 그런 방법을 택한 것인데, 결과적으로는 단시간 안에 최대한의 단어를 외우는 효과를 거두었다.

3. 영어 소설 속에 기꺼이 파묻혀라

민사고에서 영어로 된 문학 작품을 들이대며 읽으라고 했을 때, 거의 절망에 가까운 한숨을 내쉬었던 기억이 난다.

처음에 영어로 된 작품을 읽을 때 친구들과 나의 속도 차이는 '약 2주' 였다. 어떤 친구들은 〈*The Hobbit*〉이라는 작품을 이틀 만에 다 읽고 다른 책을 보고 있는데, 나는 그 책 한 권을 2주일이 꼬박 걸려서야 다 읽었다. 그 속도의 차이를 느껴보지 않은 사람은 그 심정을 이해하지 못한다. 속도가 뒤처지는 사람의 입장에서는 얼마나 조바심이 나는지 말이다.

민사고 예비과정에 입학했을 때 나는 무조건 제2 자습시간인 밤 10시부터 12시까지는 영어로 된 작품들을 읽는 데 할애했다. 책마다 다르지만, 그 때는 1시간에 평균 10페이지 정도밖에 읽지 못했다. 그런데 매일 정해진 시간 동안 책을 읽어나갔더니, 3개월 후에는 시간당 15페이지의 속도로 읽고 있었다. 1학년 1학기가 끝날 무렵에는 시간당 20페이지쯤 읽게 되었다. 물론 이 속도도 다른 친구들에 비하면 무척 느린 것이었지만, 입학 초기보다는 2배 빨라진 셈이다.

갑자기 책 읽는 속도가 빨라진 건 2학년 1학기가 끝나갈 무렵부터였다. 찰스 디킨스의 〈*Great Expectations*(위대한 유산)〉은 문장이 복잡한데도 1시간에 30페이지 정도로 읽어나갔다. 책 읽는 속도가 부쩍 늘었다는 사실을 발견하고는 날아갈 듯이 기분이 좋았다. 그 후로는 속도가 더 많이 붙어서 문장이 간결한 책들은 1시간에 50페이지까지도 읽을 수 있었다. 헤밍웨이의 ⟨*The Old Man and the Sea*(노인과 바다)⟩를 2시간 만에 다 읽게 되었을 때, 그 감격은 말로 다할 수 없었다.

영어 독서 리스트가 필요한 분들을 위해 고교 시절 읽었던 책들을 조금만 소개해보겠다.

처음 읽었던 책은 간디가 지은 ⟨*We are all brothers*⟩. 간디가 자신이 겪었던 일들을 나열하며 독자들에게 충고하는 글이었다. 책을 읽다가 'brothel'이라는 단어가 여러 번 나오기에 사전을 찾아봤더니, '매춘소'라는 뜻이어서 무척 당황했었다. 그 단어가 들어간 부분의 내용은 '매춘소에 들어간 뒤 후회했다'는 것이었다. 매우 도덕적인 내용만 잔뜩 늘어놓은 탓에 흥미는 느끼지 못했지만, 그래도 인도인들의 추앙을 받고 있는 사람의 글을 읽을 수 있어서 좋았다.

학교에서 정해준 독서 리스트 중에 헤르만 헤세의 ⟨*Siddhartha*⟩와 마크 트웨인의 ⟨*The Adventures of Huckleberry Finn*(허클베리 핀의 모험)⟩도 빼놓을 수 없다. 이 작품들은 수업시간에 토론을 벌일 예정이어서 꼼꼼히 읽었다.

⟨*Siddhartha*⟩의 주요 내용은 청년 '싯다르타'가 깨달음을 얻기 위해 친구 고빈다(Govinda)와 함께 고행길을 떠난다는 것이었다. 자아의 근본인 '아트만(Atman)'과 우주의 본질인 '브라만(Brahman)'의 일치 운운하는 부분에서는 개념이 무척 어려워 오랫동안 책을 들여다보았다. 이 소설 속에 등장하는 강은 '속세와 정신세계를 구분하는 경계'라고 했다. 한 번도 그런 종류의 강에 대해 생각해본 적이 없기 때문에 무척 신기했다. 철학적인 메시지가 많아서 이해하기 어려웠던 반면, 다 읽은 후에 뿌듯해지는 책이었다.

〈*The Adventures of Huckleberry Finn*〉에서는 유독 허클베리 핀이 "I shut the door to"라고 말하는 문장이 떠오른다. 선생님은 수업시간 내내 이 문장에 왜 'to'가 들어갔는지를 설명하셨다. 문법적으로는 틀린 문장이지만, 허클베리 핀이 교육을 많이 못 받았다는 걸 표현하기 위해 작가가 일부러 'to'를 넣었다고 했다. 책 중간중간 흑인들이 쓰는 표현들이 많았기 때문에 표준영어(Standard English)에 익숙해 있던 나는 읽기가 수월치 않았다.

피츠 제럴드의 〈*The Great Gatsby*(위대한 개츠비)〉는 너무 어려워서 세 번이나 읽었다. 처음 시작할 때부터 'vulnerable(상처받기 쉬운)'이라는 단어가 등장하더니, 다 읽고 나서도 상당히 암울한 느낌을 갖게 만든 작품이었다.

빈농의 아들로 태어난 개츠비는 일찍부터 성공에 대한 야심을 품고 있었다. 제1차 세계대전 중 미국 육군장교가 된 그는 상류계급의 아가씨 데이지와 사랑하는 사이가 된다. 그러나 그가 유럽 전선으로 떠난 뒤 그녀는 돈 많은 다른 남자와 결혼해버린다. 전쟁이 끝나고 돌아온 개츠비는 술을 밀수하면서 엄청난 부를 쌓고, 데이지 부부의 뒤를 따라 뉴욕으로 가서 롱아일랜드에 호화저택을 마련한다. 개츠비는 그녀와의 사랑에 미련을 버리지 못하다가 결국 데이지 대신 죄를 뒤집어쓰고 죽음을 맞이하게 된다. 개츠비의 차를 몰던 데이지가 사고를 냈는데, 그 사고로 죽은 여자의 남편이 개츠비를 총으로 쏴 죽였던 것이다. 이 모든 이야기를 독자에게 전해주는 것은 닉이라는 남자다. 소설의 마지막에서 닉이 만난 데이지 부부는 마치 아무 일도 없었다는 듯 행동한다. 그들의 기억 속에 개츠비란 사람은 존재하지 않는 것처럼…. 그 장면에서 나는 가슴 찡한 감동과 충격을 받았다.

이 소설에는 완전한 선이나 완전한 악은 없었던 것 같다. 자신의 삶을 오로지 한 여자를 위해 바친 개츠비와 1920년대 미국 상류층을 대표하는 듯한 데이지. 돈과 성공을 좇던 그 시대의 허상을 비판하는 내용과 서정적인 문체가 돋보였던 작품이었다. 처음엔 이해되지 않는 부분들이 많았는데, 세 번째 읽을 때에야 비로소 내용이 완벽하게 이해되었다. 이 책을 읽고 나서 1920년대 시대상을 보여주는 단어들에 대한 짧은 에세이를 썼다.

재미있게 읽은 책 중의 하나가 〈*The Hobbit*〉이다. 이 책은 영화로도 제작된 소설 〈반지의 제왕〉의 전편 격이 되는 소설이다. 빌보 배긴스(Bilbo Baggins)가 간달프(Gandalf)를 따라 난쟁이(dwarf)들과 함께 보물을 찾아 여행을 떠나는 것이 주요 내용이다. 이 소설만큼은 아주 가벼운 마음으로 읽었다. 판타지여서 내용이 재미있고 읽기도 쉬웠기 때문이다. 결말이 날 때까지 책에서 눈을 뗄 수가 없었다. 이 소설의 주인공 빌보 배긴스는 모험심 없는 소심한 한 개인이었는데, 소심한 개인이 여행을 통해서 또 다른 자아를 찾아가는 과정을 그린 것 같다.

감명 깊게 읽은 책으로는 찰스 디킨스의 〈*A Tale of Two Cities*(두 도시 이야기)〉가 있다. 프랑스 혁명 당시 파리와 런던, 두 도시에서 일어나는 일을 다룬 내용이었다. 처음에는 악한 캐릭터였던 남자가 나중에는 자기가 사랑했던, 하지만 이미 다른 남자와 결혼해버린 여자를 위해 단두대로 향하는 대목에서 얼마나 눈물을 흘렸는지 모른다.

찰스 디킨스의 또 다른 작품인 〈*Great Expectations*〉. 예전에 한국어 번역판을 읽어보았기 때문에 대충 내용을 기억하고 있었는데, 막상 원서로 접하고 보니 이야기 전개보다는 찰스 디킨스의 표현력에 여러 번 감탄했다. 지금 정확한 문구는 기억할 수 없지만, 주인공이 고향을 떠나면서 눈물 흘리는 장면을 마치 풍경 자체가 흐려지는 것처럼 표현했던 부분은 참으로 아름다운 묘사였다.

"아! 어쩜 이런 문장을 구사했을까!"

읽는 내내 감탄이 흘러나왔던 작품이다.

토머스 하디의 〈*Tess of D'Urberville*(테스)〉는 여성주의적 관점에서 나를 몹시 흥분시켰다. 테스의 약혼자(엔젤 클레어)가 테스의 과거 얘기를 듣고 용서할 수 없다며 파혼하는 대목에서는 분노가 치밀었다. 자신의 과거는 괜찮고 왜 여자의 과거는 용서할 수 없다는 말인가? 테스의 이야기가 어쩌면 지금의 한국 사회와 비슷하다는 생각이 들었다. 자기들은 문란한 생활을 하면서도 자신이 만나는 여자는 모두 처녀이기를 바라는 한국 남자들, 그들의 이중성에 대해 이미 들은 바가 있었기 때문이다.

이 소설은 테스가 자신을 속였던 남자를 죽이고 사형을 당하는 것으로 결말을 맺는다. 읽는 내내 마치 내 일처럼 억울한 기분이 들었다. 책을 읽다가 책상을 치며 분개하기도 했다. 나는 남자와 여자가 좀 더 평등한 위치에서 만나는 이야기가 좋다.

최근에 씌어진 책 중에서는 조셉 헬러(Joseph Heller)의 〈*Catch-22*〉를 읽었다.

이 소설의 배경은 제2차 세계대전 당시 지중해의 미군 공군 기지다. 주인공은 조종사 요사리언(Yossarian) 대위. 연일 계속되는 출격으로 조종사 가운데 죽는 사람이 늘어난다. 요사리언 대위는 할당된 출격 임무(주어진 임무 횟수를 채워야 집에 돌아갈 수 있다)에 최선을 다하려 하지만, 출격 목표 횟수를 채울 만하면 꼭 사령관이 횟수를 상향조정했다.

결국 요사리언은 군의관을 찾아가 자신은 '정신이상'에 해당되니 출격에서 제외시켜달라고 요구한다. 제정신이 아닌데도 계속 출격하고 있으므로, 의학적으로 '정신이상'에 해당된다는 것이다. 그러나 군의관은 출격임무에서 자신을 빼달라고 공식 요청하는 행위는 스스로 '정상'임을 나타내므로, 출격에서 제외시킬 수 없다고 잘라 말한다.

군 당국에서 내세우는 논리가 너무 기가 막혀 한참이나 웃었다. 이 작품은 베트남전 당시 반전을 지지하던 많은 젊은이들로부터 폭발적인 인기를 모았다고 한다.

이 소설 제목인 'Catch-22'는 '앞뒤가 맞지 않는 모순된 상황'이나 '진퇴양난의 곤경 혹은 딜레마'를 나타내는 용어로도 사용된다. '나는 지금 진퇴양난에 처해 있다'라고 할 때 'I'm in a catch 22 situation now'라고 표현한다.

많은 양의 책을 읽다보면 '속도'가 붙는 장점이 있지만, 시대상을 나타내는 다양한 단어들을 접할 수 있다는 점에서도 유익하다. 작품이 씌어진 시대에 유행하던 자동차 이름, 패션 스타일, 요리 등의 단어들을 만날 수 있다.

독서를 통해 특정 분야의 배경지식을 얻는 것도 대단한 수확이다. 나는 전쟁을 배경으로 한 소설 〈Catch-22〉를 읽고 나서야 군대와 전쟁에 대한 상식들을 구체적으로 접하게 되었다. 이 책을 읽기 전까지는, 군인이 미션을 끝내야만 고향에 돌아갈 수 있다는 사실을 전혀 몰랐다.

이렇게 영어 독서를 꾸준히 한 결과는 여러 군데에서 빛을 발했다. SAT I 시험의 'Reading' 섹션의 긴 지문들을 속독하는 것이 가능해졌으며, 책 속에 나오는 단어들 중 모르는 단어의 의미를 문맥 속에서 유추해낼 수 있게 되었다.

무엇보다 영어 에세이 쓰는 것이 수월해졌다는 점을 꼽을 수 있다. 그건 아마도 영어에 대한 독서를 통해 '언어적 감각'을 터득했기 때문이 아닐까. 진짜로 영어를 잘하고 싶은 사람들이라면 영어 독서는 필수다. 'input'이 많을 수록 'output'은 좋아질 수밖에 없기 때문이다.

나의 피눈물 영어정복기

4. 단어의 뜻은 문맥으로 유추하라

"책을 읽으려고 하면 모르는 단어가 너무 많아서 힘들어요. 어떻게 하면 책을 빨리, 잘 읽을 수 있을까요?"

가끔 이웃에 사는 후배들이 이런 질문을 하는데, 그럴 때마다 나는 아주 간단히 대답해준다.

"책을 읽으면서 모르는 단어를 모두 찾아보는 것은 현실적으로 불가능해. 아마 한 권을 다 읽기도 힘들 걸? 그럴 땐 문맥 속에서 단어의 뜻을 유추하는 게 가장 좋은 방법이지."

나도 한때는 완벽하게 책을 소화하겠다는 생각에 모르는 단어마다 다 찾아봤다. 하지만 그렇게 책을 읽다 보면 너무 시간이 많이 걸려서 독서의 흐름이 깨져버렸다. 차라리 문맥 속에서 '아, 이건 의자의 한 종류를 뜻하는 거겠구나', '아, 이건 새의 이름이겠구나' 하는 정도로 유추하고 넘어가는 것이 좋다.

책을 읽으면서 얻는 장점이 바로 이렇게 단어의 뜻을 유추하는 힘을 기르는 것이다. 잘 모르는 단어를 만났을 때 나름대로 유추해보면 일부러 연습장에 쓰면서 외우는 것보다 훨씬 기억이 잘 난다. 그 단어가 책의 내용과 함께 기억되기 때문이다. 또 문맥 속에서 단어의 뜻을 파악하다 보면, 그 단어의 쓰임새를 보다 정확하게 잡아낼 수 있다. 물론 유추한 단어의 뜻이 틀릴 때에는 참 허탈해지는데, 그럼에도 불구하고 자꾸 시도하다 보면 세대로 맞힐 확률은 점점 높아진다.

지금도 기억나는 단어가 하나 있다. 〈*Oliver Twist*(올리버 트위스트)〉를 읽을 때 자주 등장하던 'drapery'라는 단어다. 옷에 대한 묘사와 함께 나오기에 '아, 옷에 필요한 장식 같은 것이겠구나' 추측하고 넘어갔는데, 나중에 사전을 찾아보니 '옷에 들어가 있는 우아한 주름'이란 뜻이었다.

자기가 알고 있는 단어의 범위를 넓히고 싶다면 자기 실력보다 조금 어려운 책을 읽는 것이 좋다. 너무 쉬운 책만 읽다 보면 일정 한도 내에서만 계속 반복 학습하는 결과가 되기 때문이다. 내가 민사고에 입학해서 가장 절실하게 깨달은 점은, 고등학교 입학 전까지 영어 원서를 되도록 많이 읽어야 한다는 사실이었다.

지금 이 책을 보는 중고등 학생들은 평소 영어로 된 책을 꾸준히 읽어서 원서 읽는 능력을 키워나가길 바란다. 특히 자기 수준보다 조금 높은 책을 읽다 보면 단어 실력은 물론 문장력도 좋아진다. 책이 너무 부담스러우면 〈*Scientific American*〉이나 〈*The Economist*〉 같은 잡지에서 짧고 쉬운 기사를 찾아 읽는 것도 괜찮은 방법이다.

5. 영어책, 목적에 따라 읽는 방법이 달라진다

나는 책을 읽을 때마다 상상력을 듬뿍 발휘한다. 마치 누군가가 내 머릿속에서 목소리를 내어 책을 읽어주는 상상을 하는 것이다. 책 내용상 감정이 격해지는 부분에서는 한껏 격앙된 목소리가 들려오고, 풍경 묘사처럼 잔잔한 톤이 이어지는 부분에서는 평화로운 목소리가 들려온다.

책 읽어주는 목소리는 책의 종류에 따라, 또 책 속의 대목에 따라 다르다. 〈*The Adventure of Huckleberry Finn*〉을 읽을 때 처음에는 분명히 내 목소리로 시작했다. 그런데 책을 점점 읽어갈수록 흑인 특유의 악센트를 지닌 목소리로 변해 있었다. 또 〈*Catch-22*〉를 읽을 때에는 약간 정신병 기질이 있는 듯한 남자의 목소리가 책을 읽어주었다. 이렇게 목소리 상상으로 책을 읽다보면 책 내용이 머릿속에서 더욱 생생하게 그려지고, 책의 분위기도 쉽게 파악할 수 있다.

책은 읽는 목적에 따라 읽는 방법이 다 다르다. 재미있는 소설을 읽을 때에는 앞서 말한 것처럼 연극적인 느낌을 살려 읽는 게 좋다. 또 모르는 단어나 문장이 나와도 그냥 편한 마음으로 넘어가고, 묘사가 지루하게 이어질 때는 훌쩍 건너뛰어도 좋다. 그 책이 풍기는 시대적인 분위기나 특징들을 잡아내는 것으로 족할 때도 있다.

하지만 영어 교과서나 이론서를 읽을 때는 중요한 곳에 줄을 치며 정독하는 것이 좋다. 읽는 속도보다 책의 내용을 이해하는 데 중점을

나의 피눈물 영어정복기

두어야 하기 때문이다. 유럽사 책을 읽을 때, 나는 한 문장 한 문장의 뜻을 완벽히 이해해가면서 천천히 읽었다.

내가 민사고에 다닐 때는 '독서시험'을 봐야 했기 때문에 소설 중에서도 꼼꼼히 읽어야 할 책들이 많았다. 당시 읽은 책들을 펴보면 밑줄과 함께 'sarcasm(냉소주의)'이라고 써 있는 부분이 있기도 하고, 여기저기에 'symbol(상징)'이라는 단어와 형광펜 자국이 보이기도 한다. 깊은 이해가 필요한 고전소설의 경우에는 마치 시험준비를 하듯 시간을 들여서 정성껏 읽곤 했다.

책 읽는 시간은 정해놓고 읽는 게 좋다. 하루 한 시간이든 두 시간이든 자기가 정한 시간에 반드시 책을 읽는 것이다.

민사고 시절, 나는 밤 10시부터 자정까지 항상 책 읽는 시간으로 정해두었다. 나는 영어 실력을 늘리는 것이 무엇보다 중요했다. 숙제나 예습이 남아 있어도 독서를 우선 순위에 두고 꼬박 석 달을 읽은 끝에, 조금씩 책 읽는 속도가 빨라지기 시작했다.

책을 읽을 때는 장소도 중요한 것 같다. 나는 책상보다 침대를 선호했다. 침대에 책을 가지고 올라가 다리를 뻗고 편하게 앉아서 읽는 것이다. 그런 자세로 책을 읽으면 왠지 나도 모르는 사이에 잠들어버릴 것 같지만, 나는 '이 책을 원하는 곳까지 읽으면 곧 잘 수 있겠지'라는 기대감이 생겨 더 즐거운 마음으로 읽을 수 있었다.

6. 피 말리는 영어 독서시험

　책을 읽은 후에는 자기 점검이 필요하다. 책을 읽고 독서감상문을 쓰는 이유도 책에 있는 내용과 읽으면서 떠오른 느낌을 온전히 자기 것으로 만들기 위해서다. 그런 면에서 민사고 커리큘럼에 있었던 '영어독서 학점제도'는 영어 공부를 하는 데 훌륭한 기폭제가 된 셈이었다.

　물론 우리 학교의 독서시험은 학생들을 몹시 힘들게 하는 것들 중 하나였다. 2주일에 한 번씩 보는 시험을 위해 역시 2주일에 두 권씩은 꼬박꼬박 책을 읽어야 했으니까. 시험은 객관식 문제와 작문(에세이)으로 구성되는데, 단답형의 객관식 문제를 풀기 위해서는 책에 대한 노트를 따로 만들어야 할 정도였다. 교과서처럼 세세하게 읽지 않으면 풀 수 없는 문제도 있었다.

　특히 내가 좋았다고 생각되는 건 독서시험의 에세이 부분이었다. 2주일에 한 번씩 에세이를 쓰다 보니 내 생각을 영어로 어떻게 표현해야 할까 고민하게 되고, 그런 과정을 반복하면서 영어 표현력이 늘 수밖에 없었다. 영어가 느는 가장 좋은 방법은 바로 '영어로 생각하기'다. 내가 표현하고자 하는 바를 영어로 생각하다 보면 조금씩 영어 실력이 좋아진다. 책의 주인공을 비판하거나 그 작품의 시대상에 대해 에세이를 쓰면서 객관적인 사실들을 인용해 논리를 갖추는 법도 파악하게 되었다.

　모든 스포츠가 '훈련'에 의해 좋은 결과를 내듯, 영어도 마찬가지라고 생각한다. 영어로 생각하는 훈련, 영어로 된 원서를 읽는 훈련, 영어로 말하는 훈련, 영어로 에세이를 쓰는 훈련. 훈련의 강도가 높고 빈도가 잦을수록 영어 실력은 좋아질 수밖에 없다.

7. 혼자 공부하는 '자립형' 인간이 돼라

고등학교 2학년 여름방학 때 SAT I 시험을 준비하면서 속을 태웠다. 여름방학 전에 모의시험을 봤는데, 그 전 시험에 비해 점수가 전혀 안 오른 것이다. 이 시험에 대비해 학교에서 따로 보충수업을 해주는 것도 아니고, 앞으로 어떻게 준비해야 할지 막막하기만 했다.

그래서 방학이 시작되자마자 SAT 전문학원에 다니려고 했다. 주변 친구들의 경우 방학 동안 서울에 있는 SAT 전문학원에 다녀오면 점수가 100점씩 오르곤 했다. 다른 친구들은 그렇게 점수가 오르는데 나만 늘 제자리인 것 같아 스트레스를 많이 받았다.

그러나 나는 서울로 가는 기차 한 번 타보지 못하고 방학을 맞아야 했다.

서울에는 하룻밤 기거하며 학원 수업을 들을 만한 친척집조차 없었다. 상황이 이렇게 된 데다 논문 준비 사건까지 터지는 바람에 결국 혼자서 공부를 계속할 수밖에 없었다.

나의 SAT I 목표 점수는 1500점 이상이었다. 여름방학 동안 혼자 영어 소설책을 읽거나 단어 암기를 하면서 시간을 보냈고, 2학기가 시작되면서부터 본격적으로 실전 문제집을 풀었다. 10월 11일에 SAT I 시험을 본 결과, 나는 1560점을 맞았다.

'내가 과연 공부를 잘하고 있는 걸까?'

항상 이런 의문이 들어 안개 속을 헤매는 기분이었는데, 어떻게 점수가 잘 나온 것일까?

나중에야 드는 생각은 여름방학 때 SAT 전문학원에 가지 못한 것이 오히려 잘된 건지도 모른다는 것이었다.

만약 내가 학원을 다녔다면 어떤 내용에 주안점을 두고 어떤 식으로 공부해야 할지 '쉽게' 배웠을 것이다. 학원에서 제시하는 스케줄대로 공부하다 보면 괜히 시간 낭비하는 일도 없었을 것이다.

하지만 나는 SAT I 시험 준비를 하면서 공부의 범위나 공부 방법을 혼자 힘으로 정했다. 매일 내가 정한 분량만큼은 무슨 일이 있어도 공부를 했다. 어떤 문제를 틀렸을 때, 왜 틀렸는지 바로바로 알지는 못했지만 오히려 끈기 있게 그 이유를 추적해가는 능력을 길렀다. 영어단어를 외우는 방법도 혼자 터득했고, 영어책을 읽으며 단어를 유추해내는 법이나 영어 에세이 쓰는 법도 오랜 시간 혼자 부딪치며 깨달았다. 누군가가 쉽게 던져주는 지식을 받아먹는 공부보다는 조금 돌아가더라도 스스로 해법을 찾아내는 방법을 택한 것이다. 이게 바로 공부의 '생존력'이 아닐까?

물론 과외나 학원 강습이 좋을 때도 있다. 원어민에게 영어를 배울 수 있는 학원이나 중요한 문법을 배울 수 있는 학원은 영어를 공부하는 과정에서 반드시 거치게 되는 곳이다.

그러나 언어를 배우는 가장 큰 원동력은 '호기심'이라고 생각한다. 자신의 내면에서 뿜어져나오는 호기심을 다른 사람이 쉽게 던져주는 지식으로 채우다 보면 어느 순간부터는 그 호기심마저 사라지고, '해야 한다'는 강박관념만 남게 된다. 조금 시간이 더 걸리더라도 영어에 대한 실마리를 스스로 찾아가는 것. 그것이 장기적인 안목에서 훨씬 효율적인 방법이 아닐까?

제4부

공부에 왕도는 없지만
정도正道는 있다

많은 사람들이 내게 묻는다. "어떻게 하면 공부를 잘할
수 있나요?" 그럴 때마다 내 대답은 한결같다. "공부에는 왕도가 없어요."
중요한 사실은, 공부에 왕도가 있든 없든 분명히 가야 할 '길'이 있다는 것이
다. 왕도, 즉 지름길이 없다는 말은 멀고 먼 길을 내 발로 뚜벅뚜벅 걸어가야 한
다는 얘기. 나는 한 번도 공부의 지름길로 가본 적이 없지만, 어떻게 공부의 길
을 걸어왔는지는 분명하게 얘기할 수 있다. 공부의 길을 열심히 가다보면 누구
에게나 작은 성취감의 깃발이 보일 것이다.

1. 노트 정리의 제왕이 돼라

공부하기가 갑자기 까다로워지는 것은 중학교 때부터다. 상식 수준에서 배우는 초등학교 때와 달리 중학교에 들어가면 과목별로 깊이 있는 공부를 시작하기 때문이다. 중학교 공부에 빨리 적응하지 않으면 점점 학습이 뒤처지게 된다. 중학교 공부야말로 대학 공부까지 이어지는 기본이다.

곰곰이 생각해보면 내가 중학교 시절에 가장 열심히 했던 것은 노트 정리가 아닐까 싶다. 나의 노트는 여느 참고서 못지않게 정리가 잘 되어 있었다. 수업시간에 선생님이 칠판에 적은 내용은 물론 말로 짚어주신 내용까지 빠짐없이 연습노트에 적었다. 그리고 쉬는 시간이나 점심시간을 이용해 깨끗하게 다시 정리했다. 집에 돌아가면 각종 참고서나 문제집에 나와 있는 내용까지 첨가해서 완벽한 나만의 노트를 만들곤 했다.

"와! 네 노트, 정말 예술이다!"

반 아이들은 내 노트를 보면 다들 감탄사를 연발했다. 내용이 꼼꼼한 것은 물론 글씨체까지 마치 책을 인쇄한 것처럼 깔끔했기 때문이다. 낙서 하나 없이 깨끗하게 정리된 내 노트는 시험 때만 되면 친구들 사이에서 인기였다. 여러 명이 내 노트를 빌려가서 나중에는 내 글씨체가 유행하기도 했다.

노트 정리를 할 때는 대단원의 제목을 네임펜으로 크게 쓰고, 소제목은 빨간색이나 파란색 펜을 이용해서 썼다. 본문 내용은 검은색 펜을, 아주 세세한 내용들은 0.3밀리미터 짜리 가는 펜을 사용했다. 그리고 중요한 부분에는 빨간 색연필로 밑줄을 긋거나 별표를 쳐놓았다. 공부를 하다가 모르는 부분이 있으면 '포스트잇'에 메모를 해서 노트에 붙여두었다. 머릿속으로만 '내일 학교에 가서 질문해야지' 하는 것보다 질문할 내용을 따로 정리해 붙여두는 것이 훨씬 좋다.

고등학교 때 내 노트는 더욱 화려해졌다. 특히 생물은 'Won Hee's Biology Notes(self-study version)'이라고 이름까지 붙여두었다. 이 노트를 정리할 때면 생물책 세 권과 수업시간에 필기한 메모들이 책상 위에 잔뜩 펼쳐져 있었다. 사람의 소화기계(digestive system)나 호흡기계(respiratory system), 세포의 구조, 신경세포(nerve cell) 등 온갖 중요한 그림들이 그려져 있던 나의 생물 노트. 갖가지 색연필로 색칠까지 해두었더니, 시험 때는 생물 교과서를 보는 것보다 내 노트를 보는 것이 더 효과적일 정도였다. 시험 기간이 되면 친구들은 내 생물 노트를 스캔해서 서로 이메일로 주고받느라 법석을 떨었다. 내 노트가 나보다 훨씬 인기가 좋았던 게 틀림없다.

노트 필기는 단순히 '적는다'는 의미 그 이상이다. 예습한 내용, 수업시간에 들은 내용, 복습하면서 참고하게 된 내용, 새롭게 알게 된 내용들과 잘 모르는 의문사항 등이 모두 노트에 기록될 수 있다. 수업시간에 적은 노트 필기로만 만족하지 말고, 이제부터 자기만의 노트를 만들어보라. 자신의 정성이 들어간 노트를 만들다 보면 금세 공부에 재미를 붙일 수 있다.

2. 복습은 빠를수록 좋다

지금도 기억나는 일화는 내가 중학교 2학년 때 식탁에 앉아 동생에

공부에 왕도는 없지만 정도正道는 있다.

게 공부법을 '강의' 했던 일이다.

"누나, 도대체 공부는 어떻게 하는 거야?"

어릴 때부터 개구쟁이여서 공부에는 별로 취미가 없는 동생이었는데, 중학생이 되자 생각이 달라진 모양이었다. 그 때 나는 동생에게 이렇게 설명해주었다.

"잘 봐. 우리가 수업시간에 배운 지식은 우리의 머리 표면에 붙어 있게 돼. 수학시간에 배운 공식, 영어단어, 시의 주제 등이 그냥 표면에 붙어 있는 거야. 그런데 우리가 복습을 하는 순간, 머리 표면에 붙어 있던 지식들이 머릿속으로 쏙쏙 들어오게 된단다. 복습을 하지 않으면 머리 표면에 붙어 있는 지식들이 다 날아가버려. 그러니까 복습은 빠르면 빠를수록 좋지. 공부는 그렇게 하는 거야."

수업시간에 배운 지식이 머리 표면에 달라붙어 있다.

복습을 바로 하지 않으면 그 지식은 공중으로 날아가 버린다.

복습을 바로 해주면 그 지식은 머릿속으로 쏙 들어와 내 것이 된다.

동생에게 복습에 대해 설명해주기 위해 그렸던 그림

나는 연습장에 사람의 얼굴과 화살표를 그려가며 설명을 해주었다. 내가 어떻게 그런 생각을 했는지는 모르겠지만, 어머니마저도 나의 '복습효과 일러스트'에 대해 감탄하셨다.

이미 중학교 때 터득한 이 이론을 나는 나름대로 잘 실천하고 있었다. 그 날 수업에서 배운 내용은 쉬는 시간이나 점심시간을 이용해 반드시 노트 정리를 했고, 저녁이면 학원 자습실에서 혼자 복습하는 시간을 가졌다. 그렇게 하지 않으면 내 머리에 붙어 있던 온갖 지식들이 다 날아가버릴 것 같은 조바심을 느꼈기 때문이다.

중학생이든 고등학생이든, 공부하는 사람이라면 매일 복습하는 습관이 중요하다.

"다음에 시간 날 때 해야지."

이렇게 한두 번 미루다보면, 결국 중요한 지식들은 다 머리 위로 날아가버리고 말 것이다.

3. 시간 경영의 선수가 돼라

나의 아버지는 메모의 귀재시다. 매일 아침 작은 종이에다 '오늘의 할 일'이라고 제목을 쓰고 그 날 해야 할 일들을 빠짐없이 적으셨다. 저녁에 퇴근하신 아버지의 셔츠 윗주머니에는 항상 그 메모지가 들어 있었다.

그런 아버지의 영향을 받아서일까? 나도 어릴 때부터 '그 날의 할 일'을 계획하는 데는 일가견이 있었다. 학창시절 쓰던 다이어리를 펼쳐보면 하루하루가 수많은 계획들로 빽빽 채워져 있을 정도다.

계획을 세운다는 것은 바로 '앞으로 내 시간은 내 마음대로 쓴다'는 의미다. 계획이란 시간을 제대로 활용하기 위한 기초작업인 셈이다.

모든 사람들에게 하루 24시간이 주어지지만, 그 시간을 알차게 보내는 사람이 있는가 하면 무의미하게 흘려보내는 사람도 있다. 공부를 잘하는 방법뿐만 아니라 인생에서 성공하는 비법도 바로 '시간의 효과적인 경영'이 아닐까? 나처럼 학생의 신분이라면 일분 일초도 빈틈없이 잘게 쪼개서 쓸 필요가 있다.

나는 계획성이 철저하다는 이야기를 많이 듣는 편이다. 고등학교에 다닐 때에는 내가 해야 할 일을 철저하고도 세세하게 다이어리에 기록했다. 내일까지 해야 하는 숙제가 있다면, 그 숙제하는 데 걸릴 시간을 계산하고 남는 시간에 해야 할 일까지도 미리 계획을 세워놓았다.

계획을 세워놓으면 정해놓은 양을 어떻게든 그 시간 안에 마치려고 노력하게 된다. 만약 그 시간을 넘어버리면 그 이후에 해야 할 일을 못하게 되기 때문이다. 인터넷에서 자료를 검색해서 해야 하는 숙제는 꼭 시간이 길어지곤 했다. 그럴 때는 계획표대로 일과를 마칠 때까지 잠을 자지 않는 것이 내 철칙이었다. 새벽 2시가 되든 3시가 되든 할 일을 다 마쳐야 직성이 풀렸다.

계획표 상으로 시간이 촉박한데도 스트레스 때문에 더 이상 공부가 안 될 때는 '딴짓'을 허용하는 여유를 부리기도 했다. 연습장에 만화를 그린다든지, 인터넷에서 뮤직비디오를 다운받아 보면서 시간을 보내는 것이다. 그러다 보면 문득 이런 생각이 든다.

'이러고 있느니 차라리 할 일을 일찍 끝내고 자는 게 낫지.'

그 때부터는 다시 긴장감을 가지고 공부에 빠져들 수 있었다.

시험기간 계획표를 짜기 시작한 것은 중학교 때부터다. 중간고사는 2주 전부터, 기말고사는 3주 전부터 계획을 세웠는데, 계획표의 주요 내용은 어떤 과목을 언제, 몇 시간 동안 공부할 것인가에 관한 것이었다. 예를 들어 시험기간 중간에 일요일이 끼어 있고 월요일에 암기 과목 시험이 있는 경우, 일요일에 그 암기 과목 공부를 많이 할 수 있으므로 그 전까지는 그 과목 공부를 조금 덜 해두는 식이었다.

그 때는 주로 학원 자습실에서 공부를 했는데, 45분 수업을 하고 나면 10분 휴식을 알리는 종이 울렸다. 나는 읽어야 할 교과서의 범위나 풀어야 할 문제집 범위를 정하고, 종이 울림과 동시에 집중해서 공부를 했다. 45분 안에 내가 정한 분량을 모두 소화할 수 있게 전력을 다했다. 다소 빡빡하다 싶을 정도로 계획을 세워서 공부하다 보면, 마음 내키는 대로 하는 것보다 훨씬 시간 활용도가 높았다.

시간 경영에는 '자투리 시간 활용'도 포함된다. 나의 대표적인 자투리 시간 활용의 예로는 중학교 급식 시간에 줄서서 영어단어 외우기, 길에서 학원 차를 기다리며 줄넘기 연습하기, 고등학교 점심시간에 도시락 싸가지고 다니기 등이었다.

'그까짓 5분'이라고 생각하면 큰 오산이다. 단 5분이라도 1년이면 '1835분', 즉 남들보다 30시간을 더 공부하는 셈이 된다. 하루에 10분이면 1년에 60시간, 하루에 20분이면 1년에 120시간. 과연 이것이 무시할 만한 숫자인가?

어릴 때의 습관이 평생을 간다고 한다. 내가 고등학교에 들어가서 맞닥뜨린 엄청난 양의 공부에도 기죽지 않고 그것을 거뜬히 해낼 수 있었던 것은 어릴 때부터 계획을 짜는 습관이 있었기 때문이다.

공부를 잘하고 싶은 사람이라면 시간 경영의 선수가 돼야 한다. 그래야만 시간에 쫓기거나 끌려다니지 않고, 내가 그 시간을 리드할 수 있기 때문이다.

공부에 왕도는 없지만 정도正道는 있다.

4. 안 되는 공부에 태클을 걸어라

공부라는 건 때로 지겨울 때가 있다. 특히 어려운 과목이나 하기 싫은 과목을 공부할 때는 10시간 동안 책상 앞에 앉아 있다 해도 머릿속엔 남는 건 하나도 없다. 나도 공부하면서 유독 능률이 오르지 않을 때가 있었는데, 그럴 땐 나만의 비법을 발휘했다.

왠지 잘 풀리지 않는 수학 문제가 나타나면 펜으로 책상을 살짝 치면서 이렇게 말했다.

"너 자꾸 왜 이러니? 한 대 맞아야 되겠구나."

마치 수학 문제에게 태클을 거는 기분으로 말을 거는 것이다. 그러면 이상하게도 문제가 잘 풀렸다. 정말 수학 문제가 나한테 맞을까 봐 무서워 풀린 것일까? 말도 안 되는 얘기겠지만, 그렇게 수학 문제와 나와의 기 싸움에서 내가 '너, 안 풀리면 나한테 맞는다'는 최면을 걸면 결국 '할 수 있다'는 자신감이 붙어 문제를 풀게 되는 것 같았다.

고등학교 때 유럽사를 공부할 땐 노트의 분위기를 확 바꿔보았다.

뉴턴, 갈릴레오 갈릴레이, 베이컨, 데카르트…. 16, 17세기 유럽의 과학혁명을 주도했던 이 사람들 옆에는 다음과 같은 낙서가 있다.

'Calculus(미적분)가 네 놈들 짓이냐.'

이런 과격한 한마디 옆에는 잰 체하면서 파이프를 문 캐릭터 그림을 그려두었다. 그 남자는 마치 '그래봤자, 네 놈들이 별 수 있나' 하는 표정을 짓고 있다.

로버트 보일, 라부아지에, 뷔퐁 공작의 이름 옆에는 두 눈이 심술궂게 치켜올라간 여학생의 얼굴이 그려졌다. 다음과 같은 멘트와 함께.

"여기 다 있네! 골때리는 것들!"

The Thirty Years' War

Calvinists demanded recognition of their religion → conflict

The Bohemian Period (1618 - 1625)

Ferdinand of Styria (king of Bohemia)가 emperor Ferdinand Ⅱ가 됨.

쟤는 카톨릭 땅 좋아하는데; 이제 우리 어떡하지? ㅜㅅㅜ

Calvinists

1618 , Defenestration of Prague

Catholics   Calvinist rebels

여기 다 있네; 곧 때려는 것들ㅠ

Antoine Lavoisier (1743 - 1794)   water - hydrogen + oxygen .

on Chemistry (1789)

Carolus Linnaeus (1707 - 1778)

genus & species → Systema Naturae (1735)

the Count of Buffon (1707 - 1788)   natural history. zoo

William Gilbert   electricity. electric charges. De mag

Benjamin Franklin (1706 - 1790)   lightning rod $+\frac{1}{7}-$ 전하대
$+\frac{1}{7}-$ ⊖

각종 농담과 만화로 장식된 유럽사 노트.
가장 힘들었던 유럽사 공부를 재미있게 하려고 시도했던 나만의 노트 정리 방법이다.

---

the theory of the pendulum . the principle of inertia

Calculus가 베낌들 짓이나--

Sir Isaac Newton : the Law of Universal Gravitation (164?

Newton . Gottfried Wilhelm von Leibniz - differential · inte

the law of gravity · universal gravitation

Principia Mathematica (1687)

Francis Bacon (1561 - 1626)   the Inductive Method

1938 Hitler moved against Austria.

Austrian chancellor Schuschnigg 를 불러내서

알로 학교 때 들어라   Austrian Nazis 를 석방하고

Arthur Seyss-Inquart 를 minister of the interi

임명하라고 함.   └ Austrian Nazi

억울해!   Schuschnigg 가 plebiscite 으로 독립 의지를 보이려

Schuschnigg   Hitler 가 plebiscite를 옮기라고 요구

중학교 때만 해도 결벽증에 가까울 정도로 노트를 깨끗하게 정리했는데, 고등학교에 들어오면서부터는 조금 달라졌다. 각종 캐릭터와 우스운 농담들로 노트의 분위기를 유머러스하게 바꿔놓게 됐다. 너무 딱딱하고 어려운 지식들을 한꺼번에, 그것도 영어로 외우려다 보니 재미를 곁들인 노트 정리 방식을 택하지 않을 수 없었다.

어려운 교과서에 이런 식으로 말을 걸어가며 외운 적도 있다.

"그러니까 Black Death(흑사병) 때문에 유럽 인구의 3분의 1이 죽어 가지고 노동력도 줄었다 이거지. 그러다 보니까 노동력에 대한 수요가 상대적으로 커진 것이고, 당연히 노동력의 가치도 높아졌겠지?"

이야기하듯이 하다 보면 어려운 내용도 쉽게 정리가 되고 기억도 오래 갔다.

공부를 할 때 책에 말을 거는 것이 내게는 아주 자연스러운 일이다. 공부라는 것은, '각 분야의 책들이 나에게 질문을 던지고 나는 그 질문에 대답하는 과정'이 아닐까?

공부가 어렵게 느껴진다면 한번 말을 걸어보기 바란다. 어쩌면 수학과 영어, 국어와 세계사 등 모든 과목들은 공부하는 사람이 말을 걸어오기를 기다리고 있을지 모를 일이다.

5. 눈에 쏙쏙 들어오는 쪽지 퍼레이드

민사고 시절, 나는 쪽지의 여왕이었다. 내가 즐겨 쓰던 쪽지는 경각심을 불러일으키기 위한 표어 쪽지와 각종 단어나 공식을 외우기 위한 학습 쪽지로 나뉜다.

시험을 보기 전에 항상 하는 일이 바로 표어 쪽지를 만드는 것이었다. 어떤 시험이든 공부를 시작하기 전에는 반드시 특정 표어를 적어 책상 앞에 붙여두었다.

가장 대표적인 표어 중 하나가 바로 'The Doom's SAT' 였다. SAT는 정말 중요한 시험이었는데, 내 마음처럼 점수가 올라주지 않아 속이 상했다. 그래서 마치 세계 멸망일이 다가오기라도 하는 것처럼 'The Doom's SAT' 라고 빨간 글씨로 써서 붙여놓았다. 이 표어가 효능이 있었는지, SAT 실전에서는 1560점이라는 고득점을 올릴 수 있었다.

지금 기억나는 또 다른 표어는 '경제·화학 다 죽었어!' 라는 것이다. 2학년초 AP 공부를 할 때, 수학에 비해 경제와 화학이 상대적으로 어려웠다. 그래서 반드시 이 두 과목에서 5점 만점을 받겠다는 의미로 써 붙여놓았다. 이런 표어가 공부에 직접적인 도움을 준 것은 아니지만, 마음을 다잡는 데는 그만이었다.

그러나 아무리 심기일전하고 공부를 한다고 해도 누구나 나태해지는 순간이 있는 법. 특히 성적이 아주 잘 나왔을 때는 '이 정도만 해도 되지 않을까' 하는 자만에 빠지기 십상이다. 그러는 찰나, 나는 이렇게 쪽지를 써붙였다.

'박원희, 이 바보 멍청아! 공부 좀 해라!'

이 문구를 보면서 다시 생각했다. 내가 과연 공부를 하긴 한 건가? 앞으로 해야 할 공부가 훨씬 많다는 점을 그런 식으로 상기시키곤 했다.

민사고 2학기초, 잠시 채팅 중독에 빠진 적이 있다. 저녁 자습시간마다 꼬박 2시간씩 채팅을 했다. AP 시험을 앞둔 시점이어서 일분 일초

공부에 왕도는 없지만 정도正道는 있다.

가 아까운 판인데, 스트레스 때문에 자꾸만 컴퓨터 자판에 손이 갔다.

'컴퓨터를 아예 켜지 말까?'

이런 생각도 해봤지만, 그건 불가능한 일이었다. 컴퓨터와 인터넷을 이용해야 하는 숙제가 대부분이었기 때문이다. 그래서 메신저 프로그램을 지워버릴까도 생각했다. 하지만 실험보고서 형식 파일을 다운받거나 실험보고서를 전송할 때, 친구들과 자료를 주고받을 때 메신저는 필수 수단이었다.

결국 나는 노트북 컴퓨터에 이런 쪽지를 써놓는 것으로 채팅 욕구를 잠재웠다.

'채팅은 금물. 안 돼! 열지 마! 손 떼!!'

이렇게 쪽지를 붙여놓는다고 해서 채팅하고 싶은 마음이 사라지는 것은 아니지만, 나 스스로 채팅에 대한 경각심을 불러일으키기에는 충분했다. 이 때부터는 음악을 듣거나 영화를 보기 위해 노트북 컴퓨터를 켜는 일도 자제했고, 메신저 프로그램도 꼭 필요한 경우가 아니면 쓰지 않았다. 이런 식으로 버릇을 들이다보니 채팅 중독에서 자연스럽게 벗어나게 되었다.

진정한 쪽지 퍼레이드는 과목별로 부족한 공부를 메울 때 사용됐다. 잘 외워지지 않는 영어단어, 수학 공식, 그리고 물리 공식 등을 포스트잇에 적어서, 그걸 이층침대의 난간이나 화장실, 옷장 앞에 붙여놓았다. 그러면 아침에 침대에서 내려올 때 한 번, 검도복으로 갈아입을 때 한 번, 화장실에 갔을 때 또 한 번 쪽지를 쳐다보게 된다. 쪽지를 쳐다보는 횟수가 늘어날수록 기억은 점점 선명해졌다.

아직도 생각나는 영어단어는 perfunctory(표면적인). 이 단어는 어근 분석이나 연상법을 다 동원해도 도저히 외워지지 않았다. 결국 포스트잇에 적어 옷장에 붙여놓고 매일매일 쳐다봤다. 며칠이나 이 쪽지를 보았을까, 어느 날 수업을 받으러 방을 나서는데, 갑자기 눈앞에 'perfunctory'란 단어가 눈앞에 아른거렸다.

"그게 무슨 뜻이었지?"

도로 방으로 돌아와 쪽지를 보고 뜻을 확인한 다음에는 포스트잇을 떼어버릴 수 있었다. 머릿속에 충분히 각인되었기 때문이다.

미적분 공식도 쪽지의 단골 메뉴였다. 방안 여기저기 붙여두는 걸로 끝나는 게 아니라 들고 다니기까지 했다. 식당에서 급식을 기다리는 동안, 혹은 교육관에서 기숙사 건물까지 걸어오는 동안 쪽지를 흘끔흘끔 보면서 미적분 공식을 외웠다. 특히 시험 기간이면 이런 미적분뿐만 아니라 다른 과목들도 쪽지를 수십 장씩 만들곤 했다.

공부가 잘 되지 않는다면 이런 식으로 쪽지 활용법을 시도해보라. 쪽지를 쓰는 과정에서 한 번 각인이 되고, 옷장이나 침대에 붙여놓은 쪽지들을 매일 보면서 또 한 번 각인이 된다. 그렇게 머릿속에 각인된 내용은 시험이 끝나고 나서도 잘 잊혀지지 않는다.

6. 목표는 항상 높게 잡아라

목표를 높게 잡으면 성적은 반드시 올라가게 되어 있다. 단, 그 목표가 이루어지도록 최선을 다한다는 전제 하에.

나는 중학교 1학년 첫 시험부터 '전교 1등'을 목표로 했다. 몇 점을 맞아야 전교 1등을 하는지 몰랐지만, 막연하게 '평균 100점'을 맞으면

공부에 왕도는 없지만 정도正道는 있다.

될 거라고 생각했던 것 같다. 그래서 무식하다 싶을 만큼 공부에 매달렸는데, 결과는 전교 1등이었다. 한 번 전교 1등의 맛을 본 뒤에는 항상 그 자리가 내 자리라고 생각하고 공부했다. 공부한 결과가 언제나 좋았던 이유를 나는 '목표를 높게 잡았기 때문'이라고 말하고 싶다.

"나도 목표는 100점으로 잡았는데, 왜 안 될까?"

이렇게 물어보는 사람이 있다면, 문제는 목표에 있는 게 아니라 '실천'에 있다. 100점이라는 목표만 세워놓고, 그에 걸맞는 노력은 하지 않았기 때문이다.

나는 '전교 1등' 자리를 지키기 위해 교과서를 10번씩 읽는 것도 마다하지 않았고, 시험 때가 되면 2, 3주 전부터 시험공부를 했다. 과목별 문제집을 두세 권씩 푸는 것도 당연하게 여겼다. 공부를 재미있게 한 것은 사실이지만, 공부가 먼저 재미있게 다가온 게 아니라 내가 공부라는 대상을 재미있게 받아들였다고 보는 게 옳다. 왜냐하면 목표를 정한 이상 어차피 공부는 해야 하는 것이니까.

중학교 때 내 수준보다 훨씬 어려운 수학경시학원을 다니게 되었을 때, 나는 그 수준에 나를 맞추려고 코피를 흘려가며 공부했다. 영어로 진행하는 민사고의 수업들도 내 수준에서는 따라가기 어려웠지만, 어떻게든 그 수준을 뛰어넘는 것을 목표로 삼았다. 목표가 높은 사람만이 발전하고, 발전을 하려면 반드시 목표가 높아야 한다고 나는 믿는다.

언젠가 체육 선생님이 하신 말씀이 기억난다. 우리 모두 100미터 달리기 시험을 보기 위해 준비 운동을 마친 다음이었다.

"100미터가 아니라 120미터를 달린다고 생각해. 그래야 도착 지점에서도 속도가 떨어지지 않고 최고의 점수를 받을 수 있지."

공부도 마찬가지다. 목표를 80점으로 잡으면 공부도 80점에 맞춰서 하게 되고, 목표를 90점으로 잡으면 공부도 90점에 맞춰서 하게 된다.

그렇다면 이제부터 모든 시험의 목표를 100점 만점으로 잡아보는 것은 어떨까? 그리고 최선을 다한다면 아마 100점에 가까운 점수를 받을 수 있을 것이다.

7. 수학, 끈기 앞에 장사 없다

말만 들어도 골치 아픈 '수학'. 많은 학생들을 괴롭히는 과목 중 하나가 바로 수학이다.

나는 스스로 수학에 소질이 없다고 생각하는 아이였다. 중학교 때 수학경시문제를 풀면서 그런 생각이 많이 들었다. 수학 교과서에 나오는 문제들은 그다지 어렵지 않은데, 경시문제는 무척 어려웠다. 그런 문제들을 순식간에 풀어내는 친구들을 보면 '쟤는 천재구나!' 하며 감탄하곤 했다.

수학 천재형 친구들이 20분이면 풀 문제를 나는 1시간씩 걸려서 풀었다. 하지만 한 번도 조바심을 낸 적은 없다. 왜냐하면 그 시간을 온전히 바쳐야만 그 문제가 내 것이 되기 때문이다. 문제를 푸는 동안 쉽게 풀리지 않는다고 해서 답부터 보면, 그 때는 이미 수학 문제가 멀리 달아난 것이나 마찬가지다. 실수를 하고 또 해도 답이 나올 때까지 끈기 있게 풀어야만 기본적인 풀이 과정이 이해가 되고, 그 과정을 거쳐야만 응용문제도 풀 수 있는 것이다.

중학교 수학의 경우, 성적이 좋지 않다면 원인은 계산 능력 부족이

나 응용력 부족이다. 이럴 땐 문제를 최대한 많이 풀어보는 것이 해법이다. 공식만 알고 시험에 임하는 사람과 많은 문제를 풀어본 후 시험에 임하는 사람은 성적이 다를 수밖에 없다.

고등학교 시절 나의 수학 공부법을 자세히 써보면 이렇다. 일단은 문제를 푸는 데 필요한 공식을 깨끗한 종이에 모두 적었다. 다시 보아도 기분이 좋아질 만큼 깔끔한 글씨로 쓰되 하나의 공식을 큰 종이와 작은 종이에 각각 적었다. 큰 종이는 침대 옆에 붙여두고 잠자리에 들 때마다 한 번씩 쳐다보고, 작은 종이는 항상 손에 들고 다니며 시간이 날 때마다 봤다. 쉬는 시간에 복도를 돌아다닐 때, 밥을 먹으려고 줄서 있을 때, 엘리베이터에 탔을 때처럼 자투리 시간을 이용했다.

이렇게 공식들을 눈에 익혀놓은 상태에서 문제를 풀었다. 응용문제를 풀기 전에 기본문제부터 풀었다. 주로 〈수학 정석〉으로 공부했는데, 위쪽에 있는 기본문제를 푼 다음에 그 아래에 있는 응용문제를 풀었다.

응용문제를 풀면서 기본문제에 나왔던 공식을 어떻게 응용해야 할까 곰곰이 생각했다. 이 과정에서 책 뒤편에 수록된 해설은 거의 보지 않았다. 뚫어져라 책을 쳐다보면서 응용 과정을 혼자 생각해냈던 것이다. 그러자면 시간이 많이 걸렸다. 당장 외워야 할 영어단어 리스트가 있거나 내일까지 제출해야 할 숙제가 있을 때는 마음이 조급해져서, '힌트를 좀 볼까' 하는 유혹을 여러 번 이겨내야 했다.

나는 수학 천재형 친구들과는 달리, 문제 하나하나 끈질기게 풀어가지 않으면 안 된다는 자각을 여러 번 했었다. 시험 결과가 항상 상위권이었던 것도 바로 이런 자각을 바탕으로 노력했기 때문이다.

수학에는 항상 '공식'과 '기본문제', 그리고 '응용문제'가 있다. 공식을 정확히 이해하고 기본문제를 충분히 풀어본 다음, 응용문제는 반

공부에 왕도는 없지만 정도正道는 있다.

드시 혼자 힘으로 풀어보자. 조금 어려운 문제가 나왔다고 해서 쉽게 포기하면 안 된다. 공식과 기본문제, 응용문제를 서로 연결하는 수많은 고리들을 찾는 과정 속에 수학을 잘할 수 있는 비법이 숨어 있다.

8. 공부의 기초는 '공부하고자 하는 의지'이다

내가 4살쯤 되었을 때의 일이다. 나보다 한 살 많은 옆집 아이가 벌써 두 자리 수 더하기를 한다는 소식에, 어머니는 내게도 숫자 쓰는 법을 가르치기 시작했다.

"1, 2, 3, 4, 5⋯. 이게 우리가 쓰는 아라비아 숫자라는 거야. 원희가 여기다 한번 써봐."

어머니는 가로 세로 열 칸씩 그려진 공책을 펼치더니 내 손에 연필을 쥐어주었다. 공책 맨 윗줄에는 어머니가 직접 쓴 숫자가 적혀 있었다. 나는 호기심 어린 눈으로 빈 칸에 숫자를 써나가기 시작했다.

"1 ⋯ 2 ⋯ 3 ⋯ 4 ⋯ 5 ⋯ 6 ⋯ 7 ⋯ 8 ⋯ 9 ⋯ 10!"

그런데 어머니가 이렇게 말하셨다.

"아니야, 원희야. 3자를 잘못 썼잖아."

내가 쓴 3자는 거울에 비친 것처럼 왼쪽 오른쪽이 바뀌어 있었다. 나는 1부터 10까지 다시 한번 썼다. 그런데 몇 번을 다시 써도 여전히 3자는 왼쪽 오른쪽이 바뀐 모양이었다.

"아이구! 암만 해도 안 되는구나."

어머니는 이렇게 말하더니 안방으로 들어가버리셨다.

그리고 두세 시간이나 흘렀을까? 나는 안방 문을 열고 들어가 동생과 함께 낮잠을 주무시던 어머니를 흔들어 깨웠다.

"엄마, 됐어!"

내가 기뻐서 의기양양한 표정으로 어머니에게 내민 공책에는 3자만 여섯 페이지가 씌어 있었고, 마지막 페이지에는 제대로 된 3자가 자랑스럽게 모습을 드러내고 있었다.

"세상에! 원희야!"

어머니는 너무 놀라서 찬찬히 공책을 살펴봤다. 첫 페이지의 3자는 여전히 왼쪽 오른쪽이 바뀐 모양이었다. 그런데 두 번째 페이지부터 3자가 서서히 눕기 시작하더니 기러기 모양이 되고 말았다. 그러더니 마지막 페이지에서는 누워 있던 기러기가 일어서면서 드디어 온전한 모습의 3자가 된 것이다.

이 이야기는 어머니에게 전해들은 것이다.

그 때 나는 무슨 생각으로 3자를 썼을까? 두세 시간 동안 혼자서 3자를 써낸 것은 아마도 '꼭 하고야 말리라' 는 의지의 발로가 아니었을까?

하지만 지금 이 이야기를 꺼내는 것은 내가 4살이라는 어린 나이부터 의지가 충만한 아이였다고 자랑하려는 것은 아니니 오해 없기를. 내 기억에 없는 일이니 지금의 나와 연결시키고 싶지 않다. 단지 마음 속의 동기가 그렇게 결과를 바꾸어놓을 수 있다는 이야기를 하기 위해, 어머니께 전해 들은 한 어린 아이(?)의 이야기를 예로 든 것뿐이다.

어린 아이의 단순하고 맹목적인 동기도 그렇게 변화를 이끌어낼 수 있을진대, 자신의 미래를 구체적이고도 현실적으로 계획하고 그리는 학생들에게 동기와 의지야말로 무엇보다 가장 큰 기본이요, 자산이 아

공부에 왕도는 없지만 정도正道는 있다.

닐까?

공부할 때 가장 중요한 것은 바로 '공부를 잘하겠다는 의지'이다. 그 의지가 없다면 아무리 좋은 비법이 있다고 해도 적용할 수가 없다. 무언가 목표를 세우고 그것을 이루기 위해 엄청난 노력을 퍼붓는 과정. 그 기나긴 공부의 과정을 헤쳐나가는 데 나는 얼마나 적극적인 의지를 가지고 있는지, 한번 생각해볼 일이다.

9. 생활 속에서 학습을 우선 순위에 둬라

나는 '공부벌레'는 아니었지만 어릴 때부터 꼭 해야 할 일을 다 마쳐야 노는 성격이었다. 학교 숙제나 일기 쓰기, 피아노 연습 등 학습과 관련된 일이 항상 우선 순위였다.

이런 성격을 갖게 된 데에는 역시 어머니의 영향이 컸다. 내가 초등학교 저학년일 때부터 할 일을 먼저 하게끔 이끌어주셨기 때문이다. 해야 할 일을 먼저 하지 않으면 어머니께 꾸중을 들었다. 그 때는 놀지 못하게 하는 어머니가 야속하기도 했지만, 중학교, 고등학교를 거치면서 그런 습관이 성격이 되어 톡톡히 덕을 봤다.

초등학교 때는 학교에서 돌아오면 숙제와 일기, 독서가 항상 우선 순위였다. 중학교 때에는 물론 전과목 공부를 다 열심히 했지만, 그 중에서도 수학을 항상 우선 순위에 두고 공부했다. 고등학교 입학 초기에는 특히 영어를 우선 순위에 올려놓았다. 습관이라는 건 참 무서운 것이다. 아무리 게을러지고 싶은 마음이 들어도 이미 성격으로 굳어버린 습관이 허락하지 않기 때문이다.

어차피 학생의 신분에서는 '공부'가 가장 큰 당면과제다. 그건 특혜이기도 하다. 그 특혜를 유용하게 사용할 줄 알아야 한다.

10. 교과서도 만화책만큼 재미있다

세일러문, 카드캡터 사쿠라…. 지금도 눈에 선한 일본 만화들이다. 중학교 때는 얼마나 이 만화들을 좋아했는지, 비디오로 녹화한 일본 만화를 원어로 보기 위해 일본어까지 독학으로 공부할 정도였다.

어떻게 하면 공부를 열심히 할 수 있냐는 질문을 받을 때마다 떠오르는 건 바로 만화책이다.

"만화책 읽을 때 기분이 어때?"

이렇게 물어보면 십중팔구 "신나고 재미있지"라고 대답한다.

만화책을 읽으면서 '내가 지금 왜 만화책을 읽지?'라고 생각하는 사람은 아무도 없다. 그냥 재미 있어서 자기도 모르게 눈길이 가고 자꾸 읽고 싶어지는 것이다. 공부도 그렇게 만화책을 읽듯이 재미있게 해야 한다.

부모님은 한 번도 내게 '공부하라'는 말을 하지 않으셨다. 그럼에도 불구하고 내가 공부를 열심히 했던 것은 공부가 재미있었기 때문이다.

내가 본격적으로 공부에 재미를 붙이기 시작한 것은 중학교 시절이었다. 그 때는 둔산에 있는 학원 자습실에서 밤 12시까지 공부를 했다. 누가 억지로 시켰으면 공부하기 싫었을 테지만 '전교 1등'을 향한 욕

공부에 왕도는 없지만 정도正道는 있다.

망과 더불어 전 과목을 '내 것'으로 만들어가는 과정이 언제나 나를 들뜨게 했다.

중학교 때 갑자기 늘어난 암기과목들 때문에 어리둥절할 지경이었지만, 교과서를 재밌는 만화책 대하듯 하면 무척 재미가 있었다. 각 페이지마다 등장인물과 무대 배경이 있었으며, 주요 대사도 있었다.

"아, 그래서 청나라랑 일본이 대립관계에 있었단 말이지. 그래서 둘이 싸움이 붙었는데 말이야."

교과서의 무미건조한 말투를 만화책 속에 나오는 캐릭터의 말투로 바꾸면 신이 나기까지 했다.

"이성계가 나쁜 짓을 '일삼고도(1392년)' 나라를 세웠단 말이지. 임진왜란은 또 어떻고. 나라가 '이러고도(1592년)' 잘 살 수 있겠어?"

원래 숫자는 잘 외우는 편이었지만, 교과서에 나오는 모든 내용을 이런 식으로 각색해서 외웠다. 대부분의 학생들이 교과서가 지루하고 재미없다고 불평하는데, 기본적인 내용을 재미있게 각색하는 것은 공부하는 사람의 몫이다.

공부가 재미있어서 열심히 한 것인지, 열심히 하다보니까 재미를 붙인 것인지 정확히 알 수는 없다. 하지만 한번 생각해보자. 만화책 읽는 게 힘들고 지겨운가? 절대 아니다. 자기가 재미를 붙이면 저절로 흥이 나고, 그렇게 공부를 하다보면 책에 침이 떨어져도 모를 정도로 집중을 하게 된다.

모쪼록 많은 학생들이 공부에 재미를 느꼈으면 좋겠다. 공부는 정말 재미있는 친구이다.

제5부

한국 토종의
미국 대학 공략법

많은 사람들이 미국 유학을 꿈꾸지만 정작 유학을 하려
면 무엇을 준비하고 그 과정이 구체적으로 어떻게 진행되는지는 잘 모르고 있
는 것 같다.

나는 짧다면 짧은 고교 시절 2년 중에서 본격적인 유학 준비는 1년 정도밖에 하
지 못했다. 그간의 경험담을 최대한 자세히 써보려고 한다. 특히 SAT는 실전
문제와 자세한 풀이, 고득점 접근 방법 등을 수록했고, 아직 한국 사람들에게
낯선 AP는 어떤 과목들을 어떻게 공부했는지 담아보았다. 이런 정보들이 유학
을 준비하는 분들에게 도움이 되었으면 하는 마음이다.

1. SAT I은 내신만큼 중요하다

SAT(Scholastic Aptitude Test)는 언어(영어) 영역(Verbal Part)과 수학 영역(Math Part)을 다루는 SAT I과 특정 과목에 대한 지식을 측정하는 SAT II로 나뉜다. 이 중에서 특히 SAT I은 미국 대학을 입학하는 데 내신성적만큼이나 중요하다. 내신성적은 다소 부풀리기가 있을 수도 있고 나라별로 신뢰할 수 없는 경우가 있기도 하지만, SAT I 성적은 객관적인 자료로 참고할 수 있기 때문이다.

총 세 시간에 걸쳐 언어 영역과 수학 영역의 시험을 보게 되는데, Sentence Completions, Analogies and Critical Reading, Multiple Choice Math, Math Grid-in, Quantitative Comparisons 등 5개 섹션의 128 문항을 푼다. 언어와 수학 섹션이 각각 800점씩 총점 1600점 만점이다. 미국 학생들의 SAT I 평균 성적은 1200점 정도. 고로 1400점 정도면 우수한 대학에 지원할 수 있는 수준이다. 하지만 우리나라 학생이라면 미국 현지 고등학생들보다 성적이 월등히 높아야 유리하다.

시험 신청은 웹사이트 www.collegeboard.com에서 시험 날짜를 확인한 후 온라인 신청을 하거나, 신청서 양식을 다운받아 팩스로 보낼 수 있다. 전화 신청도 가능하다. 시험일 한 달 전쯤이면 마감되므로 미리미리 신청하는 게 좋다. 시험을 본 후 약 3주 후에 성적이 발송되며, 전화나 인터넷 상에서는 2주 후부터 점수 확인이 가능하다. 전화 문의는 한미교육위원단(Fulbright 사무국 02-3275-4027).

SAT I 언어 영역 - 단어를 많이 아는 게 힘이다

현재 영어 파트는 세 섹션으로 나뉘어 있다. 문장의 빈 칸에 알맞은 단어를 집어넣는 Sentence Completion(문장 완성하기), 제시된 두 단어의 관계와 같은 관계를 갖는 단어들을 고르는 Analogies(유사어 고르기), 그리고 약 세 문단 정도의 글을 읽고 문제를 푸는 Critical Reading이 그것이다. 앞으로는 출제양식이 조금 바뀌어 Analogies part가 없어지고 대신 SAT II Writing의 문법 문제가 첨가된다고 한다.

일단 SAT I의 언어 영역을 준비하려면 단어를 무조건 많이 외워야 한다. Sentence Completion과 Analogies뿐만 아니라, Critical Reading에 나오는 단어도 만만치 않다. 나는 〈*Barron's How To Prepare for the SAT*〉라는 책을 구입해 그 속에 나오는 '3500 Basic Words List'를 10번 이상 반복해서 외웠다. 이 리스트는 워낙 양이 많아서 〈*Word Smart*〉와 같은 다른 단어책에 있는 단어들도 대부분 포함하고 있다.

시중에 있는 단어집을 모두 사서 다 외운다고 해도 실제 시험에서는 모르는 단어가 나올 확률이 높다. 그런 단어들은 의미를 유추해내거나 답을 찍는 수밖에 없다. 예를 들어 'hand-standing'이라는 단어가 나왔다 치면, '손으로 서 있는 것'이라는 해석을 통해 '물구나무서기'를 유추해볼 수 있다.

하지만 유추에만 의존하다가 낭패를 보는 경우도 있다. 언젠가 모의 SAT I 시험을 볼 때, 'tumbler'를 동사 'tumble'의 뜻을 통해 유추했다가 문제를 틀린 적이 있다. 'tumbler'가 '술잔'의 의미도 가지고 있다는 것을 미리 외워두지 않으면 도저히 맞힐 수 없는 문제였다.

미국 현지 생활에서나 쓰일 법한 단어까지 모두 외우는 건 불가능하다. 만약 그런 단어가 보기에 나왔다면 절대 당황하지 말 일이다. 다른 보기들을 찬찬히 살펴보면 분명히 정답과는 거리가 먼 단어들이 있기 때문이다. 답이 아닌 보기를 하나씩 지워나가다 보면 결국 남는 보기가 답이 된다.

이제 섹션별로 실전문제를 풀어보자. 먼저 sentence completion. 이 섹션은 말 그대로 문장 중간의 밑줄에 들어갈 단어를 고르는 것이다.

The population's _____ complacency with regard to the risks involved in investing in the stock market was an indication of the hubris of an age in which most people had never experienced real _____.

    a. disturbing ···· despondency

    b. remarkable ···· wealth

    c. ingenuous ···· affluence

    d. excessive ···· hardship

    e. judicious ···· poverty

이 문장의 기본 골격만 추려보면 이렇다.

The populations _____ complacency was an indication of the hubris.

이 문제를 풀 때 반드시 알아야 하는 단어는 'complacency(자기 만족)' 와 'hubris(지나친 자만)'. 두 단어 모두 부정적인 뜻을 가지고 있는데, 이 문장에서는 '_____ complacency'가 곧 'hubris'와 같은 의미라는 걸 알 수 있다.

그렇다면 'hubris'의 부정적인 의미와 통하지 않는 보기부터 지우는 게 순서다. 즉 b번의 첫 단어 'remarkable(현저한)'과 c번의 첫 단어 'ingenuous(소박한, 순진한)'는 답과 거리가 멀다. e번의 첫 단어 'judicious(현명한, 신중한)' 역시 마찬가지다.

답은 a번과 d번 중 하나다. a번의 첫 번째 단어를 문장 속에 넣어보면 'disturbing complacency', 즉 '교란시키는 자기만족'이 되는데, 영 의미가 어색해진다. 이제는 보기 d번의 단어들을 넣어 문장을 완성하고 해석해본다.

The population's excessive complacency with regard to the risks involved in investing in the stock market was an indication of the hubris of an age in which most people had never experienced real hardship.

'excessive'는 '지나친, 과도한'의 뜻이다. 즉, 'excessive complacency(지나친 자기만족)'는 'hubris(지나친 자만)'와 같은 의미를 갖게 되므로 충분히 답이 될 수 있다. 두 번째 단어인 'hardship(고난)'도 마저 넣어보자. '진정한 고난을 겪어보지 않았다'는 의미가 되어 전체적인 흐름에 딱 맞는다.

마지막으로 이 문장을 해석해보자.

'사람들이 주식투자에 따르는 위험에 대해 지나치게 자만하는 것은 진짜 어려움을 겪어보지 않은 세대들의 자만심을 단적으로 보여준다.' 즉, 사람들이 어려움을 경험해본 적이 없어 지나치게 자신감을 갖는다는 얘기다. 고로 답은 d번.

위와 같은 문제를 풀려면 단어의 뜻을 모두 알아야 가능하다. 만약 단어를 모를 때는 어떻게 할까? 다음 문제를 풀어보자.

Post-communist Russia was a country _____ with problems, including an economy in ruins and _____ republics seeking political autonomy.

a. replete ···· utilitarian

b. beset ···· fractious

c. clouded ···· complacent

d. burdened ···· megalomaniacal

e. coping ···· quixotic

실제로 내가 이 문제를 풀 때는 'beset'과 'megalomaniacal'의 뜻을 모르고 있었다. 할 수 없이 단어의 의미를 유추하고 오답에 가까운 보기들을 제거하는 방법으로 문제를 맞혔다. 따라서 이 문제는 'beset'과 'megalomaniacal'이라는 단어를 모른다는 가정 하에 풀어보도록 하자.

일단 문장을 살펴보면, '후기 공산주의 러시아가 경제 부패와 각기 자치권을 요구하는 공화국들 등의 문제로 가득 찬 나라였다'는 내용이다.

문맥상 첫 번째 밑줄에 들어가야 하는 것은 '가득 찬'이라는 뜻이다. 의미를 알 수 없는 b번의 'beset'을 제외하고, a번의 'replete', c

번의 'clouded', d번의 'burdened'는 모두 '가득 찬' 혹은 '어떤 문제 때문에 힘든'이라는 뜻을 가지고 있다. e번의 'coping(대처하는)'은 단연코 답이 아니다.

그럼 나머지 단어를 살펴보자. 'beset'의 뜻은 모르고, 'replete', 'clouded', 'burdened'은 모두 답이 될 수 있으니, 이제 두 번째 밑줄에 들어가는 단어들을 살펴보아야 한다.

문장 뒷부분의 '_____ republics seeking political autonomy'를 잘 읽어보면, 각기 자치권(political autonomy)을 추구하는 '_____ republics(공화국, 공공 목적을 가진 사회들)'란 뜻이다. 여기에 두 번째 보기들을 각각 넣어보자.

일단 a번의 'utilitarian(공리적인, 실용주의의)'은 'republics'의 성격을 말하는 것일 수도 있으므로 답의 후보로 보류한다. 'fractious'는 'authority(당국, 권력에) 반항하는'이란 뜻을 갖고 있으므로, 당국에 자치권을 요구하는 'republics'에 대한 형용사로 딱 맞는다.

c번의 단어를 넣으면 'complacent republics', 즉 '자기만족의 공화국'이란 말이 되어 좀 어색하다. d번의 'megalomaniacal'은 'mega-'라는 접두어와 'maniac'으로 미루어 '뭔가 큰 것에 대한 정신병적인'으로 추측해볼 수 있는데, 역시 빈칸에 넣었을 때 뜻이 통하지 않는다.

이렇게 해서 c번과 d번, e번은 답에서 제외되었고, a번은 보류상태다. 그렇다면 이제 'beset'의 의미를 어떻게든 추리해보아야 한다. 'beset'에서 'be-'는 주로 '~하게 된'이라는 뜻을 갖는 접두어이고, 'set'은 '놓다'라는 의미의 동사다. 그렇다면 'beset'은 '어딘가에 놓여진'이란 뜻이 아닐까? 왠지 beset도 첫 번째 밑줄에 들어갈 수 있을 것 같은 생각이 든다.

다시 a번 보기로 돌아가 두 번째 단어인 'utilitarian republics'를 보면 '공리주의 공화국이 러시아의 문제'라고 해석되는 것이 영 어색하다. b번의 'fractious'가 문맥에 꼭 맞는 것과는 대조적이다. 그렇다면 답은 b번으로 찍는다.

정답은 b번이 맞다. 사전을 찾아보면 'beset'은 '에워싸여진'이고, 'megalomaniacal'은 '과대망상적인'이라는 뜻이다. 이 두 단어의 뜻을 전혀 몰랐는데도 불구하고 평소에 알고 있던 접두어와 어근의 의미를 떠올려서 답을 유추해낼 수 있었다.

이렇게 하려면 평소 단어를 외울 때 접두어와 어근, 어원 등을 염두에 두면서 공부하는 것이 좋다. 내가 실제로 두 단어의 뜻을 모른 상태에서 푼 문제이므로, 비슷한 상황에 처한 사람에게는 이런 방식을 권장하고 싶다. 물론 모든 단어가 추론이 가능한 것은 아니므로 단어는 될 수 있는 대로 많이 외우는 것이 좋다. 그리고 'sentence completion'은 SAT I 문제들 중에서 가장 난이도가 낮은 문제들이므로 될 수 있으면 틀리지 않는 것이 좋다.

두 번째 유형인 analogies 섹션. 이 섹션에서는 제시된 두 개의 단어를 보고, 두 단어의 관계와 같은 관계에 있는 단어들을 보기에서 고르는 문제이다. 제시된 단어들의 관계는 한정되어 있는 편이다. 동의어, 반대어, 부분과 전체, 원인과 결과, 그리고 강도의 차이가 있는 단어들이다. 아주 가끔씩은 사는 곳과 동물이 나오기도 한다.

APPLE : FRUIT
a. salad : mix

b. orange : banana

c. juice : can

d. slice : core

e. carrot : vegetables

'Apple' 과 'Fruit' 은 서로 어떤 관계일까? 두 단어로 문장을 만들어 보면 쉽게 알 수 있다.

Apple is a type of Fruit.

이 문장에 a번부터 e번까지의 단어들을 적용시켜본다.

Salad is a type of mix? → No

Orange is a type of banana? → No

Juice is a type of can? → Never

Slice is a type of core? → No way

Carrot is a type of vegetables → Yes

답은 e번이다. 문제가 이렇게만 나오면 좋겠지만, 실제로 시험지를 받아보면 잘 모르는 단어가 반드시 한둘은 있게 마련이다. 이런 유형의 문제를 풀기 위해서는 특히 단어를 많이 외워야 한다.

이번엔 진짜 SAT I 시험에 나올 법한 문제를 한번 풀어보자.

INGENUOUS : ARTFULNESS

a. malcontent : satiety

b. paranoid : suspicion

c. discerning : pretension

d. jealous : avarice

e. objective : fairness

제시된 단어들의 관계는 어떤 것일까? 'ingenuous(순진한)'와 'artfulness(교활)'을 가지고 문장을 만들어보면 이렇다.

Being ingenuous is not being artful.

즉, 'ingenuous'와 'artfulness'의 형용사형인 'artful'은 반의어이다. 다섯 개의 보기를 이런 반의어 관계에 적용시켜보자. 이번엔 거꾸로 e번부터 넣어보겠다.

Being objective is … not being fair?

'objective(객관적인)'와 'fair(공정한)'는 동의어이므로 적용되지 않는다.

Being jealous is … not being avaricious?

'jealous(질투가 많은, 시샘하는)'와 'avaricious(탐욕스러운)'는 뚜렷

하게 동의어도 반의어도 아니다.

Being discerning is … not being pretentious?

'discerning(통찰력 있는, 총명한)' 과 'pretentious(허세부리는, 과장된)' 역시 관계가 불분명하다.

Being paranoid is … not being suspicious?

'paranoid(편집증의, 피해망상의)' 와 'suspicious(의심 많은)' 의 경우 'a paranoid person' 은 'suspicion(의심)' 이 많으므로 답이 아니다. 고로 답은 a번이다. 'satiety' 라는 단어를 모르는 경우에라도 이렇게 문제를 푸는 것이 가능하다. 'malcontent' 는 '(권력, 체제 등에 대한) 불평자, 반항자' 란 뜻이고 'satiety' 는 '만끽, 포만' 이라는 뜻이다.
조금 난이도가 높은 문제를 하나 더 풀어보자.

PEDANTIC ∶ LEARNED
a. fussy ∶ careful
b. cold ∶ hoary
c. caring ∶ impassive
d. riotous ∶ controlled
e. provoked ∶ angry

일단 'pedantic(현학적인, 아는 체하는)' 과 'learned(학식이 있는)' 의

한국 토종의 미국 대학 공략법

관계를 대충 문장으로 만들면 이렇다.

Pedantic people are learned.

이 문장에 보기의 단어들을 적용해보자. b번의 'cold(추운) : hoary (나이 들어 머리가 하얀)'나 c번의 'caring(보살피는) : impassive(무감각한, 의식이 없는)', d번의 'riotous(폭동의, 떠들썩한) : controlled(억제된)'는 답이 아니라는 것을 금방 알 수 있다.

> a. Fussy(하찮은 일에 야단법석하는) / people are careful(조심성있는).
> e. Provoked(약이 오른) / people are angry(화난).

a번과 e번을 문장에 적용해보면 둘 다 말이 되는 것 같다. 이렇게 처음에 만든 문장으로 답이 2개가 되었을 때는 문장을 조금 더 구체적으로 다듬을 필요가 있다. 'pedantic'에는 '학자 티를 너무 많이 내는'이라는 뉘앙스가 있으므로 문장을 'Pedantic people are overly learned'로 바꾸어 보자. 이렇게 문장을 바꿔놓고 나면 답이 확실히 드러난다.

> a. Fussy people are overly careful.
> e. Provoked people are overly angry.

a번은 문장의 의미가 딱 맞아떨어지지만, e번은 항상 그런 건 아니

다. 그래서 답은 a번이다.

실제 SAT I 시험을 보면서 가장 당황스러울 때가 이렇게 답이 2개 나올 경우이다. 이럴 땐 처음에 만든 문장을 조금 더 구체적으로 바꿔 보면 답이 보인다.

Analogies 섹션에 모르는 단어가 나오면 역시 접두어와 어근, 어원 등을 잘 고려해 찍을 수밖에 없다. 찍은 것이 맞는다는 보장도 없으려 니와, 괜히 찍었다가 틀리면 답을 안 쓰는 것보다 0.25점을 더 깎이니 여간 불안한 게 아니다. 하지만 5개의 보기 중에서 확실히 답이 아닌 것을 2개라도 찾아냈다면, 반드시 답을 유추해서 찍는 것이 좋다. SAT I 시험에서 단어를 확실히 다 알고 푸는 문제는 거의 없을 것이기 때문 이다.

Reading Comprehension 섹션은 예시문제를 적기가 애매하다. 대 신 내가 준비한 방법에 대해서 몇 가지 얘기해볼까 한다.

하나. 평소에 속독하는 능력을 키워야 한다. 모의 SAT I 시험을 보 면서 가장 절실했던 느낌은 '시간이 부족하다'는 것이었다. 실제로 SAT I 시험을 볼 때, 리딩 섹션에서 시간이 부족했다. 그래서 답안지 에 점으로만 답을 표시해놓고는, 나중에 수학 영역에서 시간이 남을 때 마무리를 지었다.

리딩 섹션에서 시간이 부족한 것은 글을 빨리 읽지 못하기 때문이 다. 고로 평소에 영어로 된 책을 많이 읽어서 속독하는 능력을 키우는 것이 좋다. 내 경우에는 민사고에서 2주에 한 번씩 영어독서 시험을 보았기 때문에 빨리 읽는 일에는 꽤 익숙해져 있었다. 책을 많이 읽어 두면 리딩 섹션의 지문에 내가 이미 읽었던 부분이 한 문장 정도 인용 될 가능성도 높다.

둘. 영어책을 빨리 읽어 버릇 하는 것도 좋지만, 많이 읽는 것도 반드시 필요하다. 특히 문학 서적을 꾸준히 읽어서 어려운 단어를 많이 접하는 것이 좋고, 〈The Economist〉나 〈Scientific American〉과 같은 잡지를 틈틈이 읽는 것도 좋다. 잡지에서 간혹 지문이 발췌되는 경우도 있기 때문이다.

셋. 단기간에 점수를 높이려면 책을 읽기보다는 문제를 많이 풀어라. 문제 유형을 파악할 수 있고, 시험에 대비하는 능력도 높일 수 있다. 단, 문제를 풀 때는 절대로 사전을 찾지 않고 푸는 것이 중요하다. 그래야만 모르는 단어가 나와도 대충 의미를 유추하는 '찍기 실력'이 길러진다.

넷, 틀린 문제는 반드시 스스로 납득이 갈 때까지 읽어라. 그냥 '그런가보다' 하고 넘어가면 나중에 비슷한 문제가 나왔을 때 또 헤매게 된다. 나는 채점을 할 때 보기에 정답을 표시하지 않고 깨끗한 채로 두었다. 그 문제를 나중에 다시 한번 풀어보면 내가 왜 답을 잘못 골랐는지, 왜 헷갈렸는지 정확히 알 수 있기 때문이다. 문제집은 College Board에서 출판하는 〈10 Real SATs〉가 추천할 만하다.

다섯. 문제를 풀고 채점을 한 후에는 잘 몰랐던 단어 뜻을 찾아서 노트에 정리하라. 나는 인터넷 케임브리지 영영사전을 주로 이용해 틀린 단어들을 정리했다. 단어 정리를 하면서 'wake'가 '일어나다'란 뜻뿐만 아니라 '배가 지나간 자국'이란 뜻도 있다는 걸 알게 되었다.

여섯. 노트에 정리한 단어들은 항상 가지고 다니면서 외워라. 아무리 정리를 해도 외우지 않으면 소용이 없다.

일곱. Reading Comprehension에서는 운도 많이 작용한다. 총 4개의 지문을 읽게 되는데, 글의 주제에 따라 난이도가 많이 달라지기 때문이다. 내 경우에는 과학 분야의 지문이 나오면 글을 읽기가 수월했다. 반면 문학 분야의 지문들은 단어들이 너무 난해해서 빨리 읽어내려갈 수가 없었다. 평소 관심 분야뿐만 아니라 다양한 글을 접해두면 이런 난관이 덜하리라. 대체로 지문의 난이도와 그 지문에 딸린 문제의 난이도는 반비례한다고들 한다.

아홉. 인터넷 사이트를 활용해 보다 재미있게 공부할 수 있다. 나는 www.number2.com이라는 사이트를 애용했는데, 매일 새로운 단어들과 SAT 기출문제를 접할 수 있어 좋았다. 이 사이트에 중독되어 하루에 1시간씩은 접속해 문제를 풀었다.

SAT I 수학 영역 – 쉬운 문제라도 감점에 주의하라

SAT I 수학은 대부분 중학교 수학 수준의 단순한 계산 문제이다. 한국 학생들이라면 '이게 과연 대학 입시 문제인가?' 하는 당혹스러움을 느낄 정도. 거기에다 4칙연산 계산기까지 사용할 수 있으니 수학 용어만 잘 알아도 고득점을 할 수 있다. 언젠가는 '$3 \times x = 9$에서 x의 값을 구하라' 는 문제가 나와 아주 당황스러웠던 적이 있다.

문제의 구성은 객관식, Quantitative Reasoning, 그리고 주관식으로 되어 있다. 객관식과 주관식 문제는 문제 하나를 맞히면 1점이 추가되고 하나 틀리면 0.25점이 감점되는데 비해, Quantitative Reasoning 문제는 하나 틀릴 때마다 0.33점이 감점된다. 감점 폭이 커지므로 틀리지 않도록 특별히 주의해야 한다.

Quantitative Reasoning은 두 개의 식을 비교해서 왼쪽의 식이 더 크면 A, 오른쪽의 식이 더 크면 B, 둘의 크기가 같으면 C, 알 수 없으면 D를 고르는 문제다. A, B, C 세 개의 보기만 있으면 그리 힘들지

공부9단 오기10단

않을 텐데 D가 있어서 조금은 헷갈린다. 상당히 집중력을 발휘해야 감점 당하지 않는다.

수학 문제집을 추천하면, College Board에서 출판된 〈*10 Real SATs*〉를 꼽을 수 있다. 이 책은 기출문제들로 구성되어 있기 때문에 가장 신빙성이 있다. 또 Barron's에서 출판된 〈*How To Prepare for the SAT I*〉은 영어단어집은 좋은 편이지만, 수학 문제는 그다지 추천하고 싶지 않다. 내가 보기엔 Princeton Review에서 나온 문제집들이 실제 시험과 가장 가까운 수준인 듯하다.

내년부터는 SAT I 수학이 조금 어려워진다고 하지만, 한국 학생들은 워낙 수학에 강하므로 그다지 문제될 건 없을 듯하다.

여담이긴 하지만, 10월에 실시되는 SAT I은 피하는 것이 좋다. 왜냐하면 이 때 시험을 보는 많은 학생들이 여름방학 내내 SAT I만을 위해 공부하기 때문에 상대적으로 점수가 30~40점 정도 낮게 나올 가능성이 높다. 실제로 작년 5월에 시험을 봤던 한 친구와 10월에 시험을 본 내 점수를 비교했을 때, 4문제를 틀린 나는 1560점이었고, 3문제를 틀린 그 친구는 1590점이었다. 한 문제로 30점이나 차이가 났던 것이다.

2. 진짜 실력은 SAT II에서 판가름난다

SAT II는 영문학이나 작문, 역사, 과학 등 특정 과목에 대한 지식과 학습 능력을 측정하는 시험인데, SAT I과 같은 날 실시하지만 한 사람이 SAT I과 II를 같은 날 응시할 수는 없다. 하루 최대 3과목까지 응시할 수 있으며, 필수 시험인 영작문(Writing)과 두 개의 선택 과목을 본다. 시험 시간은 60분이고 각 과목 800점 만점이다.

분야별로 선택할 수 있는 과목은 아래와 같다.

- 영어 : 문학(Literature)·작문(Writing)
- 수학 : 수학 IC(Math IC)·수학 IIC(Math IIC)
- 역사·사회학 : 미국사(United States History)·세계사(World History)
- 과학 : 생물학(Biology) E/M·화학(Chemistry)·물리학(Physics)
- 외국어 : 프랑스어·독일어·현대히브리어·이탈리아어·라틴어·스페인어·일본어·한국어·중국어 등

명문대의 경우 3과목 정도의 SAT II 점수를 요구하지만, 모든 대학이 SAT II 점수를 요구하는 건 아니다. 자신이 가려는 대학에서 어떤 과목을 요구하는지 미리 알아보고 응시하는 것이 좋다.

내가 가려는 대학들은 대부분 SAT II 과목들 중에서 수학 IIC와 작문, 그리고 한 개의 선택 과목 점수를 원했다. 나는 조금 욕심을 부려

수학 IIC(800점), 작문(800점), 생물학(790점), 물리학(800점), 화학(780점), 듣기를 포함한 일본어(770점) 등 여섯 과목을 선택했다.

SAT II 수학 II C - 수학 용어 외우고 공통수학 훑어보기

우리나라 공통수학 정도의 수준으로 모두 객관식 문제이다. 쌍곡선이나 타원 문제에 대비하려면 수학 1이나 수학 2 교과서를 찾아가며 공부해야겠지만, 그 부분에서는 많은 문제가 출제되지 않는다. 시험장에서 계산기를 쓸 수 있기 때문에 계산에서 시간이 모자랄 염려는 거의 없다. 시험을 준비하는 가장 좋은 방법은 수학 용어를 따로 외우고 공통수학의 내용을 훑어보는 것이 아닐까 싶다.

시험장에는 단순한 사칙연산 계산기보다 공학 계산기를 가져가는 것이 좋다. 참고로, 공학 계산기를 쓸 때는 'radian'인지 'degree'인지를 잘 살펴가며 계산을 해야 억울하게 틀리지 않는다.

SAT II 수학 IC라고 상대적으로 쉬운 과목이 있기는 한데, 한국이 특히 수학을 잘하는 나라로 알려져 있기 때문에 실력이 된다면 수학 IIC를 보는 것이 좋다.

문제집으로는 Princeton Review에서 나온 것을 추천하고 싶다. 실제 시험보다 조금 쉬운 문제들로 구성되어 있는데, 내 경우에는 이 문제집의 모의테스트를 풀었을 때 얻은 점수와 실제 시험에서 얻은 점수가 같았다. Barron's의 〈*Practice Test*〉의 문제는 너무 어렵기 때문에 오히려 시험준비에는 도움이 되지 않는 것 같다. Kaplan에서 나온 문제집들은 Barron's의 것보다는 쉽고 Princeton Review의 것보다는 어려운데, 정리가 깔끔하게 되어 있어 추천할 만하다.

SAT II 생물학 · 화학 · 물리학 – 내게 맞는 문제집 고르기가 관건

이 세 과목은 민사고에서 이미 AP를 본 후여서 크게 어렵다고 느끼지 않았다. 대체로 SAT II 과목에서 만점을 맞는 것이 같은 AP 과목에서 만점을 맞는 것보다 어렵다고들 한다.

SAT II의 생물학은 E와 M으로 나뉜다. E는 생태 생물학(Ecological biology), M은 분자 생물학(Molecular biology)을 뜻한다. 시험에서는 E와 M의 공통 문제를 먼저 푼 후, E와 M 중 자기가 선택한 과목의 문제를 푼다. E와 M 중 어떤 과목을 선택할지는 시험 전에 선택해야 하며 시험 도중에는 변경할 수가 없다.

나는 생물학 E를 선택했는데, 그 이유는 순전히 생물학 M 시험에 나오는 문제가 너무 긴 것이 싫었기 때문이다. 또 E 시험문제에는 확대(magnification)라든지 분류(assortment)처럼 어떤 용어인지 대충 짐작할 수 있는 단어들이 많아서 좋았다. 어떤 사람은 M 쪽이 오히려 더 쉽다고도 하기 때문에 일반적으로 쉽고 어려움을 판단하기는 곤란하다. 고로 시험을 보러 가기 전에 두 가지 시험을 모두 공부한 후 선택을 하는 것이 좋다.

SAT II 생물학 문제집들 중 가장 추천할 만한 것은 〈*Cliff's AP Biology*〉 문제집이다. 실제로는 AP를 공부하는 학생들이 사는 책인데 정리가 아주 잘 되어 있어 SAT II를 볼 때에도 도움이 많이 되었다. Princeton Review의 문제집을 풀 때는 중간에 나오는 퀴즈가 굉장히 세세한 것까지 묻는 바람에 조금 스트레스를 받았지만, 결국은 내 실력을 높일 수 있는 기회가 되었다.

내가 처음 풀었던 생물학 문제집은 Kaplan에서 나온 것이었는데, 테스트 점수가 600점대가 나와서 굉장히 충격을 받았다. 나중에 보니 거기에 수록된 문제가 좀 어려운 경향이 있었다. 그러니 점수가 안 나온다고 스트레스 받을 필요가 없었다.

SAT II 물리학 시험에서는 왠지 역학에서 속도나 가속도를 계산하는 문제가 많이 나올 거라 생각하겠지만 실제로 시험 문제지를 받아보면 현대 물리의 이론에 대해 맞는지 틀린지를 묻는 문제가 꽤 많다. 시험을 보러 가기 전에 이런 출제 경향에 대해서 조금 준비를 하는 것이 좋다. 특히 A, B, C 세 문장을 주고 이 세 문장 중에 어떤 것이 맞는지 묻는 문제들이 어렵다.

물리학 시험장에는 계산기를 가지고 갈 수 없으므로, 계산을 할 때 9.8은 10으로 올려 계산한 다음 답 중에서 가장 가까운 값을 고르는 식으로 문제를 풀면 시간을 절약할 수 있다. 문제집으로는 역시 Princeton Review에서 나온 것이 가장 정리가 잘 되어 있고 문제도 실제 시험과 비슷한 수준으로 나와 있기 때문에 추천할 만하다.

SAT II 작문 – 정해진 시간 안에 에세이 쓰기 연습하고 실전문제 풀기

시험 준비를 할 때는 나를 가장 애먹였지만, 결과적으로는 큰 기쁨을 안겨준 시험이었다. 나는 SAT II 작문 시험을 두 번 봤다. 6월에 본 시험에서는 740점을 맞았고, 12월에 한 번 더 시험을 봐서 800점 만점을 맞았다. 미국 현지 학생들도 만점 맞기가 쉽지 않다는데, 한국 토종인 내가 만점을 맞아 너무나 기뻤다.

이 시험은 문법과 작문 섹션으로 나뉘어 있다.

우선 작문 섹션. 주어진 주제를 가지고 20분 안에 최대한 논리적인 글을 쓰는 시험이다. 주제는 '사람이 궁지에 몰리면 최상의 능력을 발휘한다는 말에 동의하는지 동의하지 않는지를 설득력 있게 얘기하라'

는 식으로 제시된다. 20분이라는 짧은 시간 안에 주제에 대해 생각하고 인용할 만한 예시를 떠올린 후, 이를 설득력 있게 구성해 글을 쓰는 것은 정말 힘든 일이다.

하지만 여러 번 연습하면 이 힘겨운 에세이에서도 좋은 점수를 얻을 수 있다. 나는 SAT II 작문 시험을 보기 약 2주일 전부터 매일 50분간 에세이를 두 편씩 썼다. 따로 시간을 내기보다 저녁식사 후 자투리 시간을 이용했다.

내가 시험장에서 썼던 에세이는 이미 시험 주관기관인 ETS에 냈기 때문에 예를 들 수가 없다. 그래서 시험을 보러 가기 전에 연습 삼아 썼던 에세이를 소개할까 한다. 주어진 토픽은 이랬다.

"Living on a desert island can't lead to growth; the exchange of ideas is necessary to make us grow." Agree or disagree, use an example or examples.

토픽을 읽는 순간부터 어떤 식으로 예를 들어 글을 구성할 것인지, 3분 안에 생각해내야 한다. 실제 시험장에서 나는 시험지를 받아들자마자 재빨리 두 개 정도의 예문을 시험지에 메모한 후, 본격적인 글쓰기에 돌입했다.

이 토픽으로 에세이를 쓸 때는 언젠가 들은 적이 있는 'NASA의 박물관에서 일어난 에피소드'와 '싯다르타의 깨달음'을 예로 들었다. 서론과 결론에서는 본론의 흐름과 맞추어 내가 토픽에 있는 문장과 동의하는지 동의하지 않는지를 나타내주면 된다.

In the democratic societies, exchanging ideas with other people seem to be essential part of life. People express their opinions and share them with others almost everyday. And it is generally understood that through this open interaction with others, people will find the best answer to many things.

A story I heard from a teacher about NASA's museum of astronomical technology proves otherwise. According to the story, a team was sent to the museum to improve the museum's exhibition, because it had been notorious for its bad quality. And when the team looked around, they found that explanations and signs in the museum lacked coherency. Surprised at the jumbled signs, the members of the team asked why the museum had turned so disorderly and they found out that the museum had changed itself according to comments from every visitor. Being open to everybody's opinions had worsened the situation of the museum rather than improved it.

The exchange of ideas is not always needed to improve oneself. Sometimes, one can learn more by thinking by oneself trying to find the answer. When he first went out to the world, Siddhartha tried to find wise men who will show him the road to enlightenment. But as he traveled and met more and more famous men, he was only disappointed. It was under a tree when he was thinking by himself that he at last was enlightened and became Buddha. Doing something without others' interruption, as in Siddhartha's example, can sometimes bring more improvement on oneself.

Even though sharing opinions with others is a cherished act in modern democracy, it does not necessarily bring improvement on people themselves. Sometimes, we need to be more independent in order to breed in ourselves creativity that can not be acquired through others' opinions.

이 에세이를 선생님께 갖다드리고 점수를 매겨달라고 하자, 선생님께서는 5점에서 6점 사이를 주셨다(6점 만점). 첫째 줄의 'In the democratic societies'에서 'the'를 빼야 한다든가 'jumble' 보다는 'incoherent'을 넣는 것이 훨씬 보기 좋겠지만, 글의 논지가 뚜렷했기 때문이 점수를 높게 받았던 것 같다.

SAT II 작문에서 좋은 점수를 받는 노하우라면, 어쨌든 20분 안에 필요한 말만 정확히 써서 글을 마쳐야 한다는 것이다. 시간이 짧으므로 본론을 두 문단 정도로 하는 것이 좋고, 본론을 쓸 때에는 읽는 사람이 공감할 수 있도록 좋은 예를 들어 써야 한다. 그리고 토픽에서 동의하는지 동의하지 않는지는 반드시 선택해야 하는 것은 아니다. 부분적인 동의(partially agree)에 대해 써도 설득력만 있으면 상관이 없다.

작문을 준비할 때는 그동안 읽은 책에서 각 상황에 맞게 인용할 만한 이야기를 정리해보는 것도 좋다. 아는 선배에 따르면 유럽사 중에서도 프랑스 대혁명, 문학작품 중에서도 셰익스피어의 〈햄릿〉은 다양한 에세이에 인용될 수 있다고 한다.

문법 문제는 실전문제집으로 공부하면 어렵지 않게 준비할 수 있다.

시중에 나와 있는 Barron's, Cliff's, Princeton Review 출판사의 문제집이 괜찮다. 뒤쪽에 수록된 연습문제를 풀기 전에 본문에 요약되어 있는 문법 설명 부분을 꼼꼼히 이해하도록 한다.

문법 문제에는 세 가지 유형이 있다. 첫 번째 유형은 토플 문제에서처럼 문장의 밑줄친 부분 중 틀린 곳을 고르는 것이다. 토플과 다른 점은 보기 중에 'No error'가 있다는 것.

<u>Most of</u> the one-room schools still in existence in the
　　A

United States <u>are</u> in remote, sparsely poluated areas where there
　　　　　　　　B

are <u>hardly no</u> other schools <u>within reasonable</u> commuting
　　　　C　　　　　　　　　　　D

distance.　<u>No error</u>
　　　　　　　　E

위와 같은 문제는 풀기가 쉬울 것이다. C의 'hardly no'는 모든 문법책에서 한 번씩 짚고 넘어가는 내용이기 때문이다. 'hardly'와 'no'는 둘 다 부정의 뜻이므로 절대 같이 쓸 수 없다. 이 예문에서는 hardly no를 hardly any로 고쳐야 맞는 문장이 된다.

주어와 동사의 호응이나 일치(subject-verb agreement)를 묻는 질문도 자주 나오는 문제. 평소 연습만 잘하면 어렵지 않다. 어려운 점이 있다면 'No error'를 골라야 할 때다. 정답의 20~25퍼센트가 'No error'라고 하니, 혹시 너무 많은 'No error'를 골랐을 때는 정답을 재검토해볼 필요가 있다. 문법 문제의 또 다른 유형은 틀린 문장을 어떻게 고쳐야 할지를 묻는 문제다.

한국 토종의 미국 대학 공략법

Georgia O'Keeffe painted <u>landscapes and they express</u> the mystique of both the desert and the mountains of the Southwest.

    a. landscapes and they express

    b. landscapes, being the expression of

    c. landscape, they express

    d. landscapes that express

    e. landscapes, and expressing in them

여기서 문법적으로는 c번과 e번이 틀렸다. c의 경우 두 개의 독립절이 접속사 없이 연결되었기 때문에 틀렸고, e번의 경우 expressing이 painted와 같은 문법적 역할을 해야 하기 때문에 expressing 대신 expressed를 써야 맞다. 그러면 a, b, d 중에 어떤 것이 맞을까? 정확한 답을 고르기 위해서는 문장을 두 개로 나누고 해석을 해보는 것이 좋다.

Georgia O'Keeffe painted landscapes(Georgia O'Keeffe는 풍경화를 그렸다). The landscapes express the mystique of both the desert and the mountains of the Southwest(그 풍경화는 사막과 남서부 지방 산들의 신비스러운 분위기를 표현했다).

이 두 개의 문장을 하나로 만들려면 두 번 등장하는 landscapes 중 두 번째 문장에 나오는 것을 관계대명사 'that'으로 바꿔주는 것이 제일 간결하다. 그러므로 정답은 d다. 이 유형에서는 문법에 맞는 보기가 여러 개 있을 수 있다. 이런 경우엔, 제일 간결하게 밑줄친 부분을 고쳐 표현한 보기가 정답이 된다.

작문 문제의 세 번째 유형은 주어진 에세이를 읽고 문법적으로 틀린 부분과 에세이 전체를 어떻게 고쳐야 할지를 묻는 것이다. 난 이 부분에서 가장 많이 틀렸던 것 같다. 별도의 공부 방법은 없고, 평소 에세이 쓰는 연습을 많이 하는 수밖에 없다. 모범 답안에 가까운 글을 쓰다 보면, 다른 사람이 쓴 에세이를 어떻게 고쳐야 할지도 보이기 때문이다.

SAT II 작문 시험을 볼 때의 노하우 한 가지.

'문법 문제는 되도록 빨리 풀어라.'

문법 쪽에서 시간을 벌어두면 그 전에 쓰다만 에세이를 조금 더 보완할 수 있다. 단, 에세이보다 문법 문제의 점수 배점이 2배나 더 높은 만큼 정확히 푸는 것이 중요하다.

SAT II 작문에 대한 여담은 글씨를 잘 써야 점수도 잘 맞는다는 것이다. 물론 확실한 정보는 아니지만, 채점관도 사람인만큼 악필보다는 깔끔한 글씨에 더 좋은 점수를 주지 않을까?

SAT II 외국어 – 점수가 후한 외국어 영역, 부담없이 실력 발휘하라

사실 SAT II 외국어 시험은 전혀 볼 필요가 없다. 다만, 외국어를 하나 더 할 줄 안다는 것을 증명해두면 아마도 대학 입학 심사관들에게 좋은 인상을 줄 수는 있을 것이다. 다른 SAT II 시험들에 비해 외국어 영역은 점수가 후한 편이다. 대학 입시 담당자들도 700점 이상의 점수를 맞으면 대체로 우수한 성적이라고 인정해주기 때문에 부담 없이 치를 수 있는 시험이다.

한국 토종의 미국 대학 공략법

3. 토플, 섹션별 공략이 열쇠다

내 개인적인 생각으로는 미국 대학교에 들어가기 위해 보는 시험 중에서 가장 영향력이 없는 것이 토플이 아닐까 싶다. 물론 대부분의 대학교가 외국인에게는 토플 점수를 요구하지만, 토플에만 매달리기보다는 SAT I 시험에 더 비중을 두는 것이 좋을 것 같다. 코넬 대학교의 경우 SAT I 언어 영역 점수가 700 이상이면 토플 점수를 내지 않아도 된다고 원서에 기재되어 있었다.

민사고 친구 중 하나는 CBT 토플 300점 만점을 받아 신문에 났었다. 그에 비하면 나는 280점밖에 맞지 못했으니 토플에 대한 특별한 노하우도 소개할 만한 것이 없다.

토플은 2000년 10월부터 PBT(Paper-Based Testing) 방식에서 CBT(Computer Based Testing) 방식으로 바뀌었다. PBT는 677점 만점이었지만, CBT는 300점 만점이다. CBT의 특징은 모든 수험생이 똑같은 수준의 문제를 푸는 게 아니라 수험생의 수준에 따라 문제의 난이도가 달라진다는 것이다. 컴퓨터로 시험을 보기에 가능한 일이다.

문제 구성은 Listening과 Structure, Reading, 그리고 Writing으로 되어 있는데, 서점에 가면 이론 정리가 잘 되어 있는 각종 서적들이 즐비하므로 문제집 추천은 생략하겠다. 다만 어떤 문제집을 구입하든 이론과 실전문제를 완전히 자기 것으로 소화하는 것이 중요하다.

SAT I의 언어 영역 시험과 마찬가지로, 토플 시험 역시 단어를 많이 외우는 것이 중요하다. Listening 섹션을 공부할 때는 '듣기'에만 집착하기보다 지문을 소리내어 읽는 편이 도움이 된다. 지문을 이해하는 능력이 있어야 문제를 풀 수 있기 때문이다. 또 문제를 내는 사람의 속도와 비슷하게 읽는 연습을 함으로써 청취 능력을 향상시킬 수 있다.

Structure 섹션에서는 어디까지가 주어이고 어디까지가 서술어인지만 알아도 많은 문제를 맞힐 수 있다. 문법에 매달리지 않아도 풀 수 있는 상식적인 문제들이 많기는 하지만, 그래도 문제를 푸는 데 필요한 주요 문법 지식을 꼼꼼히 이해해두는 편이 좋겠다.

Reading 섹션에서는 단어와 독해력이 중요하다. 평소에 단어를 외울 때, 표면적인 뜻만 대충 알고 넘어가기보다 다양한 활용 예를 공부하는 것이 좋다. 문맥에 따라 단어의 의미가 달라지는 경우가 많기 때문이다. 독해력이라는 것은 역시 문맥의 의미를 파악하는 능력일 텐데, 공부할 때 해석을 먼저 보지 말고 어떻게든 자기 힘으로 해석하는 습관을 키우도록 한다. 한국말로 한 문장 한 문장 해석하다보면 그만큼 읽는 속도가 더디므로, 모든 지문은 영어로 읽고 영어로 이해하는 것이 좋다.

마지막으로 Writing 섹션. 주어진 토픽에 대해 논리적으로 자신의 생각을 정리하면 된다. 시험 시간은 30분이며, '서론·본론·결론' 형식으로 쓰되 본론을 두 문단 정도 쓰는 것이 적당하다.

반드시 염두에 두어야 할 것은 토픽과 관련 없는 이야기를 쓰면 안된다는 사실이다.

또 다른 채점 기준은 자신의 생각을 얼마나 유창하게 영어로 표현할 줄 아느냐이다. 시종일관 구어체를 남발하는 것보다는 세련된 단어와 문장구조를 다양하게 구사하는 것이 유리하다.

한국 토종의 미국 대학 공략법

작문 점수는 6.0이 만점. 시험을 모두 마치고 나면 작문 점수를 포함한 토플 총점이 화면에 뜬다. 작문을 컴퓨터로 작성했을 경우에는 2주후, 연필로 작성했을 경우엔 4주 후에 점수를 확인할 수 있다.

4. AP로 가산점을 노려라

AP(Advanced Placement, 대학 학점 사전취득제)는 고등학생이 대학 1학년 수준의 교과 과정을 배우고 시험을 봐서 미리 학점을 얻는 제도이다. 각 과목 시험 점수가 3.0에서 5.0 사이면 대학에 입학했을 때 학점으로 인정된다.

고등학생이 AP 시험에서 좋은 점수를 얻으면 미국 대학에 지원할 때 약간의 가산점을 받을 수 있다. 하지만 배우는 동안 과제물도 많고 내용도 어렵기 때문에 공부하기가 만만치 않다.

나는 중학교 3학년 10월, 민사고 예비과정에 입학하자마자 AP 과목을 이수하게 되었다. 고등학생이 대학교 교양 과목을 한국말로 공부하는 것도 쉽지는 않을 텐데, 그걸 영어로 공부하다 보니 이건 맨땅에 헤딩하기나 다름없었다.

특히 2학년 때 시험봤던 AP 과목들은 과목 수가 많았기 때문에 날 아주 힘들게 했다. 1학년 때는 세 과목뿐이어서 시험에 집중할 수 있었지만, 2학년에 올라가서는 내신과 SAT 등 챙길 것이 너무 많은 데다 AP 공부까지 하느라 잠 잘 시간이 모자랄 정도였다. 다행히 필사적으로 공부한 끝에 AP 생물학을 비롯한 11과목에서 모두 5.0 만점을 받았다.

AP 시험을 잘 보는 방법에 대해서는 나도 알 수가 없다. 다만 내가 민사고에서 어떤 AP 과목을 어떤 식으로 공부했는지 정도만 간단하게 써볼까 한다.

AP 미시경제학-내 손으로 직접 그래프를 그리며 공부

미시경제학(Microeconomics)은 하버드 대학의 맨큐 교수가 쓴 교재로 공부했는데, 저자가 워낙 쉬운 말로 경제원리를 잘 설명해서 공부할 때 이해도 잘 되었다. 부교재였던 Barron's 출판사의 미시경제학 교재는 조금 어렵게 씌어 있긴 해도 경제 원리들이 짧게 잘 정리되어 있다.

이 과목을 공부할 때는 용어의 정의와 그래프에 대한 설명, 경제원리를 간단히 내 공책에 정리했다. 특히 내 손으로 그래프를 정리했던 것이 공부와 시험에 도움이 되었다.

시험 문제는 객관식과 주관식으로 나뉘는데, 특히 주관식 문제 중에는 그래프를 여백에 그려가면서 답을 쓰면 술술 잘 써지는 경우가 많았다.

AP 거시경제학-사회문제를 경제학적 관점에서 이해하기

거시경제학(Macroeconomics) 역시 맨큐 교수의 교재로 공부했는데, 미시경제와는 차이가 있다는 걸 배우게 되었다.

미시경제는 개인이나 각 시장에 대한 이해가 필요했던 반면, 거시경제는 국가 전체의 입장에서 여러 시장을 분석하는 이론들이 많았다. 미시경제는 수학 쪽에 가깝고 거시경제는 정치학이나 사회학 쪽에 가까운 것 같다. 나는 거시경제보다 미시경제를 훨씬 재밌게 공부했었다.

거시경제 시험 문제는 '실업이 생기는 이유 및 최저임금과 실업의 관계'랄지, '국제적으로 적자를 내는 것이 반드시 손해인가' 등의 사회적 문제에 대해 경제학적 관점으로 해석하는 것이 대부분이었다.

'Depression'과 같은 사회 현상에 대해 그래프를 그리고 설명한 후 그 현상을 어떻게 극복해야 할지를 묻는 문제도 자주 출제된다.

AP 화학-주관식 문제를 중심으로 준비

화학(Chemistry)은 옥스토비(Oxtoby)가 쓴 두꺼운 화학 교재와 Barron's, Princeton Review 등에서 나오는 문제집을 병행해서 공부했다. 솔직히 AP 화학은 1학년 때 시험 본 세 과목 중에서 제일 당혹스럽고 어려운 과목이었다.

처음에 원자의 구조에 대해서 배우고 원자의 구조를 그릴 때만 하더라도 그렇게까지 헤매지는 않았는데, 산과 염기를 섞어서 중화시키고 pH가 얼마가 되는지를 계산하는 부분까지 진도가 나가자 갑자기 머릿속이 핑핑 돌기 시작했다. 이럴 때 도움이 되어준 사람은 지금 프린스턴에서 공부하고 있는 임지우 선배였다.

지우 선배는 고등학교 때 화학경시 공부를 해서 후배들에게도 종종 화학의 원리들을 가르쳐주곤 했다. 자습시간이 되면 질문거리를 잔뜩 싸들고 온 후배들이 줄을 설 정도였다. 이해하기 쉽게 보충 설명을 해주던 지우 선배가 아니었다면 화학 과목에서 5점을 맞는 건 불가능했을 것이다.

시험을 준비할 때는 객관식보다 주관식 중심으로 공부했다. 객관식을 조금 많이 틀리더라도 주관식에서 점수를 회복하면 5점을 맞을 수 있기 때문이다. 주관식에서는 원자나 분자구조를 그림으로 그리고 그 모양을 설명하는 문제, 산과 염기를 섞었을 때의 결과에 대한 문제, 실험과정을 쓰는 문제, 화학적 균형(chemical equilibrium)에 관련된 문제 등이 출제되었다. 화학 반응을 설명하는 짧은 문장을 읽고 화학 반응식을 쓰는 문제도 있었다. 이런 문제들은 거의 매번 같은 유형으로 출제되기 때문에 미리 예측하고 준비해둘 수 있다.

AP 미적분학 BC－문제는 혼자 힘으로 풀고 오답노트 활용

중학교 때 수학경시 공부를 한 덕분에 미적분학(Calculus)은 수월하게 공부할 수 있었다. 이 시험 역시 객관식과 주관식으로 나뉜다. 그래프를 보고 해석하는 문제나, 주어진 식을 미분·적분을 이용해 푸는 유형이 많았다. 미적분학에서 어렵게 느꼈던 것은 미적분을 이용해서 부피를 구하는 문제였는데, 이 문제는 Barron's에서 나온 문제집을 가지고 이해가 될 때까지 풀어봤기 때문에 시험 때는 쉽게 풀 수 있었다.

수학 공부를 잘하는 비법을 내 식으로 소개하자면, 많은 양의 새로운 문제를 푸는 것보다는 단 하나의 문제라도 제대로 이해하고 혼자 힘으로 풀 수 있을 때까지 몇 번이고 다시 풀어보는 것이다. 문제 푸는 과정을 깨끗한 공책에 적어둔 다음 나중에 그 문제를 틀렸을 때 다시 공책을 보며, 어느 부분에서 왜 틀렸는지 체크하는 것도 좋은 방법이다. 그렇게 하면 비슷한 유형의 문제와 맞닥뜨렸을 때 절대 틀리지 않는다.

AP 통계학－공식을 적용해 풀이과정을 영어로 쓰는 연습 필요

통계학(Statistics)은 공부하기도 수월했고 시험공부하는 데도 그리 많은 시간이 걸리지 않았다. 통계학 시험은 시험지에 제시된 여러 가지 공식들을 적용해 푸는 문제들이 많았다. '어떤 경우에 어떤 식을 써야 하는가' 만 헷갈리지 않으면 된다. 계산기를 쓸 수 있기 때문에 큰 숫자가 나와도 어렵지 않게 계산할 수 있다. AP 통계학은 문제집을 풀 때보다 실제로 시험을 볼 때, 객관식보다는 주관식 문제를 풀 때 더 어려움을 많이 느꼈다. 특히 주관식 문제는 식을 적용해 풀어가는 과정을 영어로 써야 했기 때문에 시간이 부족하다는 생각도 들었다.

AP 컴퓨터학 A - 프로그래밍 언어 익히고 직접 프로그램 짜보기

컴퓨터학(Computer Science)의 경우 2003년까지는 C++를 토대로 시험을 보았는데, 2004년부터는 JAVA라고 하는 프로그래밍 언어를 이용해서 시험을 본다고 한다.

이 과목 수업 때 교과서에 나오는 컴퓨터 프로그램을 처음 만들어봤다. 제일 처음 배웠던 프로그래밍은 컴퓨터 화면에 'Hello!'라는 말이 뜨도록 하는 것이었는데, C++언어로 몇 줄을 쓰면 컴퓨터가 내 명령을 따르는 것이 정말 놀랍고 신기했다.

몇 가지 숫자를 입력하면 컴퓨터가 그 숫자들의 평균을 구하는 프로그램을 배우기도 했다. 선생님께서는 수업시간에 교과서에 있는 것보다 조금 어렵게 프로그램을 짜보라고 하셨는데, 누군가 '됐다!'고 환성을 지르면 일제히 몰려가 구경하곤 했다.

나중에 AP 시험을 볼 때에는 'Marine Biology'라고 하는 프로그램 구조를 알고 있어야 풀 수 있는 문제가 나왔다. 일정한 넓이의 2차원 수조에 물고기 몇 마리가 돌아다니는데, 한 번 프로그램을 실행할 때마다 물고기가 한 단위씩 위아래와 좌우로 움직이는 프로그램이었다. 주관식에는 물고기를 대각선으로 움직일 수 있도록 해보라는 문제가 나왔다. 이 문제는 프로그램에 이미 짜여 있는 함수를 불러내 응용하는 방법으로 간단하게 풀 수 있었다.

한국 토종의 미국 대학 공략법

AP 물리학-어려운 물리 공식 내 것으로 만들기

내가 가장 싫어하는 과목인 물리학(Physics)은 아이러니하게도 세 과목이나 봤다. 물리학 B와 물리학 C-M, 그리고 물리학 C-E&M.

물리학 B 수업에서는 역학에서 현대 물리학에 이르기까지 광범위한 물리학 원리를 공부했다. 담당 선생님께서 워낙 어려운 수준으로 알려주셨기 때문에 공부할 때는 고생을 했지만, 실제로 AP 시험을 볼 때에는 문제가 아주 쉽게 느껴졌다.

물리에서 내가 가장 싫어했던 파트는 전자기학이었다. 광학이나 역학은 그래도 이해하기가 쉬웠는데 전자기학은 왜 그렇게 법칙도 많고 알아야 하는 개념도 많은지 항상 헷갈렸다. 그런 내가 물리학 C의 역학과 전자기학 부분을 모두 다 시험 본 것은 정말 이상한 일이다.

물리학 C는 독학으로 공부했다. 순전히 물리경시를 하던 친구가 '독학으로도 충분히 볼 수 있다'고 호언장담을 한 탓이다. 그 친구와 나의 실력 차이를 비교해보지도 않고 무작정 그 말을 따라하다니, 나도 참 단순한 아이였다. 공부가 어려워서 몇 번이나 그냥 AP 시험을 취소하고 응시료를 돌려받을까 하는 생각도 했지만, 혼자 끙끙대며 애쓴 것이 아까워 계속 공부할 수밖에 없었다.

물리학 C의 법칙 중에는 '오른손 법칙'처럼 손의 모양을 이용한 법칙들이 많은데, 난 AP 시험을 볼 때까지도 오른손 왼손이 헷갈려서 항상 오른손을 폈다가 왼손을 폈다가 했다. 이 과목에는 너무나 많은 공식과 단위가 있었기 때문에 항상 공식을 정리한 작은 수첩을 가지고 다니면서 외웠다. 공식 부분을 가린 채 공식의 이름만 보고 내가 제대로 알고 있는지를 몇 번이나 체크했다.

물리 공식처럼 확실히 알아야 하는 것은 단지 읽는 것으로는 부족하다. 그 공식을 남에게 설명할 수 있을 정도로 내 머리에 잘 입력해두어야 한다. 어려운 물리 공식을 남에게 설명하듯 웅얼거리면서 공부하는 것도 좋다. 나는 '이런 경우에는 이런 공식을 적용한다'는 것을 항상 염두에 두며 공부했다.

사실 시험장에 들어가면 모든 공식들이 씌어 있는 종이와 시험지를 같이 나눠주기 때문에 공식을 다 외운다는 것은 자칫 미련한 일일 수도 있다. 하지만 시험 도중 일일이 공식을 찾다 보면 시간이 지체될 수 있으므로, 시험 전에 미리 외워두는 편이 낫다.

AP 생물학-꼼꼼한 노트 필기의 덕을 톡톡히 본 과목

내가 제일 즐겁게 공부했던 과목은 생물학(Biology)이다. 생물은 워낙 공부할 양이 방대하기 때문에 시험 볼 때를 대비해서 평소에 참고서 세 권을 펴놓고 나만의 노트를 만들어두었다. 그 노트에는 인간의 소화기계, 호흡기계이나 세포의 구조, 신경세포의 모양 등 내가 알아야 하는 그림들도 모두 그려놓고 색연필로 색칠까지 해두었다. 또 교과서를 비롯해 참고서 세 권에서 필요한 내용을 모두 담았기 때문에 시험 때는 다른 어떤 책보다도 내 노트를 보는 것이 더 효율적이었다.

처음부터 이렇게 생물을 꼼꼼히 공부한 건 아니었다. 고등학교에 들어와서 첫 시험을 봤을 때, 내신 점수가 너무 안 나와서 충격을 받았다. 그래서 '다음 학기에 생물이라도 꼭 1등을 해봐야지' 하는 오기가 생겼다. 오기로 시작한 공부였지만 꼼꼼하게 공부하면서 오히려 생물 과목을 좋아하게 되었다. 이렇게 미리 공부를 해둔 덕에 AP를 볼 때는 단지 노트를 몇 번 훑어보고, 모의 AP 문제를 몇 개 풀어보는 정도로만 준비했다.

AP 생물학 시험에는 주어진 문제에 대해 자기가 아는 것을 모두 쓰는 주관식 문제가 있다. 최대한 자기가 아는 지식을 다 쓰되 정확하게 쓰면 좋은 점수를 받을 수 있다. 이 과목은 범위가 워낙 광범위해서 모르는 문제가 나올 수도 있는데, 이럴 경우에는 아는 단어 몇 개라도 꼭 써놓는 것이 좋다. AP 생물은 '어떤 단어가 몇 개 들어가면 점수를 몇 점 줘라' 하는 채점기준이 있기 때문이다.

AP 유럽사 – 알고 있는 지식을 취합해서 에세이 쓰는 능력 기르기

내가 제일 공부하기 어려웠던 과목이 AP 유럽사(European History) 였다.

유럽사를 담당했던 간제 선생님은 수업시간에 따로 교과서를 사용하지 않고 강의하는 스타일이었다. 그래서 쉴새없이 강의 내용을 노트에 받아적었다. 미처 받아적지 못할 때는 단어 대신 부호를 사용하기도 했다. 예를 들어 'increase'는 위를 향한 화살표로, 'decrease'는 아래를 향한 화살표로 나타내는 것이다.

솔직히 유럽사는 선생님의 수업을 잘 듣는다고 끝나는 게 절대 아니었다. 생물보다도 더 세세하게 알아야 하는 내용이 많았다. 또 생물과는 달리 책 몇 권을 더 본다고 해서 반드시 시험 문제에 나오는 내용을 다 알았다고 하기도 애매했다. 그래서 유럽사를 공부하는 내내 얼마나 스트레스를 받았는지 모른다.

다행히 좋은 책 한 권을 알게 되어 유럽사 공부에 큰 도움이 되었다. ⟨*Modern European History*⟩라는 책이었는데, 난 이 책을 두 번쯤 읽고 중요한 내용들을 내 노트에 정리했다. 유럽사의 대략적인 사건들과 인물들, 시대의 분위기에 대해서는 명확히 파악하게 되었다.

AP 유럽사 시험을 준비할 때 중요한 것은 어떤 종류의 지식을 단순히 알고 있는 것보다, 여러 자료를 취합해서 에세이 쓰는 능력을 길러야 한다는 것이다. 아무리 많은 지식을 알고 있어도 어떤 식으로 에세이를 써야 하는지 모르면 좋은 점수를 받을 수 없다. 도입부터 결론에 이르기까지, 제시된 인용구를 적절히 활용하면서 점차 자기 생각을 추론하는 형식으로 써야 한다.

AP 유럽사 시험을 보던 날. 1시간 반 동안 객관식 문제를 풀고 20분을 쉰 다음 90분 동안 에세이 세 편을 썼다. 이 중 가장 비중이 높은 에세이는 'Document-based essay'다. 시험지에 제시된 15개 가량의 글, 사진, 그림 등을 보고 토픽에 맞게 글을 쓰는 것이다. 토픽은 '이 시대의 종교와 정치의 관계에 대해 써라' 하는 식으로 나온다. 그러면 예시된 글과 사진, 그림 등을 분석해서 자기가 판단한 바를 논리적으로 써야 한다.

보통은 90분 중 분량이 많은 Document-based essay에 45분을 할애하고 나머지 45분 동안 두 편의 짧은 에세이를 쓰도록 권장한다. 그런데 나는 Document-based essay를 쓰는 데 1시간이나 써버려서, 겨우 30분 동안 나머지 두 개의 에세이를 쓰느라 진땀을 흘렸다. 그래서 유럽사 점수는 별로 기대를 하지 않았다.

드디어 AP 점수를 확인하던 날, 해당 기관에 전화를 걸고 내 AP ID를 입력했다.

"Your AP European History score is … five."

컴퓨터에 녹음된 음성이 과목마다 3초쯤 뜸을 들인 후에 점수를 알려주었는데, 망쳤다고 생각한 유럽사가 5점 만점이었다. 유럽사뿐만 아니라 모든 과목이 다 만점이었다. 마지막으로 통계학 점수를 듣고 나서야 꾹꾹 눌렀던 환호성이 터져나왔다.

"와아!"

조기 졸업 때문에 이리 뛰고 저리 뛰며 힘들게 공부했던 일들이 주마등처럼 스쳐가서, 괜한 서러움에 눈물까지 흘려버렸다.

AP 시험은 공부할 때도 집요하게 해야 하지만, 시험 볼 때에는 체력 싸움까지 겹친다. 모든 과목이 다 그렇다. 한국의 일반 고등학교에서 AP를 공부할 수 있는 여건이 아직은 제대로 마련되어 있지 않다. 언젠가 그런 환경이 조성된다면 내가 AP를 공부했던 방법이 후배들에게 조금이라도 도움이 되었으면 좋겠다.

5. 내신성적 잘 받는 비결은 역시 성실함과 부지런함

내신성적(GPA)은 대학에서 학습할 수 있는 능력에 대한 척도이며 미국 대학 입시에서 SAT I 점수만큼이나 중요한 항목이다. 평소 성적 관리를 잘해야 진학할 때 유리하다. 학교 성적에 충실한 학생이 기본적으로 공부할 자세가 되어 있다고 판단하기 때문에, SAT 점수가 아무리 좋아도 내신성적이 형편없으면 입학 관리처에 좋은 인상을 주기 힘들다.

민사고에서의 내신은 노력하면 얼마든지 좋은 점수를 받을 수 있는 과목이 많았지만, 물리와 영어 작문(English Language), 유럽사는 정말 성적 관리가 힘들었다. 물리의 경우, 분명히 공부는 열심히 했는데 시험을 보면 몇 문제씩 틀려서 속상했었다. 앞에서 쓴 것처럼 AP 물리학 공부를 하면서 내신성적도 조금씩 좋아지게 되었다.

내신성적을 잘 받기 위해 많은 노력을 했는데, 그 중 영어 작문 과목이 기억난다. 이 과목은 숙제로 학생을 평가하는 'Assignment'가 30퍼센트, 'Critical Reading' 시험이 20퍼센트, 중간고사와 기말고사가 나머지 50퍼센트의 비중을 차지했었다. 다른 과목들에 비해 수행평가 비중이 상당히 높은 편이었다. 나는 이 과목 점수를 90점 이상을 유지하기 위해 'Assignment'에 엄청난 공을 들였다.

'Assignment'는 주로 에세이를 쓰는 숙제였는데, 기껏 열심히 써가도 10점 만점 중 6~8점이 고작이었다. 선생님이 워낙 점수를 짜게 주

시는 분이었기 때문이다. 에세이를 일찌감치 냈던 사람이 수정을 해서
다시 제출하면 점수를 조금씩 높여주는 게 그나마 다행이었다. 아니,
나에겐 유일한 희망이었다. 난 숙제를 무조건 일찍 써낸 후, 몇 번이고
고쳐서 10점 만점을 맞을 때까지 다시 내곤 했다.

"원희가 숙제를 네 번이나 내더니 결국은 10점을 맞았다."

선생님께서 나중엔 기가 막힌 듯 이렇게 말씀하시기도 했지만, 나로
서는 어쩔 수가 없었다. 그렇게 부지런을 떨고 선생님을 괴롭혀서라도
최대한 좋은 점수를 맞고 싶었기 때문이다.

유럽사는 더 이상 얘기하지 않아도 될 것 같다.

내신성적을 잘 받는 비결은 역시 '성실함'과 '부지런함'인 것 같다.
'웃는 얼굴에 침 못 뱉는다'는 속담이 여기서도 증명된다. 열심히 하
는 학생에게 좋은 점수 안 줄 수 없을 테니까 말이다.

6. 특별활동과 봉사활동으로 돋보이기

미국 대학 입시 전형에서 중요한 포인트로 작용하는 것이 바로 '특별활동(Extra Curricular Activities)'이다. 미국의 명문대학들은 단순히 공부만 잘하는 학생은 별로 좋아하지 않는다. 다른 사람들을 이끄는 리더십과 예술적인 활동, 적극적인 성향 등을 두루 갖춘 학생을 우선 선발하려는 경향이 있다.

나는 연극클럽 'L.I.D.(Life Is Drama)'와 만화클럽 '경국지화'에서 특별활동을 했다. 연극클럽에서는 2학년 때 장을 맡았고, 전국대회를 비롯한 각종 대회에서 상을 받았다. 특별활동란에 단순히 '연극부' 활동을 했다는 것만으로는 크게 돋보일 수가 없다. 그 클럽의 장을 맡으면 좋고, 대회 수상 경력까지 있으면 더더욱 좋다.

만화클럽 '경국지화'는 '나라가 기울어질 정도로 아름다운 그림'이라는 뜻을 가지고 있다. 선배들 때부터 내려오던 클럽인데, 클럽 활동이 특별히 수상 경력으로 이어지지는 않았지만, 나의 학창시절을 풍성하게 해주었다는 면에서는 아주 괜찮았다. 이 클럽에서도 2학년 때 장을 맡았고, 그 해 민족제에서는 각종 만화 캐릭터로 책갈피, 부채 같은 팬시 제품을 만들어 팔았다. 축제 화폐 단위로 10만 원을 벌었는데, 이때의 경험을 존스 홉킨스 대학 입학 원서의 에세이 소재로 활용하기도 했다. 그 에세이의 토픽이 '만약 당신에게 10달러가 생기면 어떻게 하겠는가' 하는 것이었다. 순간 민족제 때의 활동이 떠올랐다.

'그 10달러를 가지고 문방구로 달려가 종이와 펜을 사겠다. 만화클럽 후배들을 전화로 불러모아 함께 만화 캐릭터를 그려서 팬시 제품을 만들겠다. 그 제품들을 팔아 돈을 번 다음, 그 돈으로 또 다른 상품을 만들어 더 큰돈을 벌 것이다. 실제로 작년 학교 축제 때 그렇게 해서 10만 원을 벌었다.'

이렇게 에세이를 썼다. 내가 만약 만화클럽 활동을 하지 않았다면 이런 에세이를 쓸 수 있었을까?

특별활동은 어떤 분야에서 활동했는지도 중요하다. 특히 학생회장이나 학교 신문사 편집장 경험은 입시 전형에서 높은 점수를 받는다. 그런 활동들은 그 학생이 뛰어난 리더십의 소유자라는 판단 기준을 제공하기 때문이다. 하지만 경쟁률이 치열하기 때문에 누구나 다 이런 활동을 할 수 있는 건 아니다. 주어진 상황과 자기 취향에 맞는 특별활동을 선택하되, 중요한 것은 '꾸준히' 해야 한다는 것이다. 어떤 특별활동을 몇 학년 때 했는지도 원서에 다 기록하기 때문에 수시로 활동 부서가 바뀌면 '끈기가 없는 학생'으로 오해를 받을 수도 있다.

대학 입시에서 봉사활동은 그야말로 '기본'이다. 의대에 지망하는 학생에게는 '헌혈' 경험이 기본이고, 사회학을 전공하려는 학생에게는 복지시설 봉사활동이 기본이다. 그 분야의 공부를 할 자세가 되어 있는지 보여주는 것이 바로 봉사활동 경험인 것이다. 나는 고등학교 때 대전지방법원 민사과, 신탄진에 있는 보육원, 음성 꽃동네와 가평 꽃마을 등에서 봉사활동을 했다. 봉사활동이라는 건 학생의 신분으로서 사회에 관심을 갖고 참여할 수 있는 유일한 길이므로, 좀 더 열린 마음으로 임하는 것이 좋겠다.

7. 내게 맞는 대학 고르기

내가 미국을 선택한 것은 아무래도 미국이란 나라가 크고 기술적으로 앞서나가기 때문이다. 많은 외국인들이 미국으로 유학가려고 하는 것도 선진 학문이나 기술, 연구 환경이 좋기 때문이 아닐까?

현재 미국에는 3500개 이상의 대학이 있으며 크게 'College'와 'University'로 나눠볼 수 있다. College는 2년제와 4년제로 나뉘는데 주로 학부생을 위한 대학이다. 반면 University는 대학원과 의대, 법대와 전문과정까지 포함하는 종합대학을 말한다. 미국 대학을 가는 것만이 목적이라면 크게 어려울 것이 없지만, 대부분의 명문대가 사립이기 때문에 학비도 비싸고 입학 조건도 까다롭다. 우리나라 대학처럼 지원 학생의 성적별로 순위가 나뉘는 게 아니므로, 자기가 공부하고 싶은 분야에서 가장 우수한 대학을 찾는 것이 중요하다.

8. 장학금을 확보하는 인터뷰 만들기

한국 학생이 미국 대학으로 유학을 가려면 학비와 생활비를 온전히 다 지불할 능력이 있어야 한다. 학부과정에는 유학생의 짐을 덜어줄 만한 장학제도가 그다지 많지 않기 때문이다.

나는 민사고에 다니면서도 '내가 유학을 가게 되면 그 많은 돈을 우리 부모님이 어떻게 다 마련해주실까?' 하고 걱정을 많이 했다. 다행히 이런 걱정을 씻고 홀가분하게 유학길에 오를 수 있었던 것은 삼성 이건희 장학금 덕분이었다.

2학년 여름방학이 끝나갈 즈음 인터넷에서 장학금 공고를 보고 1차 서류 전형부터 준비했다. 내신성적과 그때까지 본 SAT Ⅱ · AP 점수, 각종 대회 수상 경력, 토플 점수 등을 제출했다. 이공계 장학금이라서 화학, 물리 올림피아드 같은 국제대회 수상 경력자가 유리했는데, 안타깝게도 나는 그런 경력이 없어서 조금 걱정을 했다. 게다가 아직 SAT Ⅰ 시험을 보기 전이어서 점수를 기재할 수 없었기 때문에 서류 전형부터 떨어질까 봐 무척 조바심이 났다.

지원서에는 나를 잘 알릴 수 있는 '자기 소개서'와 앞으로 내가 전공할 학문에 대해 학습 계획서를 써야 했다. 나는 학부과정에서 공부해야 할 과목으로 '생물'을 택했다. 많은 양의 공부도 마다하지 않고 집요하게 파고드는 나를 보고 생물 선생님은 "넌 정말 생물이 적성에 맞는 것 같다"는 말씀을 하시곤 했다.

생물 중에서도 면역체계를 배울 때가 제일 재미있었다. 백혈구 등이 세균에 대항하는 과정, 항체가 B세포에서 생성되는 과정 등을 공부하면서 이런 것들이 내 몸안에서 실제로 일어나고 있다는 것이 신기했다. 그 모습을 내 눈으로 보고 싶다는 생각도 많이 했다. 그래서 난 생물을 전공하고 난 후에 의과 대학원으로 진학해 질병과 면역에 대해 연구해보고 싶다고 썼다.

서류를 접수시킨 지 2주쯤 지나자 합격 소식이 왔다. 2차는 면접이었다. 면접은 내 학업계획과 관련된 이야기와 순발력을 테스트하는 질문으로 이루어졌다. 면접관들은 이따끔 "바다는 왜 푸르지?"같은 예상치 못한 질문을 던지곤 했다.

갑작스런 질문이라 잠시 머릿속이 하얘졌지만, 나는 이렇게 대답했다.

"바다가 푸른가요? 초록색이잖아요. 아니, 노을이 질 때 바다 색깔은 빨갛기도 하고 노랗기도 해요. 또 캄캄한 밤에는 까맣죠. 푸르기만한 건 아니에요."

이렇게 대답하자 면접관들은 어이없다는 표정으로 웃었다. 다른 아이들은 이럴 때 한숨이 나왔다고 하는데, 나는 기가 죽으면 안 될 것같아 시종일관 미소를 잃지 않았다.

"63빌딩 높이는 어떻게 재나?"

"잴 필요 없습니다. 가장 가까운 도서관 가서 인터넷으로 찾아보면됩니다."

이런 식의 대화가 오갔고, 그 다음에는 내가 공부하려는 생물학에 대해서 구체적인 질문이 이어졌다. 학교에서 영어로 생물 공부를 했고또 워낙 좋아하는 과목이기 때문에 열정적으로 대답을 했던 것 같다.

228

면접관은 내게 '영어를 참 잘한다'고 추켜세웠다.

면접이 끝나고 열흘 후.

장학생이 될 수 있기를 간절히 바라며 이메일을 체크했다.

"귀하는 제2기 삼성 이건희 장학재단의 장학생으로 결정되었습니다."

나는 옆에서 함께 이메일을 읽던 어머니의 두 손을 잡고 펄쩍펄쩍 뛰었다. 장학금 소식이 미국 대학 합격 소식만큼이나 기뻤던 것이다. 이제 미국 대학에 입학하기만 하면 매년 5만 달러씩 받으며 학부과정을 마칠 수 있다. 내가 몇 달 후 아무리 좋은 대학에 합격한다 해도 결국은 학비에 대한 부담감 때문에 마음이 편치 않았을 것이다. 장학금 수혜가 확정된 이후로는 마음 편히 공부에만 전념할 수 있었다.

생각해보면 연간 5만 달러의 장학금을 매년 수십 명에게 지원한다는 것이 쉬운 일은 아니다. 삼성 이건희 장학재단에서는 장학생들끼리 서로 친분을 쌓을 기회를 마련해주고, 학부 입학 예정자에게는 대학원에 진학하는 장학생을 통해 전공에 관한 상담도 할 수 있게 도와주고 있다. 순조롭게 미국 유학을 갈 수 있도록 기반을 마련해준 삼성 이건희 장학재단에 다시 한번 감사드린다.

9. 입학 원서 쓰기와 추천서 받기

미국 대학은 수시 모집이 보편화되어 있다. 하지만 모집 마감 시기가 늦은 학교를 택한다면, 떨어졌을 경우에 다시 정시 모집에 지원할 시간적 여유가 많지 않다.

수시 모집에는 'Early Action'과 'Early Decision'이 있다. Early Action에 합격을 했더라도 다른 학교 'Regular Decision' 때 지원하는 것이 가능하다. 그러나 Early Decision에 합격했을 경우에는 반드시 그 대학에 입학해야 한다. 원서를 낼 때에는 이 두 가지를 신중하게 살펴보고 보내야 한다.

원서의 양식은 각 대학마다 다르다. 대부분 공동 지원 양식(Common Application)을 사용하지만, 학교별로 보충 서류(Supplement Form)를 가지고 있다. 매년 7월이나 8월쯤 각 대학교의 홈페이지를 방문해 신청 정보(Request Information) 부분을 클릭하면 입력한 주소지로 원서를 보내준다. 또는 인터넷 상에서 원서 양식을 다운받아 컴퓨터로 작성할 수도 있다.

원서에 써야 하는 내용으로는 Personal Data(이름, 생일, 주소, 국적 등), Educational Data(지금까지 다닌 학교들에 대한 정보), Test Information(SAT, AP, TOEFL 점수 등), Family Information(어머니, 아버지의 학력과 직업, 형제 자매에 대한 정보), Academic Honors(교내외에서 수상한 경력), Extracurricular Activities(특별활동과 봉사활동) 등이

있다.

모든 칸을 채우면서 나 같은 조기 졸업자는 오히려 메리트가 없다는 생각이 들었다. 나는 짧은 시간 안에 공부할 양이 한꺼번에 늘어났고, 그 때문에 특별활동이나 봉사활동을 많이 하지 못했다. 실제로 미국 대학에서는 조기 졸업자를 그다지 좋은 시선으로 보지 않는다. 3년 동안 여유 있게 입시를 준비하면서 다양한 특별활동을 한 학생이 훨씬 안정적이고 성실하게 보이는 것이다.

원서를 쓸 때 굉장히 중요한 부분이 바로 Personal Statement(자기를 소개하는 에세이)다. 에세이에 대해서는 뒤에 자세히 언급하겠다.

추천서는 보통 담임 선생님 한 분, 또 다른 선생님 두 분에게 받는다. 대학마다 원서를 보낼 때 추천서 양식도 첨부하는데, 그 양식대로 쓰되 반드시 작성한 사람이 밀봉을 해서 보내게 되어 있다.

나는 우리 학교의 칼리지 카운슬러였던 김명수 선생님, 나를 가장 오랫동안 가르치셨던 간제 선생님, 내가 전공할 생물을 가르치신 김정석 선생님에게 추천서를 받았다. 그 분들이 어떤 말을 쓰셨는지는 알 수 없다. 다만 내가 어떻게 공부를 해왔고, 평소 생활 태도가 어떠했다는 내용을 쓰시지 않았을까 추측할 뿐이다.

간제 선생님의 경우에는 추천서를 쓰기 위해 나와 인터뷰를 하셨다. 내가 신입생이던 시절부터 졸업할 때까지 한 학기도 거르지 않고 가르쳤는데도 나에 대해 더 알아야 할 필요가 있다고 생각하신 모양이다.

"너는 네가 리더십이 있다는 것을 증명할 만한 것이 있느냐?"

"처음 민사고에 들어왔을 때 영어 때문에 힘들지 않았느냐?"

선생님은 나에 대해 새로운 사실을 알려고 하기보다 그간 보아온 내 모습을 확인하는 질문들을 하신 것 같다. 인터뷰 내용으로 봐서는 내가 영어를 잘하는 아이들 사이에서 고생했던 것부터 시작해서 AP 유럽사 만점을 맞고 논문 수업을 들을 만큼 영어가 발전하게 된 사실을 쓰고, 그것이 내가 끊임없이 노력한 결과라는 촌평을 하시지 않았을까 추측해볼 뿐이다.

추천서가 대학 합격 여부에 큰 영향을 미치는 것들 중 하나이고 보면, 나의 하버드 입학은 추천서를 써주신 선생님들에게도 빛을 지고 있는 것 같다. 이 기회에 이 세 분 선생님께 다시 한번 감사의 말씀을 드린다.

10. 좋은 에세이는 합격의 '화룡점정'

에세이는 자기 자신을 포장할 수 있는 좋은 기회다. 자신만이 갖고 있는 특징을 확실하게 부각시키고 좋은 이미지를 줄 수 있도록 쓰는 것이 중요하다. 똑같은 경험, 똑같은 성적의 소유자라 하더라도 자기 자신을 어떤 식으로 포장하느냐에 따라 이미지는 달라진다. 예를 들어 1학년 때 내신성적이 좋지 않고 2, 3학년 때 성적이 더 낫다면 '나는 1학년 때 개인적인 사정으로 공부를 많이 할 수 없었다' 는 것보다 '내 성적은 지금 상승곡선을 그리고 있다' 고 쓴 학생이 훨씬 좋은 이미지를 준다.

'에세이' 라고 하면 SAT II 시험의 에세이와 혼동할 수도 있겠는데, 시험에서 쓰는 에세이는 매우 논리적이어야 하지만, 대학 원서에 첨부하는 에세이는 상당히 개인적이다. '나는 이런 사람이다' 라는 걸 보여주기 위해서 묘사나 수식, 경험담을 모두 동원할 수 있다.

원서에 쓰는 에세이도 연습이 필요할까? 대답은 'Of course!' 원서 마감 때까지 시간적 여유가 있다면 여러 번 고쳐서 산뜻하게 완성된 글을 첨부하는 것이 좋다. 보통 8월부터는 어떤 내용으로 에세이를 쓸 것인지 준비해두어야 하는데, 나는 그 때까지만 해도 아직 학교에서 조기 졸업 허락을 받지 못한 상태였다. 게다가 10월에 있을 SAT I 준비를 하느라 정신이 없었다. 설상가상으로 예일 대학 합격 발표가 너무 늦어졌다.

불합격 사실을 알게 된 후부터 정시 모집 마감까지는 겨우 한 달 정도밖에 남지 않았다. 그 안에 11개 대학에 낼 에세이 20여 편을 쓰느라 정말 고생했다. 너무 신경을 쓰다 보니 밥을 먹으면 토할 정도가 되어 바나나 같은 걸로 대충 끼니를 때우며 지냈다. 원서를 모두 내고 난 다음에도 에세이가 제일 마음에 걸렸다.

내가 보낸 에세이 중 그나마 괜찮다고 생각하는 것은 하버드에 냈던 〈Race〉다.

〈Race〉는 내가 조기 졸업하는 것에 대한 일종의 변명이라고 할 수 있다. 미국에서는 우리나라와 달리 조기 졸업자를 아주 미심쩍은 눈으로 바라본다. 이 학생이 과연 고등학교를 1년 일찍 졸업하면서 성숙한 마음을 가질 수 있었을까, 아니면 다른 3학년들만큼 공부하는 능력이 될까 의심하는 것이다. 그런 의심의 눈초리를 확실히 거두기 위한 에세이가 바로 〈Race〉였다.

〈Race〉의 첫 부분은 내가 어린 시절 달리기를 하고 있는 장면으로 시작된다. 내가 다섯 살쯤 되었을 때, 아버지는 전북 완주군 어느 마을의 공중보건의로 근무하셨다. 그 마을 체육대회가 열리던 날, 사람들이 나를 '이 동네에 한 분밖에 없는 의사 선생님 딸'이라며 달리기에 출연시켰다.

나는 달리기가 뭘 하는 것인지도 모르는 채 출발선에 섰다. 유치원 선생님이 내 앞쪽에 앉아 나를 향해 두 팔을 벌렸고, 나는 선생님을 향해 아장아장 걸어갔다. 그런데 내가 다가갈수록 선생님은 자꾸만 뒤로 멀어지셨다. 아마도 결승 지점까지 나를 그렇게 유인할 생각이었던 모양이다. 나는 선생님과의 거리가 절대 가까워지지 않는다는 것을 알고는 운동장 트랙의 중간에 서서 결국 울음을 터뜨렸다.

AP, SAT 등 짧은 기간에 많은 시험을 보면서 내가 느꼈던 기분을 그 때 내 앞에서 멀어지던 유치원 선생님을 따라가는 기분과 연결시켰다. 시험 뒤에 시험, 그 시험 뒤에 또 시험…. 확실히 나는 조금 지쳐 있었는지도 모른다. 하지만 지금의 나는 유치원 시절의 나와 다르다. 그 때의 나는 다른 사람들이 정해준 곳까지 뛰어가야 했지만, 지금의 나는 내가 정한 곳까지 가기 위해 그 중간 과정을 스스로 뛰어가고 있기 때문이다.

에세이의 끝은 이렇게 맺었다.

"나는 여전히 달리고 있다. 하지만 이번에는 내가 어디를 향해 달려가고 있는지 안다. 끝이 없을 것만 같았던 고교 시절을 거의 끝마친 것 같다. 물론 여기까지 오느라 많이 지쳐 있긴 하지만, 나는 더 이상 다른 사람들이 정해놓은 선까지 뛰어가는 어린 아이가 아니다."

사실 나 스스로는 글솜씨가 그다지 뛰어나지 않다는 걸 알고 있다. 그래서 소재를 특이하게 끌어내 읽는 사람의 머리에 나를 각인시키고자 했다.

존스 홉킨스에 냈던 에세이의 경우, '하루에 10달러밖에 쓸 수 없다면 그 하루를 어떻게 보낼 것인가?' 하는 게 토픽이었다. 앞에서 소개했던 대로 그때 만화클럽에서 활동한 경험을 살려 제법 그럴듯한 문장을 썼다.

이 에세이에는 민족제 때 그렸던 그림도 몇 개 첨부했다.

원서에 첨부하는 에세이에는 자기 자신이 얼마나 적극적이고 자신감 넘치는 사람인지, 얼마나 괜찮은 삶을 살아왔는지를 써야 한다. 설사 자신의 인생이 늘 성공적인 것만은 아니었다 하더라도 그런 경험이 오히려 공부에 밑거름이 되었다고 뒤집어 얘기하는 재치도 필요하다.

한국 토종의 미국 대학 공략법

무엇보다 긍정적인 사고방식을 보여주는 게 좋다.

이밖에도 부모님의 재산을 증명하는 서류와 건강증명서 등 세세한 서류들이 필요하다. 원서와 함께 첨부 서류들을 갖춰 미국 대학에 보내고 나면 이제 합격 소식을 기다리는 일만 남았다.

유학을 준비할 때는 자기 발로 뛰어서 사실적인 정보를 입수하는 게 중요하다. '누가 이렇게 말하더라' 는 식의 애매한 정보만 믿고 있다가는 낭패를 보기 십상이다. 시중에 나와 있는 유학 관련 서적 몇 권과 인터넷 사이트 서핑만으로도 유학 정보는 충분히 얻을 수 있다.

만일 두 곳 이상의 대학에서 입학 허가를 받은 경우에는 포기할 대학에 이메일 등으로 포기 통보를 해줘야 한다. 최종적으로는 미 대사관에서 미국 학생비자(F1)를 받아 입국하게 된다.

아이가 공부를 잘하도록 만드는 특별한 비법은 없는 것 같다. 다만 부모가 꼭 해야 할 역할이 있다면, 언제나 아이에게 관심을 갖고 아이가 자신의 가능성을 펼칠 수 있도록 도와주는 것.

원희 엄마 이가희 씨의 '우리 아이 공부 잘하게 만드는 법'

내 나름대로는 원희에게 항상 최선을 다하려고 노력했다. 원희에게 좋은 영향을 주었을 법한 일들을 모아보았다. 아이를 둔 학부모님들에게 조금이나마 도움이 되었으면 한다.

1. 아이의 호기심을 빠짐없이 충족시켜줘라

경사진 언덕 위로 별이 떨어지는 꿈을 꾸었다. 폭죽을 쏘아올리면 그려지는 포물선처럼 예쁜 별 하나가 하늘에서 떨어졌다. 꿈속에서 긴 치마를 입고 있었는데, 그 별을 잡겠다고 치맛자락을 좍 펴고 달려갔다. 조금 무서운 생각이 들어서 별을 잡지는 못했지만 너무나 아름다운 꿈이었다.

이게 바로 원희의 태몽이었다. 원희를 가졌을 때 마침 대학원을 가겠다고 공부를 시작했던 터라 배가 불러오는데도 책상 앞에 쿠션을 대고 앉아 공부했던 기억이 난다. 특히 영어 공부를 많이 했었다. 아이들 곁에 늘 엄마가 있어야 한다는 원희 아빠의 지론 때문에 결국 대학원 시험은 보지 못했지만, 원희를 가졌을 때 공부를 열심히 했던 것은 잘한 일인 것 같다. 임신 중에 엄마가 머리를 많이 쓰는 것이 아이 두뇌 발달에 좋다고 들었기 때문이다.

뱃속의 원희를 위해 한 가지 더 한 일이 있다면 그것은 바로 '기도'였다. 매일 짧게나마 하루에 두 번씩은 기도를 했다. 우리 아이가 자라면 이 사회에 빛과 소금 같은 인재가 되게 해달라고.

그렇게 해서 태어난 원희는 어릴 때부터 말이 무척 빨랐다. 다른 아이들은 겨우 '맘마' 정도 할 때 원희는 문장으로 말을 할 줄 알았다.

"엄마, 물 주세요."

이런 문장을 구사한 것이 겨우 8개월쯤 되었을 때의 일이다. 원희는 돌 전후가 되자 텔레비전에서 하는 '뽀뽀뽀'를 보며 노래와 춤을 따라 했다. 한번은 '뽀뽀뽀'가 방영되는 시간에 이웃집 아기가 놀러왔다가 자기도 노래를 따라부른답시고 두 팔을 허공에 휘저으면서 "우어어어 어"하자 원희가 내게 물었다.

"엄마, 쟤는 왜 말을 못해, 바보야?"

바보가 아니라 어려서 그런 거라고 설명해주었더니, 원희는 알아들 었는지 '으응' 하고 대답했다.

원희가 말이 빨랐던 것은 아마도 갓난아기 때부터 내가 말을 많이 걸었기 때문이 아닐까 싶다. 나는 원희에게 우유를 먹일 때마다 혹은 기저귀를 갈아줄 때마다 항상 말을 붙였다.

"우리 원희, 배 많이 고팠어?"

"자, 기저귀 다 갈았다. 이제 기분 좋으니?"

이렇게 말을 걸어주면 원희는 빨던 우유병을 입에서 떼고 뭐라고 옹 알이를 했다. 6, 7개월 즈음부터 엄마가 하는 말을 따라하기 시작하더 니, 언제부턴가는 내가 자기에게 했던 말을 적재적소에 써먹는 재주까 지 부렸다.

"아휴, 힘들어. 내가 왜 이런 것까지 다 해야 하지?"

내가 이렇게 얘기하면 조금 있다 원희도 자기 책을 책꽂이 쪽으로 치우면서 허리에 손을 얹고 "아휴, 힘들어. 내가 왜 이런 것까지 다 해 야 하지?"라고 말했다. 1년 터울의 남동생이 밤에 잠을 안 자고 울어 대면 "아휴, 내가 너 땜에 정말 못 살아" 하고 말할 정도였다. 이 때부 터 아이에게 존대말을 가르쳤다. 말을 빨리 배우는 아이라면 경어부터 배우는 게 좋겠다는 생각이 들어서였다.

말이 빠른 아이는 자라면서 질문도 엄청나게 많아진다. 원희는 '이게 뭐야?', '저건 왜 그래?'라는 질문을 입에 달고 살았다. 하루는 원희 아빠의 해부학 책이 서재에 펼쳐져 있는 걸 보더니, 또 "이게 뭐야?" 하고 물어보았다. 원희가 가리키는 것은 인체의 장기와 핏줄 등이 그려진 해부학 그림이었다.

"응. 사람의 몸이야."

"사람의 몸이 왜 저렇게 생겼어? 귀신이야?"

"아니야. 사람 속이야. 사과는 겉이 빨개도 껍질을 벗기면 속은 하얗잖아. 사람 속은 저래."

"그런데 이건 뭐야?'

"으응, 핏줄이야."

"이건 뭐야?"

"이두박근이야. 이.두.박.근"

"이두박근이 뭐야?"

이런 식으로 시작하면 끝도 없었다. 입을 막고 싶을 정도로 질문이 많은 원희를 누가 말리랴. 그 날은 핏줄과 근육의 이름까지 모두 알려 줘야 했다.

그런데 며칠 후 '이두박근 사건'이라는 게 터졌다. 윗집에 사는 꼬마가 우리 집에 놀러왔을 때 원희가 '이두박근' 얘기를 한 모양이었다.

"사람이 벗겨지면 이렇게 되어 있는 거야. 여기가 이두박근, 여기가 삼두박근. 따라해봐, 이두박근!"

그러자 윗집 꼬마는 "이게 무슨 이두박근이야? 팔이지!"라고 되물었고, 둘이서 한참이나 '이두박근이다', '팔이다' 옥신각신하다가 결국 꼬마가 자기 엄마를 응원군으로 데려왔다.

"엄마, 쟤가 자꾸 이두박근이래. 이게 팔이야, 이두박근이야?"

꼬마는 제 엄마에게 도움을 청하듯 물었고, 그 엄마는 "팔이지"라고 대답했다. 그러자 꼬마는 아주 의기양양한 표정을 지었다.

"거봐, 팔이잖아. 거짓말하고 있어."

갑작스러운 꼬마의 일격에 원희는 억울한 표정으로 나를 쳐다봤지만, 나는 그냥 웃으면서 윗집 꼬마를 돌려보냈다.

끊임없이 물어오는 원희의 질문을 귀찮다고 생각한 적은 한 번도 없었다. 오히려 내 아이가 이렇게 궁금증이 많은 것이 신기할 뿐이었다. 가끔 길에서 어린 아이 손을 잡고 가는 엄마들이 자기 아이에게 "너는 왜 이렇게 질문이 많냐?"며 면박 주는 걸 보게 되는데, 아이가 궁금증이 많다는 건 좋은 일임에 틀림없다. 그 궁금증을 통해 언어를 습득하고 지적 호기심도 충족시킬 수 있기 때문이다.

원희가 공부를 잘하게 된 것도 자기 안에서 끊임없이 궁금증이 일어나고, 그것을 해결해야겠다는 욕구가 강했기 때문이 아닐까? 원희의 경우 초등학교나 중학교 초반까지는 그 부분을 부모가 해결해주었지만, 고등학생이 되면서부터는 스스로 해결하는 아이가 되었다. 그게 다 유아기 때부터 시작된다는 걸 고려한다면, 아이가 묻는 사소한 질문 하나에도 귀 기울여 들어줄 필요가 있다.

2. 아이의 능력과 무관하게 양껏 공부시켜라

일본 교육학자 시치다 선생의 교육이론에 의하면 '모든 아기는 다 천재'다. 아기의 두뇌는 무한한 가능성을 가지고 있기 때문에 얼마나 자극을 주느냐에 따라서 지능은 무한대로 올라갈 수도 있고 보통에 머무를 수도 있다는 것이다.

나도 어린 원희를 바라볼 때 항상 그런 마음을 가지고 있었다. 천재를 만들기 위해 기를 쓰고 영재학원에 보내거나 고액 과외를 시킨 적은 없었지만 딱 한 가지, 원희가 지적인 호기심을 느낄 수 있도록 자극을 주는 것만은 잊지 않았다. 원희가 나이는 어려도 뭐든지 잘 알아듣는다고 생각했기 때문이다.

원희가 기어다니기 시작하면서부터 우리 집 벽에는 '오늘의 시간표'가 붙어 있었다. 큰 종이에 월요일부터 일요일까지 칸을 만들어 매일 할 일을 적어놓은 것이었다. 월요일 3시부터 4시까지 '그림 그리기', 화요일 3시부터 4시까지 '종이접기', 수요일 3시부터 4시까지 '만들기-수수깡' 등 유치원처럼 놀이 프로그램을 정해두었다.

연년생 아이 둘을 둔 나로서는 뭐든 가르쳐야겠다는 생각에서 시작한 일이었는데, 스케줄대로 하루를 보내다 보니 시간이 금방 잘 지나갔다. 원희가 4살이 되었을 때에는 실험 시간까지 보탰다. 요오드가 녹말에 닿으면 보라색이 되는 실험을 하자 어린 원희가 색깔이 변하는 걸 보고 아주 좋아했던 기억이 난다.

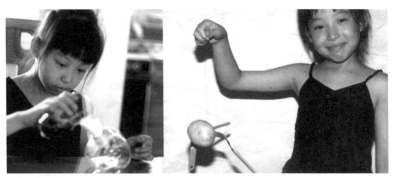
원희는 어려서부터 호기심이 많아 실험하는 걸 좋아했다.

원희는 색칠공책을 한 번 사주면 앉은자리에서 다 칠해버리는 아이였다. 매번 색칠공책을 사줄 수가 없어서, 나중에는 색칠하지 않은 걸 미리 복사를 해두었다가 주기도 했다. 학습지는 딱 한 번 시켜봤는데, 며칠 하다 싫증을 내기에 억지로 시키지는 않았다. 5살 때부터는 피아노를 배우고 싶다고 해 같은 아파트 이웃에게 레슨을 받게 했고, 유치원에 다닐 때는 그림을 그리고 싶다고 해서 미술학원에도 잠깐 보냈다. 원희가 '하고 싶어' 라고 할 때가 아니면 억지로 시키지 않았다.

원희 아버지가 병원 인턴과 레지던트, 공중보건의를 거치는 내내 형편이 여의치 않아 사교육비에 돈을 쓸 여유가 없었다. 그래서 이리저리 지출을 줄여야 했는데 그 부분을 담당했던 게 바로 의상 구입비였다. 원희가 초등학교 다닐 때까지도 옷을 사준 일이 거의 없다. 늘상 사촌언니들 옷을 물려받아 입히거나 키가 큰 또래 친구들의 옷을 얻어다 입혔다. 그 옷을 입고 친구와 마주칠 때면 자존심이 상할 법도 한데, 싫은 내색 한 번 하지 않고 입어준 원희가 지금도 참 고맙다.

형편껏 아이 뒷바라지를 하자니 내가 부지런히 발품을 팔아야 했다. 어린이용 동화책 전집은 반드시 30~40퍼센트 할인 기회를 노려서 구입하거나 헌책을 샀다. 새로 나온 책들을 주변 엄마들과 돌려보는 건 기본이었다. 아이에게 꼭 필요한 교재가 너무 비싸다면 복사본이라도 어떻게든 구해서 썼다.

내가 시를 쓰기 시작하면서부터 원희에게 컴퓨터에 입력하는 일을 부탁하곤 했는데, 그게 아마 초등학교 1학년 때였던 것 같다. 엄마가 쓴 시를 타이핑하면서 자기도 모르게 시어(詩語)를 읽고 쓰는 연습이 되어, 나중에 전국 백일장에서 어린 아이답지 않은 성숙한 시로 대상을 타게 되었다.

영어 파닉스, 매일 일기쓰기, 시 베껴쓰기, 아빠의 해부학 책, 공룡과 화석 책…. 나는 아무리 원희가 어릴지라도 공부할 수 있는 범위에 대해 '제한' 또는 '한계'를 두지 않았다. 어떤 교육 자료든 원희가 많이 접할 수 있게 해주었고, 무엇이든 원하는 만큼 공부하도록 했다.

아이가 의대생이나 읽는 의학 서적을 볼 때 '애가 뭘 알겠어?' 라는 반응을 보이는 것은 정말 좋지 않다. 어린 아이의 수준에 맞춘다며 교육 자료를 차단하는 경우가 많은데, 절대 그럴 필요가 없다. 어차피 아이는 모든 것을 자기 눈높이에서 받아들이기 때문이다. 어른이 아이의 교육 환경에 미리부터 한계를 두는 것은 아이의 가능성을 미리 차단하는 것과 같다. 아이의 가능성은 무한하다. 최대한 많은 걸 보여주고 들려주고 모든 질문에 성실하게 대답해주어야 가능성이 확장된다.

지금 생각하면 큰 돈 들이지 않고도 아이의 두뇌 자극을 위해 여러모로 애를 썼던 것 같다. 아이는 항상 엄마가 준비해주는 여건만큼 공부를 하기 때문에 한시도 게으름을 피울 수가 없었다. 아이의 잠재력을 무한대로 키워주려면 역시 돈보다 더 중요한 게 '관심'이요, '부지런함'이 아닐까 싶다.

3. 영어는 일찍 시작해서 꾸준히 가르쳐라

원희가 돌이 되기 전의 일이다. 동네 아파트를 지나는데 갑자기 등에 업힌 원희가 어떤 집 창문을 올려다보며 이렇게 말했다.

"호.랑.이. A.B.C.D."

이 곳을 지나갈 때마다 그 집 창문에 붙어 있는 스티커를 원희에게 읽어주기는 했지만, 며칠 만에 글자를 외우다니! 너무 놀라서 속으로 '혹시 우리 아이가 신동 아닐까?' 하고 생각할 정도였다. 지적인 흡수가 빠른 아이임에 틀림없다는 판단이 들어서 당장 알파벳과 간단한 단어가 그려진 포스터를 사서 벽에 붙여두었다. 원희는 포스터에 있는 알파벳을 몇 번 따라 읽더니 금세 외워버렸다.

영어에 관심을 보이는 원희에게 무엇이라도 해줘야 할 것 같아서, 영어 동요 카세트 테이프를 들려주거나 '세서미 스트리트' 같은 비디오를 보여주었다. 영어 비디오는 무작정 오래 보여주기보다 하루에 2시간으로 제한해서 보여주면서 나도 항상 옆에서 같이 봤다. 아이가 신이 나서 춤을 추며 영어 노래를 따라 부르는데 엄마가 전혀 관심을 보이지 않으면, 아이도 덩달아 심드렁해질 것이라는 생각에서였다.

원희가 정식으로 영어를 배운 것은 6살 때부터였다. 마침 미국에서 공부하고 온 친구가 아이들에게 영어를 가르치고 싶다고 하기에 맡겼는데, 원희가 무척 재미있어 했다.

"엄마, 오늘 쿠키 만들었어요. 이렇게 생긴 건 트라이앵글이고, 이렇게 생긴 건 스퀘어예요."

원희는 종이에다 삼각형, 사각형을 그리며 영어 배운 얘기를 조잘조
잘 늘어놓았다. 생활 속에서 요리나 놀이를 통해 영어를 배우다 보니
원희는 매일 그 집에 가는 날을 손꼽아 기다렸다. 그러더니 금세
'Hello!' 나 'How're you?' 라는 인사를 집에서 써먹곤 했다.

그런 수업을 1년 가까이 하다가, 초등학교 입학 즈음부터는 집 근처
의 영어회화학원에 보냈다. 그 곳에서 패턴 잉글리시와 생활영어를 배
우면서 영어가 많이 느는 듯했다. 다른 엄마들은 영어학원에 일주일에
두 번이나 세 번 정도 보내면 된다는 생각이었지만, 나는 좀 달랐다.
월요일부터 금요일까지 매일 보냈다. 언어라는 건 단 하루라도 안 쓰
면 퇴보하기 때문이다. 그래서 초등학교를 졸업할 때까지 영어회화학
원만큼은 꾸준히 다닐 수 있게 해주었다. 덕분에 원희는 중학교에 올
라가서도 문법에 대한 이해가 빨랐고, 같은반 친구들에 비해 영어를
잘했다. 그래서 나는 원희가 영어를 아주 잘한다고 생각했다. 하지만
민사고에 들어가면서 이런 환상은 와장창 깨졌다. 그때부터 원희의 피
눈물 나는 영어전쟁이 시작되었다. 그만큼 어렵고 시간이 많이 필요한
게 언어다.

영어는 빨리 시작할수록 좋다. 외국어에 대한 두려움이 없는 상태에
서 배울 때 습득 속도가 빠르기 때문이다. 거기다 놀이를 통해 영어를
재미있게 시작하면 더욱 좋다. 단, 어린 아이에게 너무 영어를 배우라
고 강요하다 보면 아이가 심리적인 압박감에 못 이겨 영어를 싫어하게
될 수도 있으므로 조심할 것.

국어 교육을 먼저 확실히 시킨 다음에 영어를 병행하는 것도 중요하
다. 원희의 경우는 초등학교 때까지 국어와 영어를 7대3의 비율로 공

부하게 했다. 그러다 민사고에서 들어가 영어로 공부를 해야 하는 단계에 이르러서는 그 비율이 반대가 되었다. 요즘은 초등학교 3학년부터 학교 교과에 영어 과목이 있어서 원희 때와는 상황이 많이 다르지만, 영어를 일찍 시작해서 꾸준히 공부하는 것이 바람직하다는 것만은 그 때나 지금이나 변함 없는 진리라고 생각한다.

특별기고

4. 책만 읽어줘도 한글은 통째로 뗄 수 있다

보통 아이들이 한글을 처음 공부할 때는 자음과 모음을 따로 써가면서 익히게 마련인데, 원희는 희한하게도 한글을 글자 단위로 익혀서 저 혼자 뗐다. 그건 아마도 내가 책을 읽어줄 때 글자를 하나하나 짚어가며 읽어주었기 때문인 것 같다.

나는 원희가 돌도 채 되기 전부터 손으로 글자를 짚어가면서 그림책을 읽어줬다.

"오리는 꽥꽥, 병아리는 삐약삐약."

이렇게 읽어준다고 해서 아이가 바로 한글을 깨치는 건 아니지만, 앞에서 말한 것처럼 아이가 알아듣든 못 알아듣든 상관없이 'input'을 최대한 많이 해주자는 생각에서 한 일이었다. 어느 순간부터 원희는 내가 책을 펼치자마자 '오리는 꽥꽥' 하고 글씨 읽는 흉내를 냈다.

그러다 두세 살쯤 되어서는 평소 엄마가 읽어주던 동화책을 꺼내 글자를 한 자씩 손으로 가리키면서 읽었다.

"12시를 알리는 종이 울리자, 신데렐라는 허겁지겁 궁전을 빠져나왔어요."

가까이 가서 보면 원희의 손가락이 입으로 읽고 있는 부분보다 아래쪽을 가리킬 때도 있었지만, 한글이 한 글자 한 글자로 이루어져 있으며 대충 어떻게 읽는다는 원리를 감지하고 있는 것처럼 보였다. 어느 날인가는 동화책에 있는 '릉'을 가리키며 "엄마, 이거 '으르릉' 할 때

'룽'이지?" 하고 묻기도 했다.

4살이 된 원희는 책 베껴쓰는 걸 아주 좋아했다. 〈신데렐라〉, 〈피노키오〉 등 동화책을 잔뜩 펼쳐놓고 엄마가 사준 열 칸 짜리 국어공책에 한 글자 한 글자 베껴썼다. 글자를 쓸 때는 획순이 종종 바르지 못할 때도 있었지만, 어린 아이가 앉은자리에서 2시간씩 글씨를 쓰는 집념에는 나조차 놀랄 때가 많았다.

그렇게 베껴쓴 공책이 원희에게는 새로운 읽을 거리였다. 이웃집 아이들이 놀러오면 자기가 베껴쓴 공책을 펼쳐들고 읽어주기도 했다.

"조용히 해. 책 읽을 때는 집중을 해야지, 집중을!"

아직 유치원도 안 들어간 아이가 또래 친구들을 앉혀놓고 그림도 없는 공책을 들고 동화를 읽어주는 모습이라니! 자기가 선생님이라도 된 양 행동하던 원희 모습은 지금 떠올려도 웃음이 난다.

원희가 한글을 완전히 뗀 것은 5살 때였다. 아이가 얼마나 한글을 아는지 궁금해서 한글 교재를 사준 것인데, 모르는 글자 하나 없이 술술 다 읽었다.

아이들마다 언어를 습득하는 방식이 다 다르겠지만, 'ㄱ, ㄴ, ㄷ'부터 익히는 것보다는 원희처럼 동화책을 통해 글자를 통째로 기억하는 방법도 꽤 괜찮은 것 같다. 그렇게 하면 단순히 글자만 아는 게 아니라 책 읽는 즐거움도 일찍 알게 되고, 자기 책을 소중하게 여기는 습관도 생기니까 말이다.

5. 책 읽어주는 엄마의 노하우 몇 가지

모든 일에는 노하우가 필요한 법인데, 특히 책을 읽어줄 때는 세 가지 점에 비중을 두었다.

첫째는 아이가 아직 한글을 모를 때 글자를 하나하나 짚어가면서 읽어주는 방법이고, 둘째는 엄마가 동화구연가처럼 감정을 듬뿍 실어 읽어주는 것이며, 셋째는 책과 관련된 각종 교구를 준비해주는 것이다.

글자를 짚어가면서 읽어주면 앞에서 얘기했듯이 아이가 글자를 통째로 기억해서 한글을 깨치게 하는 데 좋다. 그리고 엄마가 동화구연가 역할을 해야 하는 이유는 '재미' 때문이다. 아무리 훌륭한 교재를 샀다 해도 아이가 흥미를 느끼지 못하면 말짱 헛것이다.

아이가 처음 책을 접할 때 '책 읽는 건 참 재미나는 거구나' 하고 느끼게 만들어야 한다. 즐겁거나 슬픈 장면에서 감정을 풍부하게 살려 책을 읽어주면 아이들은 무척 좋아한다. 원희는 초등학교 입학 전까지만 해도 책을 몇 권 뽑아가지고 와서는 꼭 "엄마가 읽어줘"라고 했다.

책 읽어주는 엄마가 반드시 해야 할 일은 아이가 읽는 책과 관련된 교구를 준비하는 것이다. 나는 책과 관련된 만들기나 그리기 재료를 준비했다. 원희가 책을 읽고 나서 느끼는 여운을 만들기나 그리기를 통해 한껏 누리게 해주었다. 그런 과정을 통해 원희의 상상력이나 표현력이 더 풍부해졌을 거라고 믿는다.

6. 아이가 쓰는 일기에 코멘트를 달아줘라

"엄마, 어떻게 해요? 일기가 밀렸는데 날씨를 알 수가 없어요."

초등학교 1학년 여름방학이 끝나갈 무렵, 원희는 잔뜩 울상을 지었다. 학교에 들어와 처음 맞는 방학이라 몹시 들뜬 탓에 일기가 많이 밀렸던 것이다. 개학 전날 그걸 다 쓰는 것도 힘들거니와 날씨를 알 수가 없어서 저 혼자 발을 동동 굴렀다.

"그건 원희 일이니까 원희가 알아서 해."

날씨를 추측하는 일에 내가 동참해서 원희의 수고를 덜어줄 수도 있었지만 그렇게 하지 않았다. 한번 고생을 하고 자기 힘으로 해결해봐야 똑같은 실수를 하지 않는 법이니까.

그 날 원희에게 일기 쓰기의 중요성에 대해 다시 한번 주지시켰다.

"일기는 매일매일 쓰는 거야. 어떻게 며칠 전 일을 오늘 지어내서 쓸 수 있겠니? 이제부터라도 일기는 절대 미루면 안 된다. 알았지?"

원희는 밤을 꼬박 새서 일기 숙제를 마치고는, 그 다음부터 정말 하루도 빠지지 않고 일기를 썼다. 그렇게 6학년 때까지 쓴 일기장이 수십 권에 이른다.

나는 숙제와 공부만큼이나 일기 쓰기를 강조하는 편이다. 특히 초등학생들이 일기를 쓰면 좋은 점이 한두 가지가 아니다.

첫째, 글쓰기의 다양한 패턴을 익힐 수 있다. 보통 어린 아이들은 '나는', '오늘은'으로 일기를 시작하는데, 그 외에 더 다양한 방식의

251

도입부가 가능하다는 걸 배우게 되는 것이다.

일기의 처음을 다른 사람과의 '대화'로 시작하는 방법, 시간으로 시작하는 방법, 장소에 대한 묘사로 시작하는 방법, 날씨에 대한 이야기로 시작하는 방법 등을 생각해볼 수 있다.

내가 피아노 연습을 막 끝냈을 때, 전화벨이 울렸다. 친구 제은이에게서 온 전화였다.

이런 식으로 마치 소설을 쓰듯 일기를 쓸 수 있다고 가르쳐주면 아이들은 금세 따라한다. 아이들 눈높이에서는 이런 식의 일기가 창작 활동의 일환이 될 수도 있다.

어느 날 원희 일기장을 보니 '앤아!'라고 부르며, 누군가에게 편지를 쓴 듯한 일기가 있었다. 그 날 하루 겪었던 이야기, 독후감 등을 '앤'에게 들려주듯 일기를 쓴 것이었다. 아마도 그 즈음에 읽은 〈안네의 일기〉에서 감명을 받고 상상의 소녀 '앤(Anne)'을 설정해둔 모양이었다. 어찌나 다정다감하게 글을 썼는지, 내가 '앤'이라면 행복하겠다는 생각마저 들었다.

일기에 날씨를 표시할 때에도 단순히 '맑음', '흐림'으로 끝내는 것보다는 '털장갑이 그리운 날', '두 손이 꽁꽁 언 날', '부채가 필요한 날' 등 섬세한 표현법을 쓰도록 유도할 수 있다.

원희에게 그런 연습을 시켰더니, 어느 쌀쌀한 날의 원희 일기는 '마치 살갗에 소름이 돋아나듯 나뭇잎 위에도 작은 소름이 돋아나는 것처럼 보였다'는 묘사로 시작되고 있었다. 묘사와 의인법의 개념을 스스로 파악해냈던 셈이다. 묘사란 어떤 사물이나 관념을 그림을 그리듯 언어로 표현하는 것이다. 글을 쓸 때 묘사가 풍부해지면 어떤 글을 써도 시적인 감수성이 묻어나오게 마련이다.

일기를 쓰면 좋은 점 또 하나. 일찍부터 정확한 문법을 익힐 수 있다. 주어와 서술어, 문장의 호응 등 문법적인 오류를 고쳐가면서 점차 국어 문법에 익숙해진다. 원희는 일기를 쓰면서 원고지 사용법까지 익혔다. 그래서 초등학교 고학년이 되면서부터는 일반 줄 노트에 글을 써도 반드시 들여쓰기를 했다.

뭐니뭐니 해도 일기가 주는 가장 큰 선물은 '구성력'이 아닐까 한다. 한 페이지, 혹은 두 페이지 분량의 일기를 쓸 때에도 나름대로 기승전결의 구조가 필요하므로, 일기를 열심히 쓰다 보면 나중에 글짓기나 논술을 수월하게 할 수 있다.

일기 쓰기로 이와 같은 효과를 얻으려면 엄마의 역할이 매우 중요하다. 문법적으로 옳고 감수성도 풍부하며 구성력을 갖춘 일기를 쓸 수 있도록 앞에서 유도해주고 뒤에서 챙겨주는 역할이 분명 필요하기 때문이다. 나는 원희가 쓰는 일기장에 하루도 빠지지 않고 코멘트를 달아주었다.

"그래, 오늘은 원희가 숙제를 하느라 힘들었구나. 하지만 분명히 보람을 찾을 수 있을 거야."

"소풍 가서 본 풍경이 어땠는지 구체적인 묘사가 더 들어가면 좋겠구나."

아이가 적어놓은 글의 내용뿐만 아니라 표현기술에 대한 지도까지 다양한 코멘트를 달아주었다. 원희가 동물을 관찰하고 써놓은 일기가 실제와 다르거나 어떤 지식을 잘못 알고 있을 때 명확히 짚어주는 것도 잊지 않았다. 그렇게 코멘트를 달아주다 보니 결국 원희의 일기장

9월 16일 금요일 ☀️!!

알어난시각 7시 00분   잠자는시각 10시 00분

우리집엔 작디작은 새가 있다. 난 그새의 습성을 알아보기로 했다.

오늘은 더러운 물을 갈아주면 어떻게 하나, 실험했다. 잘 보니 똥을 싸고, 물 마신 다음 그 속에서 목욕을 하였다.

물기가 있는 그 모습이 참 깨끗해 보였다.

오늘의 일상
엄마는 먹이를 넣어주면 혼자 먹지않소
적당을 불러 먹는 것을 보고 작은 동물도
서로 나누어 먹는 사랑에 감동 했어요. 잘 관찰 해 보세요

엄마의 코멘트가 달린 원희의
초등학교 2학년 때 일기장

9월 9일 금요일 ☀️☀️

알어난시각 7시 00분   잠자는시각 10시 00분

오늘의 중요한일   오늘의 착한일

"생일 축하합니다, 생일 축하합니다. 민정이의 생일을 축하합니다. 짝짝짝!"

난 오늘 민정이네 집에서 하는 생일 파티에 갔다. 생일 축하노래가 끝나자 박수가 터지면서 촛불이 꺼졌다.

우리는 음식을 맛있게 먹었다. 나도 허겁지겁 먹었다. 너무 맛있어서 우리 집에 가져가고 싶었다. 우리 어머니께서도 이런 음식을 잘 만드으셨으면 좋겠다.

오늘의 반성   내일의 할일
엄마 음식 솜씨가 없니?
그렇다면 엄마도 노력할게

은 엄마와의 대화 창구가 되었다.

그런데 일기는 하루 중 언제 쓰는 것이 가장 좋을까?

아이가 잠자기 직전에 일기를 쓰게 하는 건 별로 좋지 않다. 아이가 대충 끝내고 자고 싶어하기 때문이다. 나는 원희에게 저녁식사 전에 숙제를 다 하게 하고, 저녁을 먹은 후에 바로 일기를 쓰게 했다. 그러면 원희는 최대한 집중해서 일기를 썼다. 주어진 시간 안에 일기를 다 써야만 남는 시간에 책을 읽거나 게임을 할 수 있기 때문이다.

일기는 하루의 반성이라는 의미도 있지만, '평생의 기록'이라는 차원에서 꾸준히 쓸 만한 가치가 있는 것이다. 그 당시 자신의 마음과 느낌을 담아놓은 기록은 사진이나 비디오 테이프에서는 절대로 찾아볼 수가 없다. 내 마음을 기록하는 일기. 아이들이 열심히, 정성껏 쓰도록 만들자.

7. 독서와 글쓰기는 모든 공부의 기본!

원희가 어렸을 때 남편은 병원에서 지내는 시간이 많았다. 두 아이를 혼자 돌봐야 했기 때문에, 그 시간을 최대한 교육적으로 보내려고 여러 아이디어를 짜냈다. 그 가운데 하나가 방안 가득 책을 채우는 일이었다.

우리 집에서 가장 큰방을 서재로 삼기로 했다. 그 방의 3개 벽면에 책장을 들여놓고 방 한가운데에는 커다란 탁자를 놓았다. 어디선가 책 세일을 한다는 소리만 들리면 달려가서 아이들이 읽을 만한 책들을 사다 날랐다. 거기다 남편 전공서적까지 꽂아놓으니 모양새가 작은 도서관이나 다름없었다. 아이 둘과 함께 탁자 앞에 앉아 책을 읽으면 학구적인 분위기가 물씬 풍겼다.

그런 분위기에서 자란 탓인지 원희는 책 읽는 걸 무척 좋아했다. 초등학교 때부터 중학교를 마칠 때까지 일주일에 평균 서너 권씩은 읽은 것 같다. 물론 처음에는 내가 '독서 리스트'를 짜주며 독후감 쓰기 숙제를 시켰기 때문에 어느 정도 의무감으로 책을 읽었을지도 모른다. 하지만 중학교에 올라가면서부터는 어찌나 책을 좋아하는지 다음날 학교 수업이 있는 것도 잊고 밤새 책을 보곤 했다.

"원희야, 그만 자라."

내가 참견이라도 할라치면, 원희는 '위장전술'을 쓰면서까지 손에서 책을 놓지 않았다. 자기 방문 밖으로 불빛이 새어나가지 않도록 이

불 속에 스탠드를 숨겨놓고 그 안에서 책을 읽을 정도였다.

"지금 그걸 꼭 읽어야겠니?"

내가 걱정스럽게 물어보면 원희의 뽀루퉁한 대답이 이어진다.

"결말이 궁금해서 잠이 안 온단 말이에요."

원희가 이불 속에서 스탠드까지 동원해가며 읽은 책이 아마도 〈해리 포터와 비밀의 방〉이었을 것이다.

성장기의 아이들은 모든 지식을 스펀지처럼 빨아들인다. 그래서 독서가 중요한 것이다. 이왕이면 엄마가 교과서나 각종 정보를 취합해 추천 도서 목록을 짜주고, 아이가 그 목록을 중심으로 다양한 독서를 할 수 있게 도와주는 것이 좋다.

아이가 어느 정도 독서량이 채워지면 내면의 무언가를 표현하고 싶어한다. 그런 욕구는 학교나 집에서 자극을 받을 때 더 강렬하게 표출된다. 나는 원희가 책을 읽는 족족 독후감을 쓰게 했고, 정기적으로 글쓰기를 시켰다. 문장을 문법에 맞게 쓰고 글을 기승전결에 맞게 구성하는 연습은 물론, 묘사하는 글과 논리를 갖춘 글 등 다양한 형태의 글쓰기를 체험하게 했다.

감성적인 글이든 논리적인 글이든 어릴 때부터 꾸준히 써보지 않으면 '글을 쓴다는 것' 자체가 낯설어질 수 있다. 원희가 민사고에 들어가서 그 많은 양의 시험공부와 어려운 영어 에세이도 잘해낸 걸 보면, 어릴 때부터 많은 책을 읽고 많은 글을 쓰면서 다져왔던 내면의 자신감이 상당한 영향력을 발휘한 것 같다.

8. 암기력, 훈련으로 좋아질 수 있다

언젠가 텔레비전에서 일본의 한 초등학교 교장 선생님이 기적의 공부법으로 화제를 불러일으킨다는 사연을 본 적이 있다. 매일 학생들에게 똑같은 수학 문제를 풀게 하고 많은 양의 한자와 과학 상식을 외우도록 훈련시켜서, 결국 전교생이 다 공부를 잘하게 되었다는 것이다.

나도 그 교장 선생님만큼은 아니지만 원희에게 외우기 공부를 좀 시킨 적이 있다.

원희가 4학년 때 한자로 씌어진 고사성어 카드와 영어 낱말 카드를 매일 10개씩 외우게 했다. 카드는 내 손으로 직접 만들었다. 두꺼운 도화지를 적당한 크기로 자른 후 〈Vocabulary 2200〉에 나오는 영어단어들과 고사성어집에 나오는 한자성어들을 적었다. 와이셔츠 상자로 5상자 분량쯤 만들었으니, 내 욕심도 여느 엄마들 못지않았던 셈이다.

원희에게 한자성어 10개, 영어단어 10개를 주고 10분 동안 외우게 했다. 그러고 나서 내가 카드를 하나씩 들고 확인을 했다.

"자, 이 고사성어는 어떻게 읽지?"

"사필귀정이오. 일 사(事), 반드시 필(必), 돌아올 귀(歸), 바를 정(正)."

"이 단어는 어떻게 읽지? 뜻은?"

"Surprise! 놀라다!"

다음 날에는 어제 외운 10개의 영어단어와 10개의 한자성어를 복습하고 새로운 카드를 10개씩 외우게 했다. 또 그 다음 날에는 그 전까지 배운 20개의 영어단어와 20개의 한자성어를 복습하고 새로운 카드를 10개씩 외우게 했다. 열흘쯤 지나 그간 외운 영어단어와 한자성어가 각각 100개씩 되면 아이들이 지겨워하지 않도록 새로운 카드를 꺼내 보여주었다.

솔직히 혼자 카드를 수백 장씩 만들 때는 팔도 아프고 너무 힘들었다. 그러나 초롱초롱한 눈을 빛내며 쉼 없이 단어를 외워대는 원희를 보면 뿌듯한 마음에 힘이 절로 났다. 그런 훈련을 한 덕분인지 원희의 기억력과 암기력은 다른 아이들에 비해 상당히 좋은 편이다.

"난 머리가 나빠서 안 돼."

내 아이가 나중에 이런 핑계를 대지 않게 만들자. 세상에 나쁜 머리는 없다. 내 아이의 두뇌를 잘 훈련시켜서 어떤 공부든 한계는 없다고 믿게 만들어보자.

9. 교과서 진도에 맞춘 현장학습을 시켜라

초등학교 4학년이 되면 사회과목이 부쩍 어려워진다. 전주의 부채니, 안성의 칠기니, 담양의 죽제품이니 하는 낯선 도시와 특산물과 함께 포항제철소나 광양제철소처럼 도시별 산업에 대한 내용이나 역사유적지까지 등장한다.

'원희가 사회과목을 너무 어려워하면 어쩌나…'

슬슬 걱정이 되기 시작했다. 좋은 방법이 없을까 고민하다 생각해낸 것이 '선행 현장학습'이었다. 교과서에 나오는 지역에 미리 답사를 가는 것이다. 수려한 볼거리는 물론 맛있는 먹거리까지 널려 있으니, 아이들이 교과서에 등장하는 낯선 도시와 유적지를 부담 없이 인식하게 되었다.

그 해 여름방학 휴가는 온 가족이 동해안 일대를 돌아다녔다. 강원도 속초에 가서 회도 먹고 바다 구경도 한 다음 강릉, 삼척을 거쳐 포항까지 내려갔다. 원희가 6학년이 될 때까지 여름 휴가 때면 이런 식으로 답사 여행을 다녔다.

우리 식구가 답사여행을 다닐 때 꼭 지켜야 할 규칙이 있었다. 바로 안내 팻말을 소리내어 읽는 것이다.

"자, 분황사 석탑 팻말을 누가 읽어볼까? 원희가 읽어볼까?"

남편이 넌지시 시키면 원희는 '분황사 석탑, 국보 30호 …' 하면서 끝까지 읽었다. 이렇게 읽은 것은 메모를 해두었다가 반드시 그 날의 일기장에 쓰도록 했다.

　아이들의 학년이 올라갈수록 교과서 진도에 맞춘 선행 현장학습이 필요하다. 단순히 놀러다니는 것과는 다른 얘기인데, 부모가 교과서에 나오는 내용을 토대로 답사 여정을 짜고 아이들은 그 답사에서 뭔가 배우는 것이 있어야 한다. 여행 한 번을 가더라도 아이의 교과과정에 맞게 가는 것. 조금은 귀찮은 일이지만, 가끔씩이라도 아이를 위해 시간을 내보는 건 어떨까?

10. 자기 일은 자기가 알아서 하게 하라

"엄마, 저 〈허클베리 핀의 모험〉 원서 좀 사서 보내주세요. '톰 소여'가 아니라 '허클베리 핀'이에요."

원희가 민사고 예비과정에 들어가자마자 내게 책을 보내달라고 부탁했다. '영어 독서 리스트'에 있던 책이었다. 엄마가 평소 자주 헷갈리는 걸 잘 알기 때문에 '톰 소여가 아니라 허클베리 핀'이라고 강조를 했던 모양이다. 그러나 나는 여지없이 〈톰 소여의 모험〉을 보내고 말았다. 원희의 예상이 딱 들어맞은 것이다.

원희 아버지는 '오늘의 할 일 1, 2, 3, 4'를 메모해서 꼭 실천하는 사람이지만, 나는 건망증이 심해서 오늘의 할 일을 적어둔 쪽지를 어디에 두었는지 찾는 사람이다. 그러다 보니 간혹 원희가 부탁한 내용을 전혀 엉뚱한 쪽으로 기억할 때가 많았다. 엉뚱한 책을 보낸 적이 한두 번이 아니었다.

나중에야 드는 생각은 이런 엄마의 성격이 오히려 원희에게 도움이 된 건 아닐까 하는 것이다. 엄마의 기억력을 믿을 수 없게 된 원희는 스스로 자기 일을 챙기는 데 도사가 되어버렸다.

사실 어릴 때부터 원희는 독립심이 강해서 '원희가 할래'라는 말을 자주 하곤 했다. 초등학교 입학 초기에 원희는 '바른글씨 쓰기'라는 쓰기 숙제를 밀린 적이 있었다. 선생님이 3월에만 숙제 검사를 하고는 몇 달 동안 안 하다. 여름방학 직전에 갑자기 쓰기 공책을 가져오라고 한 모양이다.

그 날 원희는 밤새 울면서 쓰기 숙제를 했다. 내가 좀 도와주고 싶어서 몇 줄 써줬더니 그걸 지우개로 다 지우고 눈물을 뚝뚝 흘리며 자기가 새로 썼다.

"원희가 쓸 거야…."

다음 날 학교에서는 그냥 넘어갈 수도 있는 일이었는데 원희만 숙제를 해오는 바람에 단체기합을 받았다고 한다.

원희는 중학교 때부터 직접 문제집을 사다 풀면서 스스로 성적 체크를 했다. 매번 시험을 치르는 과정에서 엄마가 한 일은 별로 없다.

그렇게 독립심이 강한 아이도 민사고에 다니면서 엄마의 지원이 필요한 경우가 많이 있었는데, 그 때마다 나는 별 도움이 못 됐다. 영어 원서 구해주는 일은 늘 제목이 헷갈렸고, 대입 원서를 쓸 때도 그다지 해줄 수 있는 일이 없었다. 그래서 내심 걱정했는데, 내 딸 원희는 공부의 정글 속에서 이미 생존력이 강한 아이로 변신해 있었다. 원서 쓰는 것도, 추천서 받는 것도, 그리고 에세이 쓰는 것도 혼자 알아서 해냈다. 그래서 원희가 10개 대학 입학 자격을 얻었을 때, 내 마음은 기쁘면서도 한편으로 놀라웠다.

많은 어머니들이 자식을 사랑하는 마음에 너무 많은 걸 해주려고 애쓴다. 하지만 부모가 해줄 수 있는 일은 아이가 한창 성장기에 있을 때 공부하는 분위기를 만들어주는 것, 그 이상은 아닌 것 같다. 아이를 사랑한다면 아이가 어려움을 겪는 과정도 여유를 가지고 지켜볼 필요가 있다. 그렇게 해야 공부뿐만 아니라 인생이라는 긴 마라톤에서 혼자 결승점까지 뛰어가는 힘을 기를 수 있으니까.

Race

Name : Won Hee PARK

The sky looked down at the race track of a small elementary school in the country side. The sun let out its warmth and tiny fragments of sand shined intermittently. I looked ahead, and saw a vast track in front of me. A crowd of people was staring at me, but I didn't know why. Far away, I saw my kindergarten teacher calling out to me.

She beckoned to me further, and I started to run to her. Suddenly, I heard a terrible cacophony of mocking laughter. Puzzled, I tried to get closer to my teacher to be consoled, but she kept moving away from me. It really seemed as if I were to run forever. When I nearly reached the end of the track, I stopped and started to cry.

Once, when I was half as tall as I am now, I had participated in a race at a village festival. Even though I was too small to take part in athletic activities, the townspeople urged me to race because I was the daughter of the only doctor in the village. So I was put on the track alone, with my teacher coaxing me to run. But before I finished my one-hundred-meter race, I began to sob.

When I was preparing for the standardized exams in high school, I often recalled this bothersome episode from my childhood. As a child, I had run to reach the one-hundred-meter spot, a goal others had set for me. And because I did not have the will to reach the end, I gave up in the middle of the race. Sometimes, taking exam after exam, I felt the same helplessness of not knowing how much further I would have to run. I would sometimes wish I could rest more, instead of constantly reading books about momentum and acceleration.

Once, my advisor challenged my determination to graduate early by asking me, "Why do you want to take the most rugged path to get into the college, when you could take an easier one?" I knew there was truth in his words. However, I declined to take the easier road, because I wanted to test how much I could do in two years. Struggling to achieve what Korea's best students had achieved in less time, I had tested my limits. And in my tight schedule, I managed to take as many AP and SAT tests as our best seniors and still found time to participate in various theater competitions.

I am still racing, but this time, I can see where I am heading. And now, I have almost reached the end of the high school race track, which once seemed to be endless. Even though I have run hard towards this end, I do not feel exhausted. I am no longer a little child, whose finish line was set by others.

The Mother Bird

Topic : Tell us about a person who has affected your life.

Name : Won Hee PARK

A flood of words hovered around me. Trying to seize them, I followed them with intense concentration, but some words still slipped away like amorphous, slippery microorganisms. While Mr. Ganse, the European History teacher was explaining the effect of mercantilism, I was playing hide-and-seek with his words in one corner of the classroom. I dismally looked down at my notebook. Again in this class, I hadn't written down anything.

The next day, I stopped at his office to confess my difficulties and be advised how to do better in history class.

"Mr. Ganse, I cannot understand what you're saying in class."

His reply came soon.

"Then, you should not be in this class."

His words reverberated in my head, which seemed to have emptied instantly. I was not at all ready for such a sharp answer. "Yes, maybe." I mumbled and escaped the room.

The next semester, I registered for his history class again, this time, for his AP course. Every night, I sat at my desk, staring at history textbooks knitted together with the strangest words in the English language. I chewed and chewed, until the indigestible history chapters were finally understandable, like maltose being hydrolyzed into glucose molecules. When Mr. Ganse gave me 1 or 2 points out of 9 for my essays, I would spend the next several days reading sample essays. And at last, I took the AP European History examination in the 11th grade, and scored a five.

After the AP course, I registered for Mr. Ganse's history thesis class. Actually, since I entered high school, I have never spent a semester without his classes. As he did when I was a freshman, he freely criticized whatever I did badly. He would say the contents of my first, rough draft were totally disappointing. But no matter how hurt I felt by his comments, he provoked me to mend my weaknesses.

This Christmas, Mr. Ganse invited me and several others to his house for dinner. On the way to his house, I reflected upon how hurt I felt when I first heard his harsh response. Now that I look back on my high school days, I am thankful to him that he rebuked me then. Because of him, I have learned to study on my own instead of relying on sympathetic teachers. Like a mother bird, he has taught me how to fly without his help.

야ㅉㅉ
흐이이터!!!